權力巔峰

SUPREME POWER

卷2 全線崩潰

夢入洪荒 著

目錄

Contents

第一章

龍門陣

柳擎宇拿起照相機對著洞內的各種奇觀美景一陣狂拍，一直到照相機電池沒電了這才停止，再快速向外衝去，想要儘快把拍到的絕美照片傳到網上。

只是柳擎宇不知道，石振強早已擺下了一座龍門陣，就等著他往裡面鑽了。

聽石振強這樣說，王東洋有些不解，問道：「石書記，據說柳鎮長這是要下去調研啊，難道調研也有破綻嗎？」

石振強嘿嘿一陣冷笑，說道：「調研本身是沒有破綻的，但是，**他沒有破綻，我們可以幫他製造破綻**啊。以前柳擎宇不是常說你這個鎮委辦主任總是扣住屬於鎮政府方面的公文嗎？柳擎宇不是要借這個拿你開刀嗎？現在呢，咱不用他再催促了，你記住，以後凡是屬於鎮政府方面批示的公文，你第一時間就送到他辦公室去。如果是需要我來批示的公文，你也先給柳擎宇那邊送過去，讓他批示完之後再送到我這裡來。

「哼，他想要忙碌的時候，我偏偏讓他忙不起來，他想要清閒的時候，我反而要他忙碌！我要讓他永遠只能處在被動應對的局勢之下，這樣一來，我就可以牢牢地把他掌握在手中，任我揉捏！哼，想要掌控關山鎮的大局，他柳擎宇一個毛頭小子還不夠資格！」

此刻，柳擎宇滿腦子想著的都是怎麼樣發展關山鎮的經濟，騎著自行車，按照關山鎮的區域，從最東邊開始，一個村一個村，一個山頭一個山頭的跑了起來。

每跑一個村子和山頭，他都會拿出隨身攜帶的相機，把每個地方最優美的景色、最有特色的東西都拍攝下來、記錄下來，甚至當地的風土人情也會十分詳細地記錄下來，以便得到第一手最豐富、最全面的資料。

一天下來，柳擎宇原本因為坐辦公室而轉白的皮膚再次恢復原樣，渾身上下散發出古銅色的光澤。

他今天騎車走了很多地方，又爬了十多里山路，回來的時候，已經有些疲倦，不過由於他是特種兵出身，這點疲勞對柳擎宇來說算不了什麼。如果是一般人按照柳擎宇的路線走的話，恐怕走不了一半就得累趴下了。

然而，就在柳擎宇滿腦子想的都是怎樣發展關山鎮經濟的時候，在他的後方基地裡，石振強已經開始琢磨怎樣收拾他了。

柳擎宇下鄉調研的第一天，石振強並沒有讓王東洋把相關的文件給柳擎宇送去。第二天第三天也沒有，到了第四天，等相關公文堆積了一大堆後，在柳擎宇一到達辦公室，王東洋就第一時間親自把這些公文給柳擎宇送了過來，對柳擎宇說道：

「柳鎮長，這些是最近累積下來的公文，您趕快批示一下吧，下面很多村子和單位都等著您的批示好展開工作呢，而且有很多公文您批示以後還得讓石書記那邊批示。」

看到那些堆積如山的公文，柳擎宇的眉頭一下子緊皺起來，立刻就猜到這絕對是王東洋故意為之的。以王東洋的位置，自然不敢這樣做，那就是有人指使他這麼做的，那個人肯定就是石振強。

但是石振強讓王東洋這樣做，到底有什麼目的呢？

柳擎宇雖然屬於天才級的人物，但畢竟還年輕，欠缺官場經驗，一時之間還真看不出石振強這招背後有什麼深意，只好先對王東洋交代道：

「王主任，以後所有需要我批示的公文，每天下午五點下班之前必須要交給洪三金，第二天上午上班後去他那裡取。記住，我不希望以後再像今天這樣，累積這麼多才給我送過來，否則的話，我不介意上黨委會好好討論一下你這個黨政辦主任是否合格的問題。好了，我要開始工作了，你先回去吧。這次就算了，下不為例。」

說完，柳擎宇便低下頭去開始批閱起公文來。

聽到柳擎宇這樣說，王東洋感覺到脖子後面冒出絲絲涼氣，連忙點頭表示明白。

身為關山鎮鎮長，雖然說只是科級，但是關山鎮下面好歹也有廿五個行政村，許多下屬單位，所以需要他這個鎮長批示的公文還是不少的。而且柳擎宇對和老百姓有關的事十分上心，所以批示的時候也特別認真。

等批示完這些文件，也到了中午，吃過午飯後，柳擎宇又騎上自行車繼續他的調研之旅了。

此刻，在石振強辦公室內。

王東洋把柳擎宇對自己說的那些話轉述給石振強聽，石振強淡淡說道：

「沒事，你就照他說的去辦就行了，他以為這樣就可以躲得過我的算計，那就大錯特錯了，他雖然可以牽制你，但是對於下面啥時候提交公文卻無能為力，我到時候給下面的人打個招呼，讓他們把所有需要批示的公文累積一下，隔幾天送來一次，嘿嘿，等他逐漸適應了這種節奏後，就是我出招的時候了。」

石振強這樣說，王東洋也就放心了。

接下來的日子裡，柳擎宇繼續他正常的調研行程，不過讓他鬱悶的是，王東洋並沒有照他所說的，每天晚上把需要批示的公文送給洪三金，洪三金詢問情形，王東洋說是下面沒有送來。

要想查公文遞送的記錄很簡單，結果的的確確是沒有送來。

不過，每隔三四天，王東洋便一下子送來一大堆的公文。一段時間後，柳擎宇明白了，這是石振強在故意噁心自己。然而他卻無法挑什麼毛病，畢竟石振強的行為屬於職則範圍內所允許的，因此他只能每隔三四天就專門騰出一上午的時間批閱公文。

雖然有石振強的刻意牽制，但是柳擎宇仍然利用整整一個月的時間，將整個關山鎮都跑了個遍，對關山鎮的自然資源、人文風俗有了很清晰的瞭解。

讓柳擎宇興奮的是，在關山鎮南邊的翠屏山終於有了重大的發現。

翠屏山顧名思義，整座山就像是孔雀開屏一般，這裡不僅風景秀美，山勢高低起伏，錯落有致，還有數個大小不等的瀑布和水潭。最重要的是，這裡竟然還有溫泉。尤其是每天早晨和傍晚站在山巔上，居然可以看到雲霧在山巒間層層湧現，形態變化莫測，讓人心曠神怡。

這些發現讓柳擎宇異常興奮。因為他知道像翠屏山這樣優美的景色，絕對是開發旅遊產業的絕佳之地，雖然無法與黃山、華山等頂級旅遊景點媲美，但是絕對拿得出手。尤其是冬天下雪時，滿山的松樹、果樹披滿積雪的樣子，更是美不勝收！

而且旅遊產業屬於綠色環保產業，可以極大的帶動當地經濟的發展，老百姓也可以在旅遊產業的發展中獲得好處和收益。這絕對是一舉數得。很快的，柳擎宇便做出了要把翠屏山推廣出去，用來招商引資的決定。

打定主意之後，柳擎宇拿著自己所拍攝的美景照片來到石振強的辦公室內。

看到柳擎宇來，石振強十分虛偽地熱情迎了出來，和柳擎宇握手道：「柳鎮長，最近調研得怎麼樣？有沒有想到如何解決我們關山鎮經濟發展的好主意啊？」話語中帶了幾分嘲諷之意。

他在關山鎮待了幾十年了，關山鎮這一畝三分地上，他啥不清楚，啥主意沒有想過，但是從來沒有一個主意真正能夠實現。所以關山鎮一直發展不起來。他不相信柳擎宇這樣一個年輕人會比自己更厲害。

柳擎宇笑道：「石書記，您還別說，我還真有收穫，您看，這些照片是我在翠屏山那邊拍的，翠屏山風景之優美，讓我十分震撼啊，我想，如果我們能夠把翠屏山推廣出去，找到投資商前來進行開發，絕對能夠帶動關山鎮經濟的發展啊。」

石振強以為柳擎宇想到什麼好主意了呢，等他聽到柳擎宇說到翠屏山後，立刻哈哈大笑起來：「柳鎮長啊，你要說別的主意或許可行，但是翠屏山這個地方，那我可以告訴你三個字——不可能！」

「不可能？」柳擎宇的臉色一下沉了下來。

石振強使勁地點頭說道：「對，不可能的！」

柳擎宇冷冷說道：「為什麼？」

石振強忙解釋道：「柳鎮長啊，千萬不要誤會，我不是說不讓你去搞，而是想要告訴你，翠屏山風景雖然優美，但是根本不可能開發起來。因為以前縣裡就曾經出手過，我們鎮裡還花了不少錢進行過宣傳。也有投資商來進行考察，但是最終卻沒有人願意過來投資，不是因為風景，而是因為這裡的交通問題，我們關山鎮地處偏遠之地，三面環山，只有一個方向可以通往山外，雖然風景秀麗，但是由於交通不便，只好作罷。

「整個鎮通往外面只有一條二十年都沒有修過的小公路，和土道沒有什麼兩樣，坐汽車進來都十分顛簸。而且這條路兩側有時候是山，有時候卻是懸崖峭壁，所以要想修好耗資巨大啊！不管是縣財政也好，市財政也好，都無法承受這麼龐大的一筆資金。距離我們景林縣不到一百公里外還有一座著名的風景旅遊區盤雲山，那裡的風景和我們這兒有異曲同工之妙，所以很多投資商在經過考察後都選擇退出了。

「柳鎮長，並不是只有你想要把關山鎮發展起來，我以及關山鎮的歷任領導和縣領導都想把這裡發展起來，但是沒有天時和地利，我們如何發展？」

聽了這番話，柳擎宇臉上的怒氣漸漸消散了，眼神中卻露出堅毅之色，說道：「石書記，經過我將近一個月的調研，我發現以我們關山鎮現在的這種情況，要想發展起來，旅遊業是唯一能夠儘快拉動經濟增長、帶領老百姓走上致富道路的選擇，所以我絕對不會放棄的，這件事我會堅定不移地做下去的。」

石振強沉著臉道：「柳鎮長，有一點你必須要弄清楚，以我們鎮現在的財政狀況，根本拿不出任何資金來宣傳，而且縣裡，甚至市裡也根本不可能給予什麼支持，沒有宣傳，怎麼可能會有投資商得知這個消息呢？」

柳擎宇聽了只是淡淡一笑：「有關這一點，石書記你就不需操心了，翠屏山風景區的宣傳工作，我不會動用鎮裡財政一分錢。我只需要在網站、論壇裡多發一些帖子就可以了。這是最小成本進行宣傳的途徑。」

石振強和柳擎宇不是一個世代的人，石振強五十來歲，而柳擎宇才廿二歲。雖然石振強也聽說過網站、論壇這些名詞，但是很少關注，更不是很瞭解，不過聽柳擎宇說不會動用鎮裡的財政資金，也就不再多說什麼，點點頭道：

「嗯，這件事你自己看著辦，但是我有一個要求，那就是絕對不能因噎廢食，本末倒置。鎮裡的工作不能耽誤，否則的話，影響了鎮裡的工作，縣領導批評下來你可得自己擔著。」

柳擎宇點點頭：「沒問題，男子漢大丈夫，敢作敢當，為了我們關山鎮老百姓的未來，這件事情我做定了。」

隨後的幾天裡，柳擎宇忙完鎮裡的工作就往翠屏山跑，將美景用相機拍攝下來，回到鎮裡立刻發到自己的微博裡，同時也在各大人氣較旺的論壇、貼吧裡大量發佈關山鎮美麗風景的照片。

有些景點他還結合當地的一些民間傳說，使帖子的廣告意味不是那麼濃厚。或是融入當地的風土民情，好比關山鎮西里村東山上有一口神奇的溫泉，這個溫泉具有神奇的功效，一般莊稼人累了一天後，只要到溫泉裡泡半個小時，便會感覺到疲勞盡去，精力充沛。像感冒、頭疼等小病，只要到溫泉裡泡一泡，病就好了。

為此，他還專門拍下幾位老人下地幹活的視頻，以增加真實性。並且積極和省農科院的專家進行聯繫，看看能不能請專家們實地考察一下，探出這口溫泉到底為什麼有如此神奇的效果。只不過一直都沒有得到回音。

時間就這樣一天一天的過去，柳擎宇依然持之以恆的利用一切可以利用的機會去宣傳。

眨眼間進入到十月初，柳擎宇到關山鎮已經整整三個月了。

這三個月，在柳擎宇的領導下，關山鎮的賑災工作已經走上正軌，一棟棟省市援建的民房拔地而起，進入收尾階段，相信在天氣轉冷前，老百姓就可以住上新房了。

這段時間裡，柳擎宇和石振強在經過最初的激烈交鋒後，關係暫時趨於平緩，石振強已經不再像柳擎宇剛來時那樣咄咄逼人，而柳擎宇也稍微收斂了一下自己的脾氣，雙方各忙各的。平時凡是和柳擎宇有關的批示文件，王東洋依然是隔個三四天就給柳擎宇送來一次，雙方都已經適應了這個方式。

然而柳擎宇沒有想到，**危機，就在他慢慢適應的時候慢慢地滋生著。**

因為石振強根本就是一個眼中揉不得沙子的主，他的目的就是為了麻痹柳擎宇，他在**等待一個突然爆發的機會**。

十一長假期間，在其他鎮委領導全都出去遊玩的時候，柳擎宇並沒有休息，而是繼續留在鎮政府，每天往翠屏山上跑，繼續拍攝各種照片，然後發佈到網上。

隨著柳擎宇持之以恆的發佈，漸漸引起關注，人氣竟慢慢地攀升，甚至還有不少固定的粉絲等待柳擎宇發佈最新的照片。

長假過後，關山鎮鎮委鎮政府再次恢復了往日的忙碌。

十月十號這天是星期三，柳擎宇按照往常的慣例，先到辦公室轉了一圈，看到王東洋沒有把相關的公文送來，他便和洪三金打了個招呼，繼續往翠屏山上跑。

柳擎宇離開後不久，洪三金接到王東洋的電話，讓他往縣裡面送一份文件。雖然洪三金主要在鎮政府這邊服務，但是涉及到往縣裡送公文這樣的事，他還真不能推辭，畢竟他是屬於黨政辦的副主任，鎮府辦主任只是為了方便才這樣叫的。所以，他便乘車帶著公文前往縣裡。

洪三金前腳剛離開鎮政府大院，王東洋後腳便帶著兩個人，捧著厚厚的一堆文件走進了柳擎宇的辦公室內，堆在柳擎宇的桌上。

這些全都是王東洋故意截留下來的，有的甚至是一個多月之前就送到他那裡的，但是他一直壓著沒有交給柳擎宇。

他給柳擎宇送公文不假，但是每次都只送過去百分之九十，剩下的則全都積壓下來。這一次，趁柳擎宇不在辦公室內，他一股腦的全都給柳擎宇搬了過來。此刻，柳擎宇的桌上公文堆得到處都是，幾乎沒有可以放胳膊的地方了。

看著一堆堆的文件，王東洋的臉上露出一絲陰險的笑容，隨後對兩個手下說道：「好了，你們立刻帶人去大院外面，把歡迎縣委領導蒞臨指導的條幅掛上，再通知各個辦公室的人好好把自己的辦公室打掃一下，大院和樓道裡也要好好的清掃，十點左右，薛縣長就要帶著縣裡的領導下來檢查工作了。在每個細節上我們都不能有失。」

隨後，王東洋來到石振強的辦公室內，向石振強彙報道：「石書記，柳擎宇又去翠屏山調研去了，洪三金被我用調虎離山計給派到縣裡去了，積了一個多月的公文也放在柳鎮長的辦公室了。現在，就等薛縣長過來了，您看您還有別的指示沒有？」

石振強聽完後滿意地點點頭說道：「嗯，東洋啊，做得不錯，薛縣長看到柳擎宇如此不務正業，肯定會勃然大怒，甚至當場讓柳擎宇停職也說不定啊。嘿嘿，這一次，柳擎宇恐怕是在劫難逃了！就算是縣委書記夏正德來了也沒有用。」

王東洋看石振強如此開心，連忙送上一記馬屁：「石書記，還是您高明啊，讓我一直隔三差五的就給柳擎宇送一批文件，讓他誤認為公文就那麼多。他哪裡會想到，每次我都會截留下來一部分呢，這樣積少成多，足夠炸得他滿臉開花了。這回叫他百口莫辯，您真是太高明了。」

石振強雖然知道這是個馬屁，但還是十分受用，得意洋洋地說道：

「呵呵，柳擎宇畢竟還是年輕啊，他以為我前兩個回合輸給他，現在就怕他了，他哪裡知道，**官場博弈之道，非是爭一時之長短，而是看誰能夠笑到最後**。很多優秀的年輕人進入官場之後，意氣風發，大刀闊斧，看似威風八面，前途無量，其實，他們這種行為在政治老手看來只能維持一時而已。尤其是像柳擎宇這樣的年輕幹部，連薛縣長都敢打，註定會成為悲劇的，就算他有唐市長撐腰也不行。

「他也不想一想，薛縣長那可是咱們景林縣實際意義上的老大，被柳擎宇打了，折損了面子，怎麼可能不找回來呢。再加上我的配合，上下其手，柳擎宇想要擺脫仕途失敗的命運，除非神仙顯靈啊。尤其是這一次他竟然打起了翠屏山這個連市裡都認定不可能有所成績的爛主意，簡直是直接把把柄送到我們手裡來嘛。剛才薛縣長給我打電話，說他這次來可是帶著三位縣委常委一起下來的。」

王東洋聽後就是一驚，說道：「三位常委？」

石振強十分興奮地說道：「是啊，有縣紀委書記牛建國、縣政法委書記金宇鵬、縣委宣傳部部長周陽，主管水利、旅遊的副縣長徐建華；你想想看，這個陣容，就算是縣委書記夏正德來了也得退避三舍啊。更何況這一次薛縣長所謂的下來檢查，實際上就是衝著柳擎宇來的，**在這幾位巨頭聯手操作之下，他還有翻身的可能嗎？**」

「沒有！絕對沒有！」王東洋毫不猶豫地下了結論。

兩人相視一笑，臉色充滿了得意。

現在，鎮委辦這邊正在緊鑼密鼓地準備著，把接待的前期工作力爭做到盡善盡美。這不僅能夠體現鎮委辦的辦事能力，還能體現關山鎮在石振強的領導下對於領導們的重視。

就在石振強等人挖空心思算計著柳擎宇的時候，柳擎宇正把全部精神都用在了對翠屏山風景區景點的攀爬和拍照之中。

因為柳擎宇發現一個名叫「隨便看看」的網友對自己發的帖子十分感興趣，常發私訊詢問有關各個景點的詳細情形，雖然對方並沒有表現出想要投資的意願，但是對柳擎宇而言，每一個機會他都不會放棄。

多年的軍旅生涯讓柳擎宇早已建立一個信念，那就是**成功絕對不是偶然的，只有對每一個細節都掌控到位，才有可能在成功來臨的時候抓住機會。**

「天生一個仙人洞，無限風光在險峰！」用太祖的這句詩來描述柳擎宇現在的處境也不為過。在翠屏山的峭壁懸崖間，的確有一個仙人洞。只不過這個仙人洞以前從來沒有人進去過。

柳擎宇帶上了手電筒、礦燈、繩索，甚至還準備了壓縮餅乾等食物，想要好好探一探這個仙人洞。

他把繩子繫在懸崖頂部一棵十分粗壯的大樹上，然後順著繩子來到仙人洞洞口，立刻便感受到一股涼風迎面吹來，寒意入骨。

如果是普通人，感受到這股寒意恐怕就要心生退意了，但是柳擎宇可是狼牙特戰大隊出身，什麼樣的危險沒有經歷過，這樣小小的困難還難不住他。

下到洞口後，柳擎宇找來一塊大石頭把繩索壓住，防止繩子飄走自己就出不去了。

一切都準備好後，柳擎宇邁步向仙人洞內走去。

走了一會兒之後，像是走入了山腹中，但是眼前的情況卻讓柳擎宇頓時呆立當場。

這是一個天然溶洞。洞內數根支地托天的巨型鐘乳石柱零散的分佈在這個巨大的溶洞內，將整個溶洞天然的分割成幾個大小不等的廳室。

在所有廳室的最前方，是一股八米寬、十六米高的石岩瀑布，蔚為壯觀。廳與廳之間以長廊連接，在洞內深處，有一條寬三米、深不見底的暗河延伸至溶洞深處。而洞內各個廳室內的景觀更是千姿百態，惟妙惟肖，人、獸、神佛、壽翁、寶塔、雲梯、奔馬、臥獅……各種形象躍然洞壁，雄奇瑰麗，迂迴曲折。

當看到眼前這些景觀，柳擎宇徹底驚呆了。實在是太美了！柳擎宇已經無法用言語來形容眼前這種雄奇瑰麗的自然奇觀了。

柳擎宇毫不猶豫地拿起照相機，對著洞內的各種奇觀美景一陣狂拍，一直拍到照相機電池沒電了這才停止，他相信，等自己把這些照片發佈出去後，絕對會引起很大震撼的。柳擎宇再立刻收拾東西快速向外衝去，想要儘快把拍到的絕美照片傳到網上。

只用了二十分鐘，柳擎宇便從山上下來了，挑選了十多張他認為最好的照片，用手機發佈到網上，隨後立刻騎著自行車飛快地向鎮政府趕去。

只是柳擎宇不知道，石振強早已擺下了一座龍門陣，就等著他往裡面鑽了。

石振強帶著除了柳擎宇以外的所有鎮委委員們舉行了熱烈、隆重的歡迎儀式。

薛文龍也十分熱情的和眾位鎮委委員們握手，等握手完畢，薛文龍臉上帶著不悅之色問道：「石振強，柳擎宇同志怎麼沒有來啊，難道是他的工作太忙抽不出時間來了？」

聽到薛文龍這樣問，孟歡和秦睿婕兩人心中就是一動。這次薛文龍浩浩蕩蕩的前來，按常理應該提前通知鎮裡進行準備，但是幾乎所有鎮委委員們都沒有得到任何通知，直到薛文龍來前半個小時，石振強這才通知各位鎮委委員們做好準備。

孟歡和秦睿婕兩人得到消息後，曾試圖撥打電話，但是那時候柳擎宇還在半山腰呢。現在，縣長來了，鎮長這個二把手卻不在，這是極其失禮之事。

接著，讓孟歡和秦睿婕更沒有想到的一幕發生了。

石振強聽到薛文龍的問話後，立刻站出來說道：「縣長，柳擎宇同志倒是沒有在忙工作，他帶著照相機去翠屏山那邊拍照去了，據說他是要把照片發佈到網上，想要引起投資商的注意。」

紀委書記牛建國不滿道：「胡鬧！柳擎宇這完全是不務正業！他一個鎮長平時多少工作啊，放著好好的工作不幹，非要跑去什麼翠屏山拍照，我看他根本是玩去了！這個年輕人啊，實在是太不靠譜了，他這是擅自脫離工作崗位，屬於嚴重的違紀行為，我們紀委這邊先給他記個大過，全縣通報批評。」

薛文龍立即點頭說：「嗯，牛同志說得沒錯，擅自脫離工作崗位，私自去旅遊，而且還打著尋找投資商的招牌，這更是罪上加罪。此風絕不可長，必須要嚴厲打擊，以儆效尤。我看可以把柳擎宇的這種違紀行為樹立成一個範本，不僅要在全縣幹部範圍內通報批評，還得上一上電視，讓更多的老百姓知道，像這種不務正業的幹部，我們縣委、縣政府和紀委部門是絕對不會姑息的。不管涉及到誰，有多大背景，絕不手軟。」

薛文龍說起來義正詞嚴，充分將自己這個縣長大公無私、一心為民的形象展露無遺。

政法委書記金宇鵬也附和道：「嗯，薛縣長的意見非常好，我們景林縣絕對不能容忍這種對老百姓不負責任行為的存在，必須要好好殺一殺這種風氣。」

金宇鵬的話剛落，主管旅遊的副縣長徐建華也發話了：

「柳擎宇同志真是胡鬧啊，翠屏山這個案子，我們縣委縣政府和市委市政府都出面操作過，根本就不行，難道他一個小小的鎮長憑幾張照片就能成功？這完全是胡鬧啊！難道他真的認為我們這些幹部都是混飯吃的不成？哎，年輕人啊，太毛躁了。」

此刻，關山鎮所有的鎮委委員們全都噤若寒蟬，誰也沒有想到，幾位縣委巨頭們剛剛下車，便全都把火力集中到柳擎宇的身上。最可憐的是，柳擎宇根本就不在現場，連一點辯解的機會都沒有。

眾人批判了柳擎宇一番後，在石振強的引導下，便邁步向樓上會議室走去。

按照流程，眾人先在會議室內開會，由關山鎮的鎮委委員們一一向薛文龍等人彙報工作。

其實，這些都只是一個過場而已，薛文龍在石振強的配合下，早已確定好下一步的計畫，那就是等眾人彙報完工作後，薛文龍便會提出去柳擎宇的辦公室看一看，看看柳擎宇回來了沒有。

到時候一見柳擎宇桌子上有那麼多沒有批示的公文，柳擎宇不務正業的罪名將會更加確鑿，想要跑都跑不了。這才是薛文龍他們來的真正目的。

距離關山鎮不到三公里的一輛疾馳的汽車上，縣委書記夏正德、縣委辦主任陳凡宇、縣委組織部部長王志強全都坐在車內。

夏正德的臉色十分嚴峻。他之所以會趕來關山鎮，是因為在薛文龍他們三大縣委常委外加徐建華這個副縣長動身後，他就得到了這個消息。

當時他就意識到有些不太對勁，因為夏正德到景林縣也有一年左右的時間了，在這一年裡，他明裡暗裡和薛文龍交手過多次，對薛文龍的性格十分理解。

薛文龍可是個報仇絕不隔夜之人，這樣一個人，在上次被柳擎宇當眾暴打，尤其是在韓國慶事件被自己和柳擎宇聯手設計了一番之後，竟然沒有採取任何的報復措施，這絕不是薛文龍的風格。

對此夏正德一直在小心地防範著，但是一個多月的時間過去，薛文龍依然沒有任何動靜。這讓他十分納悶。

這一次，薛文龍悄悄聯繫了三位常委外加一個副縣長趕往關山鎮，雖然名義上是去考察的，但是這種理由只能騙騙普通幹部，對夏正德這種政治老手來講，怎麼可能騙得過去呢。他一下子就嗅到了其中的危機。便認定薛文龍這一次去景林縣肯定是衝著柳擎宇去的。

經過上一次韓國慶的事件後，全縣的幹部都知道柳擎宇是自己的人了，柳擎宇在韓國慶事件中立下了赫赫戰功，通過此事幫助自己在景林縣樹立起不小的威望，尤其是讓自己在這次的人事調整中獲益頗豐，掌握了法院院長和公安局副局長這兩個十分關鍵的位置。

如果柳擎宇真的被薛文龍等人給打壓的話，這絕不僅僅是柳擎宇的問題，打的還是自己的面子，所以不管是從哪個角度來講，夏正德都絕對不能容忍這樣的事情發生。

他立刻聯繫了縣委辦主任陳凡宇和縣委組織部部長王志強，讓他們陪同自己去關山鎮視察。

王志強這個縣委組織部部長平時在常委會裡，立場一直是中立的，採取兩不相幫的手段以謀取自己的特殊位置，所以，不管是薛文龍也好，夏正德也好，誰都不會去得罪他。

至於拉攏，兩人也試過，但是王志強態度十分堅決，兩人也沒有辦法。

王志強雖然中立，但也是有很多親信的，自然得知薛文龍等人前往關山鎮的消息。這次王志強接到夏正德讓他陪同前往關山鎮考察的電話卻沒有推辭，因為他也想要看一看，柳擎宇在關山鎮到底在折騰什麼。

他接到市裡一位老領導的電話，讓他仔細觀察一下柳擎宇。雖然老領導沒有點明到底是讓自己幫助柳擎宇還是打壓柳擎宇，但是他很清楚自己的老領導從來不會無的放矢，所以，他沒有任何猶豫便答應了夏正德的要求。

由於三人會合的時間比薛文龍他們晚一些，所以他們直到此時才趕到這裡。

此刻距離關山鎮鎮政府大院五公里遠的地方，柳擎宇正騎著那輛匡噹匡噹響的自行車飛快的往鎮政府大院疾馳著。

因為他發現那個叫「隨便看看」的傢伙竟然又給他發了一條私訊，一是要了他的電話號碼，另外則是問他還有沒有更多關於這個溶洞以及溫泉的圖片，說對此非常感興趣。

柳擎宇有一種預感，這個傢伙應該不止是隨便看看。這很有可能是自己大海撈針撈上的第一根針，不管這根針是不是投資商，他都要盡力把做到最好。

時間一分一秒的過去，鎮委會議室內，彙報工作已經結束。

薛文龍站起身來說道：「嗯，從各位委員們彙報的工作情況來看，大家的工作做得還是不錯的嘛，很好。不過柳擎宇同志沒有能夠當面向我們彙報工作，實在是有些可惜啊。我對柳同志是非常關心的，畢竟他是關山鎮的鎮長嘛，既然無法聽到他彙報工作，我們幾個就參觀一下柳同志的辦公室吧，觀察一下柳同志的工作風格。關山鎮的各位委員也一起跟著來吧，據我聽聞，柳同志在關山鎮老百姓中的口碑相當不錯，就讓我們大家一起來參觀學習一下嘛。」

薛文龍話說得客氣，但是語氣中卻透出一絲嘲諷之意，不過大家也都沒有怎麼在意，畢竟縣長提出這個要求，沒有人可以拒絕，更何況又不是參觀自己的辦公室。於是，在眾人的陪同下，王東洋在前面引路，一路來到柳擎宇的辦公室。

王東洋打開辦公室的門，眾人依序進入後，一下子就看到了柳擎宇辦公桌上堆積如山的公文。

最神奇的是，最上面的檔案上還落滿了灰塵，就好像這間辦公室很長時間都沒有人進來過一樣。這是王東洋刻意營造出來的效果。

看到這個樣子，牛建國率先發飆了，寒聲道：「石振強，柳擎宇這個鎮長到底是怎麼回事？為什麼桌子上這麼多需要他批示的公文他到現在都沒有處理？看，這上面都落滿了灰塵。」

一邊說著話，一邊隨手打開一份文件看了看日期，臉色更加陰沉了，指著上面說道：「你看看，這份公文是一個多月前提交的，柳擎宇竟然到現在都還沒有批示，你這個鎮委書記是怎麼當的？柳擎宇都懈怠瀆職成這個程度了，你這個鎮委書記也不向上級反應一下，太失職了。」

石振強連忙露出一副誠惶誠恐的樣子說道：

「對不起，石書記，各位領導，是我這個鎮委書記沒有督促到位，各位領導放心，以後我一定會對柳擎宇同志嚴加督促的。」

其他鎮委委員們看到柳擎宇桌上的亂象，紛紛瞪大了眼睛。

這時，秦睿婕發聲了：

「各位領導，據我所知，柳鎮長每天都會到辦公室來處理一下公文，這些檔案雖然堆積在這裡，但是並不能代表柳鎮長就是瀆職、懈怠了。而且他每天都在為翠屏山的事情奔波忙碌，如果各位領導就這樣下結論，實在是有失偏頗。」

聽到秦睿婕這麼說，牛建國的臉色變得難看起來，沒想到竟然還有人敢和自己這個堂堂的紀委書記頂嘴，當即怒聲道：

「秦同志啊，你還年輕，看問題不能光看表面，姑且不論柳擎宇是否每天到辦公室來，就憑現在他桌子上堆了這麼多檔案不去處理，卻偏偏去跑什麼翠屏山案子的事，就可以斷定柳擎宇絕對是一個不務正業的幹部。黨和人民把鎮長這個職位交給他，是希望他做什麼的？難道就是成天打著跑案子的名義四處遊玩，結果卻連下面提交的檔案都審批不及時，難道這不是不務正業嗎？」

秦睿婕一時間啞口無言。畢竟眼前證據確鑿，她就算想要幫柳擎宇說兩句都說不了。這讓她十分鬱悶。

這時，縣長薛文龍發話了：

「嗯，牛建國同志說得沒錯，不管柳擎宇到底在忙什麼，但是有一件事情不能忘了，那就是他現在是關山鎮的鎮長，他想要通過翠屏山這個案子把關山鎮的經濟發展起來，這種心情是可以理解的。但是思路在本質上就錯了，而且他這種做法絕對是不務正業的，必須要嚴厲處理，以儆效尤。如果每個鎮長都像他這樣，打著發展經濟的幌子無所事事，把正經的工作都給耽誤了，那我們鎮委鎮政府還要不要運行？耽誤了那麼多的工作誰來負責？我認為應該……」

薛文龍後面的處理意見還沒有說完呢，就聽到外面腳步聲響起，隨即，一個十分宏亮的聲音從門口外面傳了進來：

「薛文龍同志，我認為你現在不應該匆忙下結論，畢竟這可是涉及到一個三萬多人口大鎮的鎮長。柳擎宇的工作態度和工作成績都是有目共睹的，而且他在老百姓中的口碑也非常高，如果你匆匆下結論，萬一再次引起關山鎮老百姓的不滿，後果可是很嚴重的啊。難道你忘了上次關山鎮召開表彰大會的時候，老百姓圍堵鎮政府大院時的場景了？薛同志，前事不忘後事之師啊，再說，柳擎宇這個正主既然不在，好歹你也得給他打個電話，把他叫過來聽他解釋一下吧，如果他解釋不通的話，你再處理他也不遲啊。」

隨著聲音越來越近，後面的鎮委委員們紛紛向兩旁閃開，就見縣委書記夏正德帶著縣委辦主任陳凡宇和組織部部長王志強走進屋內。

看到夏正德突然出現，薛文龍的臉色立時難看起來。自己馬上就要**發起總攻**，**享受戰果**的時候了，夏正德竟突然半路殺出！如果是一個人來也就罷了，還把王志強也給帶來，這就讓他感覺到事情有些棘手了。

既然夏正德來了，事情肯定不可能輕易了結，他眼珠一轉道：

「嗯，夏書記說得也有些道理，正好王志強同志這個組織部部長也來了，那咱們就先去會議室集合吧，石振強同志給柳擎宇打個電話，讓他儘快趕到會議室解釋一下。如果他真的能夠在翠屏山的案子中鼓搗出一些成績的話，那他這種不務正業的行為也算是沒有白費，可以原諒；但是，如果他沒有弄出成績，那麼他這種行為必須要得到嚴懲，不管他有什麼藉口，這麼多檔案沒有處理總歸是事實吧？」

牛建國毫不猶豫地點點頭說道：「沒錯，絕對可以。」

薛文龍笑著看向夏正德說道：「夏書記，你看我的意見如何？」

此刻，夏正德看到了柳擎宇辦公桌上那堆積如山的檔案，眉頭也是一皺。雖然他可以確定柳擎宇絕對不會如此不務正業，但是事實擺在眼前，他也不能包庇柳擎宇，薛文龍的提議正好給雙方一個緩衝的空間，他也只能同意，眼前**這個困局如何破解，只能看柳擎宇自己了**。畢竟他是縣委書記，不能因為這件事被薛文龍抓住把柄，那樣的話反而得不償失。

所以，夏正德只能同意道：「好，那就按照薛縣長的意見吧。」說完，邁步向會議室方向走去，眾人緊隨其後。

這時，石振強也拿出手機撥打柳擎宇的電話號碼。

柳擎宇的電話很快就接通了，柳擎宇聲音氣喘吁吁地說：「石書記，找我啥事？」

石振強聲音嚴肅道：「柳鎮長，你現在在哪裡？為什麼沒有在辦公室？」

柳擎宇不解地回道：「石書記，你應該知道的啊，我早就跟你說過了，我現在每天工作之餘都會去翠屏山調研。怎麼，找我有事嗎？」

石振強冷冷道：「縣委縣政府的一些主要領導到我們關山鎮了，你趕快回來，直接到會議室來，縣裡的領導都在這裡等你呢。」說完，便掛斷了電話。

聽石振強語氣如此強硬，柳擎宇的眉頭不禁一皺。此時柳擎宇已經進入鎮政府大院，正在往自己的辦公室走呢。

石振強的這個電話讓柳擎宇心中產生了層層的疑問，因為他在進入鎮政府大院時，看到縣委書記夏正德的一號車和縣長薛文龍的二號車都停在院內，便心生疑竇：這兩位大老相繼來關山鎮到底有什麼事呢？

柳擎宇略微猶豫了一下，沒有按照石振強的指示立刻就去會議室報到，而是先回到自己的辦公室，想要儘快發布仙人洞裡那些優美的照片。

當柳擎宇進入自己辦公室，看到桌上狼藉一片的檔案時，立刻意識到，這次薛文龍下來絕對沒有表面上看起來那麼簡單。

柳擎宇是一個對細節十分注重的人，當他發現文件上竟然帶著厚厚一層灰塵，甚至有的檔案上居然還有手印，這明顯是有人故意做出來的效果，因為這些檔案搬運到自己辦公室的過程中，灰塵不可能還保存得如此完好。

他知道，自己**絕對被人給設計了**。

想到此處，柳擎宇冷笑了一下，暫時放下這件事情，立即打開電腦，把照相機記憶體卡裡面的圖片全都發到了網上。做完這件事以後，這才站起身來，邁步向外面走去。

就在石振強和柳擎宇說完電話後，就接到鎮政府大院門衛的電話，告訴他柳擎宇已經回來了。很快的，又有工作人員給石振強打小報告，說柳擎宇回來後直接去了自己的辦公室。

石振強立刻把柳擎宇已經到了鎮政府大院的事告訴在座的縣委領導們，說自己已經給柳擎宇打了電話，讓他立刻過來，估計柳擎宇很快就應該出現了。

夏正德、薛文龍等人聽說柳擎宇已經到了鎮委大院後，全都正襟危坐，等待起來，卻是許久還不見主角柳擎宇現身。就連夏正德的臉色都有些掛不住了。

眾人都很納悶，柳擎宇既然回來了，為什麼還不趕快過來？難道他不知道這麼多縣委領導都在等著他嗎？

這時候，石振強的手機響了起來，石振強立刻打開免持鍵，就聽有人向石振強報告道：「石書記，柳鎮長直接回他的辦公室去了，要不要我過去催促柳鎮長一下？」

石振強催促道：「嗯，去吧，再次鄭重地告訴柳鎮長一聲，就說所有縣裡的領導們都在會議室等他呢，讓他快一點兒。」

上眼藥！這絕對是在上眼藥！而且是當著這麼多縣委領導的面給柳擎宇上眼藥。石振強這一招太狠了，直接讓在場領導都對柳擎宇產生出一種不滿的情緒，讓所有人都認為柳擎宇高傲自大，根本就沒有把眾多縣委領導放在眼裡。

夏正德的臉色十分難看，雖然他欣賞柳擎宇，但是柳擎宇今天的做派也讓他挺不高興的。在他看來，不管你有什麼事情要做，這麼多縣委領導在這裡等著你呢，你總不能讓領導們在這裡傻等吧。但是柳擎宇居然真的就這樣做，也太不知輕重了。

就在眾人各自琢磨著柳擎宇的時候，柳擎宇發完照片，向著會議室走來。

他並沒有急匆匆地跑過來，而是步履穩健，不急不躁。他的心中跟明鏡似的，他非常清楚，不管自己著急與不著急，會議室內都有陷阱在等著自己，**所有的局，對方早就部署好了，自己唯一能做的就是見招拆招。**

第二章

操控者

柳擎宇眼中射出兩道寒光：「如果你不給我解釋機會的話，只有一種可能，那你就是對我進行栽贓陷害整個事件幕後的操控者，否則您害怕啥呢？如果你想就這樣以一個莫須有的罪名處分我，我柳擎宇絕對不服。」

當柳擎宇推開門，邁步走進會議室的時候，會議室內的氣氛一下子就緊張起來。所有人的目光全都聚焦在柳擎宇這個年輕的鎮長身上。

尤其是關山鎮的這些委員們，他們誰都沒有想到，柳擎宇居然如此大牌，回到鎮政府後，竟然硬是拖了二十來分鐘才趕過來，硬生生的讓領導們等了二十多分鐘，膽子夠大的。

柳擎宇環視四周，直接走到石振強身邊空著的屬於自己的座位上坐下，然後看向縣委書記夏正德說道：

「夏書記，各位領導，真是不好意思啊，我因為有點緊急的工作，所以來得稍微晚了些，還請大家見諒。」

柳擎宇話音剛落，石振強便開炮了：「柳擎宇，你到底在忙什麼？是不是可以直接當著各位領導的面講出來呢？我打電話的時候是不是提醒過你，讓你回來之後立刻就趕到會議室來呢？」

石振強這是在進一步落井下石。

柳擎宇淡淡一笑，點點頭說道：「可以啊，沒有什麼不可以說的。我回來之後，立刻到了辦公室打開電腦，把我從翠屏山仙人洞那邊拍攝的照片發到網上，原因是有一個網友對這些照片十分感興趣。我有一種感覺，當越來越多的網友看到我們翠屏山仙人洞的照片時，就很有可能會考慮過來投資的。」

石振強聽完，當即便一盆冷水潑了下來：

「柳擎宇同志，你實在是太幼稚了，我不是早就跟你說過了嗎？有關開發翠屏山風景旅遊區的案子，縣裡和市裡早就策劃過多次了，從來沒有成功過，難道你認為就憑你在網上發佈一些隨隨便便拍攝的根本都不專業的照片，就能夠找到投資商？

「柳擎宇同志啊，我早就提醒你，讓你暫時放下這個案子，好好把精力放在鎮裡的工作上，但是你卻偏偏不聽，我是拿你沒招了。本來我想要盡力為你提供一些支援的，畢竟你也是為了發展我們關山鎮的經濟著想，雖然明知道你做不出什麼成績，但我一直沒有把你在翠屏山案子上瞎搞這件事情向縣裡彙報，但是現在，我真的沒有辦法再幫你了。」

說完，石振強看向夏正德和薛文龍說道：

「夏書記，薛縣長，各位領導，在這裡我向各位領導認錯，我沒有想到柳同志竟然如此頑劣不堪，不務正業，導致那麼多的檔案堆積如山，一直沒有處理，我要是早點向縣委縣政府彙報一下這件事就好了，也就不會出現如今這樣的問題了。這一切都是我這個鎮委書記一把手沒有把好關，請領導處分我吧。」

聽石振強說完，秦睿婕和孟歡兩人臉上都露出怒色，石振強竟然無恥到這種地步，他這不僅是落井下石，還接連往柳擎宇的臉上潑髒水啊。縣裡領導還沒有給柳擎宇的問題定性呢，他這裡倒是先把不務正業的帽子扣在了柳擎宇的頭上了。

夏正德宦海沉浮這麼多年，對石振強這一手怎麼可能看不出來呢，所以，沒有等薛文龍等人說話，直接對柳擎宇說道：「柳擎宇同志，對於石振強剛才所說的那番話，你有什麼解釋的嗎？」

夏正德在給柳擎宇解釋的機會。

柳擎宇感激地看了夏正德一眼。

「夏書記，各位領導，剛才石書記的這番話，真的是太過分了。」柳擎宇看向石振強，用十分沉痛的聲音說道：「石書記，沒想到你對我竟然如此痛恨，用如此卑鄙的手段來對付我，我對你真的是太失望了。」

柳擎宇猛的抬起頭來，掃視在座的眾人，然後聲音悲憤而鏗鏘地說道：

「各位領導們，各位同事，剛才我回到我的辦公室，看到桌上那堆滿的檔案我就知道，有人故意給我布下了一個局，其目的就是要搞臭我，搞垮我。我剛剛來到會上，在眾領導們還沒有說話之前，我先把針對我的這些佈局大體的說一下吧，大家都看一看，某些人為了搞垮我，到底費了多少心思，用了多少卑鄙的手段……」

聽到柳擎宇這樣說，夏正德眼前一亮，心中暗暗豎起了大拇指。

柳擎宇果然非常聰明，看出了石振強和薛文龍等人的佈局，所以現在他想要搶在薛文龍他們發飆前先把對方的佈局揭穿，這樣一來，等他們真正發力的時候，由於佈局剛剛被柳擎宇揭穿，所以他們的發力就會顯得綿軟無力。

這是處於弱勢地位的人在**絕境中的反擊**。有自己這個縣委書記策應，柳擎宇如果反擊得力的話，很有可能跳出薛文龍和石振強聯手佈局的神仙局。

夏正德看出來柳擎宇的心思，薛文龍這麼厲害之人又怎麼會看不出來呢。雖然他不知道柳擎宇到底看出了他們多少佈局，但是他非常清楚柳擎宇先發制人的打算，他怎麼可能給柳擎宇這樣的機會呢，那樣豈不是讓自己陷入被動之地嗎？

所以，還沒有等柳擎宇點出他們的佈局，薛文龍立刻怒聲道：

「夠了！柳擎宇，你知道你是什麼身分嗎？你是關山鎮鎮長，堂堂的國家幹部，不是潑皮無賴，怎麼能憑著虛無縹緲的推測就胡亂瞎說呢？難道你沒有聽說過一句話嗎？**在事實和證據面前，任何狡辯都是蒼白無力的**。石振強同志身為鎮委一把手，他對你一直以來都是採取包容、支持的心態，但是你呢，你竟然為了一己之私，為了個人的興趣愛好，置鎮裡的工作於不顧，你這就是不務正業啊！

「你辦公室裡有堆積如山的檔案沒有錯吧，這可是在場眾人親眼目睹的，不管你如何解釋，在事實面前，你的任何解釋都是蒼白無力的，縣裡對你這種不務正業，甚至是違紀的行為是絕對不會包庇的。身為縣委領導，我必須要對組織負責，對關山鎮的老百姓負責，絕對不能容忍一個不務正業的鎮長鳩占鵲巢，影響關山鎮發展的大計。

「夏書記，王部長，正好你們都在，我提議，立刻免去柳擎宇關山鎮鎮委副書記的職務，同時向人大提名免去柳擎宇關山鎮鎮長一職。」

薛文龍夠狠！他依仗著自己縣長的身分，直接打斷了柳擎宇先發制人的一招，同時現場提出要罷免柳擎宇，到了這個層次上，柳擎宇根本就沒有什麼發言權了，只能乾瞪眼。

夏正德眉頭立刻緊皺了起來，他沒有想到，薛文龍竟然不顧縣長的身分強行打斷了柳擎宇的談話，而且玩了這麼一手，這簡直是把柳擎宇往絕路上逼啊！我應該怎麼做呢？此刻，夏正德有些犯難了。

如果是一般人，面對薛文龍如此強勢的攻擊，就算腿不發軟，恐怕也不敢再說話了，更何況是直接和縣長大人打對臺。但是，柳擎宇卻偏偏不是一般人，柳擎宇決定以眼還眼，以牙還牙，冷冷地說道：

「薛縣長，看來你真的被我剛才那番話給嚇住了啊？怎麼樣，是不是被我給言中了啊，你這麼急吼吼的強行打斷我的自我辯解，提議處理我，你的目標是不是想要抹掉我所有的正常辯解，直接把事情拿到你們縣委領導層面來進行討論，從而把我這個當事人給過濾掉呢？這真是非常狠辣的一招棋啊！不過薛縣長，您這樣做似乎顯得非常沒有氣度啊，好歹您也是堂堂的縣長大人，發生了這麼重大的事，甚至口口聲聲說我不務正業，就算您要處理我，好歹也得給我一個解釋的機會吧？」

柳擎宇眼中射出兩道寒光，道：

「如果你不給我解釋機會的話，只有一種可能，那你就是對我進行栽贓陷害整個事件幕後的操控者，否則您害怕個啥呢？我不怕你處理我，但如果你想就這樣以一個莫須有的罪名處分我，我柳擎宇絕對不服。而且我相信，在座的各位領導也不是傻瓜，大家來評評理，就算要給一個人判死刑，在判決的時候，是不是也要給對方請一個辯護人，或者讓對方辯解一下呢？更何況我還是堂堂的關山鎮鎮長呢！

「薛縣長，我早就聽說您在景林縣勢力龐大，一手遮天，甚至大有操控一切的架勢，今天看來，此言並非空穴來風啊，現在縣委夏書記也在場呢，按理說，涉及到我這個鎮長級別幹部的人事處理，您怎麼也得請示一下夏書記吧？另外，今天縣委組織部王部長也在場，組織人事的事情是不是也應該跟王部長商量商量呢？您直接拍板決定了，是不是顯得太武斷了，太強勢了，太不給其他各位縣委領導面子了呢？」

柳擎宇炮轟完，整個會議室內頓時鴉雀無聲，氣氛變得有些詭異起來。

薛文龍氣得雙手發抖，臉色發青，想要發作，卻又不得不隱忍，因為只要自己一發作，就會掉入柳擎宇用言語設計下的陷阱中。

夏正德則是大為激賞，柳擎宇竟然採用了這樣一種堂堂正正的方式來進行絕地反擊。一針見血的指出了薛文龍的心虛之處，甚至還暗示自己的遭遇可能是薛文龍聯手別人佈局所致。

柳擎宇最厲害之處在於，他透過引用傳聞中薛文龍強勢、跋扈的形象，再結合現場薛文龍擅自拍板、無視眾位常委們的真實情況，直接點出薛文龍目空一切的風格，引起在場眾人的共鳴。

柳擎宇這樣說，也給了自己和組織部王部長介入這件事情的機會。一番話連打帶消，又是**設置陷阱**，又是**挑撥離間**，真可謂是**精彩絕倫**，**字字珠璣**啊！

夏正德心中暗暗為柳擎宇叫好，嘴上也開口了：「柳擎宇同志啊，你太激動了，剛才的這番話說得有些過了，以後一定要注意一下，道聽塗說的東西就不要拿到如此嚴肅的會議上來講嘛。薛縣長是什麼樣的人，各位常委心裡自有公論，而且你是下級，和上級領導說話的時候必須要注意語氣。」

柳擎宇哪會聽不出夏正德話中的真意！夏正德這明顯是在為自己直接頂撞薛文龍而開脫，同時也為更進一步介入這件事情提供鋪墊。所以他立刻順坡下驢說道：

「是，夏書記說得是，我剛才的確有些激動了，在這裡我向薛縣長道歉！我相信薛縣長您身為一縣之長，肯定不會和我這樣的小人物計較的，對不對？不過夏書記，我希望薛縣長能夠給我一個自我解釋的機會，總不能讓我跟岳飛一樣，一個莫須有的罪名就直接把我違紀處理了吧？那樣的話，我真的是死不瞑目啊。現在可是法治社會，領導們天天喊法制治國，薛縣長和各位領導怎麼也得以身作則不是?!」

「嗯，你說得的確有些道理，法治社會必須要講究法制嘛，薛縣長，你看人家柳同志都向你道歉了，也要求自我辯解一下，你不會拒絕吧？」夏正德接口說道。

不得不說夏正德出手的時機和火候把握得剛剛好。這時候出手，讓薛文龍既有了臺階可下，不必被柳擎宇那番話給逼得發飆，又在實際上幫助了柳擎宇，讓薛文龍無話可說，可謂堂堂正正的介入。

此刻，會議室內眾目睽睽之下，薛文龍就算是再強勢，再囂張，也不能不考慮形象，畢竟這裡不是縣委常委會，這裡還有關山鎮的領導們。所以，雖然他心中非常清楚夏正德和柳擎宇是一夥的，卻又無法進行反駁，只能憋著一股悶氣，瞪著柳擎宇道：

「好，柳擎宇，既然你需要辯解的機會，沒有問題，我是縣長，肯定是要講理的，但是你記住了，不管你說得多麼天花亂墜，最終講的還是事實，希望你能夠拿出讓我們所有人都眼前一亮的事實出來，不要進行無謂的推測，就算你推理、分析得再合理，那依然只是假設。」

薛文龍久經沙場，怎麼會給柳擎宇留下破綻呢，柳擎宇話還沒有說呢，他就先直接堵住了柳擎宇有可能出擊的角度。因為他相信，柳擎宇接下來要說的，肯定是對自己的辯解，而他絕對拿不出證據來證明自己無罪，只能靠分析脫身，那麼他先把柳擎宇給扣上，到時候柳擎宇辯解和不辯解根本沒有什麼兩樣。

不過儘管如此，薛文龍心中還是氣得快吐血了，因為柳擎宇這突如其來的一手，逼得他讓出了主動權，現在只能被動地看著柳擎宇去表演。缺少了那種**掌控一切的快感**，對他這個強勢縣長來說，絕對是一個打擊。

柳擎宇很聰明，聽薛文龍這樣說，立刻就明白了對方的想法，不過他心中自然也有自己的打算，所以立刻沉聲道：

「好，沒問題，薛縣長的意思我明白了，各位領導，接下來我就要為我自己辯解一下了。剛才薛縣長口口聲聲說我不務正業，我想薛縣長所謂的罪證應該是指我辦公桌上那些堆積如山的檔案吧。但是在這裡我可以明確的告訴各位，我平時的工作習慣是每天早晨先到辦公室，把需要批示的檔案處理一下，如果沒有相關的公文了，這才前往翠屏山進行實地考察。晚上我會再回辦公室，把一天積累的檔案處理一下，這樣做，完全不會造成工作上有任何失誤，而且我已經交代負責的洪三金同志，如果有什麼急事立刻給我打電話，我會及時作出指示的。我也和石書記報備過，有什麼重要的事可以提前給我打招呼，我會進行安排。

「今天早晨我出發前，辦公桌上並沒有任何檔案需要我處理，這一點，我相信鎮府辦主任王東洋同志應該非常清楚。因為這些檔案一直都是由他負責進行派送。各位領導如果有什麼疑問可以直接問他。當然啦，某些領導會質疑檔案上那厚厚的灰塵，說我到底有多久沒有處理公務了，那麼我只能說，這位領導，你腦袋被驢給踢了吧？你好好看看我辦公室裡的辦公桌、地面、茶几上，那上面有灰塵嗎？

「這麼簡單的事都看不出來，你不覺得慚愧嗎？還是說你是故意直接無視了呢？就算你要收拾我，怎麼也得把證據給坐實了才行吧？總不能就因為幾本堆滿灰塵的檔案，以及一些看似有道理、實則破綻百出的毀譽之詞，就給我戴上一個不務正業甚至是違紀的帽子吧？我們黨一直講究實事求是，縣委也一直強調這一點，難道您就是這樣實事求是的嗎？」

柳擎宇看到眾人臉上都露出深思之色，清楚這番辯解之詞已經引起所有人的思考了，畢竟大家都不是笨人，很多事情一點就透。而且柳擎宇相信，石振強和薛文龍他們在操作這件事情的時候，並沒有考慮到夏正德這個因素。他們以為用那些招術就可以收拾掉自己了。加上自己的確每天往翠屏山跑，這樣一來，表面上毫無破綻，只是誰也沒想到夏正德突然橫插一槓，給了自己機會。

正當所有人都以為柳擎宇辯解結束了，柳擎宇再次語不驚人死不休，一句話震翻全場所有人！

他看向薛文龍，聲音沉穩地說道：

「薛縣長，石書記，你們不是說我鼓搗翠屏山這個案子是不務正業嗎？那麼今天我先把話撂在這裡，我有信心在一個月之內，給這個案子找到合適的投資商前來投資，因為這絕對是一個有著巨大投資價值的案子，真正有眼光的人，是絕對不會放過這麼好的案子的。

「薛縣長，我不知道你對於網路的力量瞭解不瞭解，但是我要告訴你的是，隨著網路的發展，招商引資的模式早已不再局限於舉辦一場投資洽談會、招商大會，或者是去外資企業遊說那麼簡單了。毋庸置疑，那些模式還是有效的，但是現在有更多更有效、更便捷的方式。你不懂不代表不存在，你做不到的事情，不代表別人做不到。而且我調研翠屏山這個案子，是已經向縣委夏書記打過報告的，夏書記也大力支持，不信，你可以問一問夏書記。」

此刻，不僅薛文龍被柳擎宇這番話給震驚了，夏正德也被震驚了，因為柳擎宇根本就沒有向他彙報過他要操作翠屏山這個案子。

但是夏正德是一個頭腦很靈活的人，就算柳擎宇說的不是真的，為了保住柳擎宇這樣一個一心為民的人才，他也會配合柳擎宇的，所以點點頭道：

「嗯，沒錯，柳同志曾經就翠屏山這個案子向我彙報過，我對他非常支持。我認為，這個案子雖然我們這些老同志們做不成，但是不表示年輕同志們也幹不成，我們要給年輕人一些表現的機會嘛！」

薛文龍眼中幾乎要噴出火來，這件事被夏正德這麼一攪和，幾乎將柳擎宇不務正業的問題直接跳過了。

既然無法在不務正業這個題目上做文章，他立刻把矛頭焦點對準了柳擎宇剛才所提的要在一個月內找到投資商的承諾。

「柳擎宇同志，你剛才口口聲聲說你能在一個月內為翠屏山案子找到投資商，希望你所說的話是真的，否則的話，你違反紀律、不務正業之事，連同其他的問題都會一起清算。對於這一點，你怎麼看？或者說，你剛才所說的那番話只是緩兵之計，想要拖延、淡化此事？」

夏正德不禁也為柳擎宇擔憂起來，在他看來，柳擎宇這個承諾提的太大了，翠屏山這個案子做不起來就是因為其中有太多的問題，但是柳擎宇卻偏偏說有辦法在一個月內找來投資商，這可真是有點玄啊。

然而，柳擎宇卻像不明白薛文龍的意思似的，拍拍胸脯道：

「沒問題，如果我不能在一個月內找來投資商，我願意接受縣委縣政府的處理，啥都不說。」

柳擎宇話風一轉，聲音傲然地說道：

「但是，薛縣長，石振強同志，我有一個要求，那就是如果我真的在一個月內找來了投資商，你們必須就冤枉我之事當面向我道歉！不要以為往我辦公室桌上堆一堆檔案就可以證明我柳擎宇不務正業，真正的不務正業不是批不批公文，而是有沒有切切實實的為老百姓去做事！總不能什麼事都不幹的人卻隨意地指手畫腳，那樣會讓人心寒的。怎麼樣，薛縣長，石振強同志，敢不敢接受我的這個要求？」

整個會議室內鴉雀無聲，誰也沒有想到，柳擎宇竟然囂張到如此程度，居然要薛文龍和石振強道歉！這得要多大的勇氣啊。

夏正德不僅沒有對柳擎宇的這種作風反感，反而更多了幾分欣賞之意，他相信，柳擎宇這個人辦事絕對不會無的放矢，很有可能他真的有些門路。

一直冷眼旁觀的縣委組織部部長王志強卻是心中一動。他一直按照老領導的要求，密切注視著柳擎宇的一舉一動，他發現柳擎宇這個才廿二歲的年輕人，在面對薛文龍這樣超級強勢的縣長時，臉上竟然沒有一絲一毫的懼意，這在同齡人當中，絕對是十分特殊的。即便是自己這樣的老油條，面對薛文龍的時候也是慎之又慎，但是柳擎宇竟然凜然不懼，這可是很耐人尋味啊。

薛文龍也沒有想到柳擎宇竟然逼著自己和他去對賭，這讓他好氣又好笑。在他看來，柳擎宇的這種行為有些小孩子氣，整個景林縣縣委縣政府和市裡都無法解決的問題，柳擎宇這個毛頭小子也不可能解決，所以他冷冷說道：

「好，柳擎宇，如果你真的能夠拉到投資商的話，我薛文龍向你道歉又何妨；但是如果你拉不來的話，我會直接拿掉你這個鎮委副書記和鎮長的職務。」

柳擎宇毫不猶豫地點點頭：「沒問題。君子一言，駟馬難追。」

就在這個時候，柳擎宇的手機響了，柳擎宇拿出手機一看，竟然是那個叫「隨便看看」的網友。他忙接通電話，帶著幾分調侃的語氣笑道：

「隨便看看，怎麼突然給我打電話了，你不會是想要到我們景林縣來投資吧？」

電話那頭一個略顯生硬的聲音說道：「柳老大（**柳擎宇的網名**）是吧，你剛才發的那個仙人洞的照片我看了，風景真的是美不勝收。我是韓國宇天集團投資部的總經理朴再興，我準備這個星期五上午帶著考察團趕到你們關山鎮，實地考察一下翠屏山風景區的

「柳擎宇，你鬧什麼鬧，你眼中還有沒有縣領導，有沒有組織紀律？」紀委書記牛建國幫著薛文龍壯聲勢道。

柳擎宇毫不畏懼的回道：「牛書記，我這個人是個粗人，但是組織紀律我還是懂的，對真正為老百姓做事的人，我柳擎宇絕對尊敬；對做事公平之人，我柳擎宇絕對尊敬，但是對那些虛情假意甚至栽贓陷害之人，我柳擎宇只能橫眉冷對，事情該怎麼辦就怎麼辦！」

牛建國被嗆得鼻子都氣歪了，想要再說什麼卻說不出來，因為他發現柳擎宇這傢伙根本就是個生瓜蛋子，蒸不熟，煮不爛，完全不理會官場上的一些規矩。

「好，好，柳擎宇，我薛文龍好歹也是景林縣的縣長，不至於那麼沒有心胸，既然你真的把投資商給找來了，不管對方能否留下來投資，說明你的確是在認真做事的。我薛文龍向你道歉，對不起了。」

薛文龍說完，氣乎乎地直接轉身向外面走去。

牛建國和金宇鵬等人一看，氣惱地看了柳擎宇一眼，跟在薛文龍的身後向外走去。

石振強看到這種情況，知道自己不向柳擎宇道歉是不行的了，也只能心不甘情不願地恨恨看著柳擎宇道：「柳擎宇同志，我向你道歉。」然後便跟著薛文龍的腳步向外行去。

這樣一來，其他關山鎮鎮委委員們可就坐蠟了，走也不是，留也不是。走的是在縣裡一家獨大的縣長，留下的卻是真正的一把手縣委書記。

夏正德看出了眾人的為難，大方地道：「願意去送一送薛縣長的同志們就去吧，不用管我。」

有夏正德這句話，隸屬於石振強那一邊的鎮委委員們紛紛跑出去送薛文龍了。孟歡和秦睿婕留了下來。人大主任劉建營猶豫了一下，也沒有走。

夏正德看了留下來的幾個人一眼，將目光落在柳擎宇的身上，教訓道：「柳擎宇啊，你剛才做得的確是有些過了，好歹薛文龍同志也是縣長，你應該給他留點面子啊。薛縣長這個人的個性……」

後面的話，夏正德沒有說，給眾人留下了充分的想像空間。

「夏書記，謝謝您的提醒，我明白您的意思，不過，我這也是無奈之舉。其實薛縣長這次來關山鎮的目的，大家都心知肚明，他就是衝著我來的，想要把我拿下。如果不是夏書記您及時趕到，和各位同事們的幫忙，恐怕我還沒有趕回鎮政府呢，就已經被薛縣長他們稀里糊塗的給處理了。

「我柳擎宇一向是有恩必報，有仇不饒的個性，他不犯我，我絕不惹他，但是他既然犯了我，我絕不會坐等挨刀，必須進行還擊。至於以後到底會怎麼樣，就隨他去吧，我柳擎宇行得正，坐得端，沒有什麼好怕的，我只想在我擔任關山鎮鎮長期間，真正的為關山鎮經濟的發展做出自己的貢獻，讓關山鎮的老百姓能夠多增加一些收入。」

夏正德聽柳擎宇這樣說，心中頗有些觸動。這就是年輕的好處啊！沒有太多的顧慮，只按照自己的想法去做。自己也曾經有過這樣的時候，只是隨著宦海沉浮，年輕時候的鋒芒和稜角都被殘酷的現實磨平了。為了自保和生存，自己不得不變得圓滑，看到現在的柳擎宇，夏正德彷彿想起了年輕時的自己。

「嗯，好，既然你是這樣想的，我也不多說什麼了，相信我的意思你都明白了，你們年輕人好好幹吧，未來是屬於你們的。我們這些老同志能夠做的，就是儘量扶植你們一把，讓你們走的更遠一些，讓老百姓因為有你們這樣的好官員而得到更多的實惠。」

夏正德說出了自己的心聲。

柳擎宇也有些感動，提出邀請道：「夏書記，這週五您有時間嗎？為了表示我們對這個案子的重視，您要是有時間的話，我想邀請您在週五的時候過來親自坐鎮，盡可能的爭取把這個案子談成。」

夏正德十分高興，柳擎宇這是又在給自己分享政績啊。反正只是一天的時間，就算不成也無所謂，於是他毫不猶豫地說道：

「好，那週五我就過來一下，幫你們關山鎮把把關，不過，主要的工作還是得由你這個聯繫者親自來進行操作。」

夏正德這是在暗示柳擎宇，如果成功了，政績的大頭還是柳擎宇的。

大家都是聰明人，做事情都很有分寸。敲定好這些事，都十分開心。

然而，柳擎宇他們這邊開心，薛文龍、牛建國等人卻非常不開心。

他們離開會議室之後，直接上了汽車向縣裡駛去。

車上，牛建國和薛文龍坐在後座，牛建國說：「薛縣長，您看柳擎宇所說的那個韓國宇天集團來關山鎮考察的事靠譜嗎？」

薛文龍臉色陰沉著說道：「這個還真不好說，從柳擎宇和對方的對話來看，他們似乎是透過網路認識的。按照常理，一個投資商竟然在網路論壇裡廝混，這事怎麼聽怎麼都感覺到有些玄乎。但是人家又確實說要去關山鎮考察，所以一切還得看人來了之後的情況。」

牛建國憂慮地說道：「薛縣長，我現在最擔心的就是這個投資商是真的，柳擎宇絕對會邀請夏正德出席這一次的考察接待行動。如果案子真的談成了，這可是天大的政績啊，卻沒有我們的一份，這對我們來說，形勢十分不利。」

薛文龍陰笑道：「事情哪有那麼容易，韓國人精明著呢，以前我們也不是沒有接待過韓國投資商，最後還不是泡湯了?!如果他們真的有意投資的話，我們也不用擔心，到時候可以伺機而動，劫胡！」

「劫胡？」

聽到這兩個字，牛建國突然眼前一亮，臉上立刻露出興奮的笑容，衝著薛文龍豎起大拇指說道：「還是縣長高明，我們的確可以劫胡啊，既然是這樣，現在我們只需要靜觀其變就可以了。不管柳擎宇那邊倒騰出什麼東西來，最終把關的還是您這裡啊，到時候，您只需要三言兩語，柳擎宇那邊不就啥事都沒有了嗎？尤其對那些外國商人而言，他們要的是利益，只要我們稍微把柳擎宇提供給外國商人的條件放寬一些，這項政績就妥妥的揣進您的口袋啦！太高明了。」

薛文龍聽完牛建國的話後只是高深莫測地一笑，並沒有多說什麼，但是他的心中，**一個計策已經悄然滋生**。他這一次要玩死柳擎宇！

就在兩個人在車上密謀的時候，柳擎宇那邊送走夏正德後，立刻便開始忙碌起來。

眨眼之間，星期五到了。

上午八點左右，柳擎宇便接到了朴再興的電話，說他們十點鐘準時到達關山鎮，考察團隊隨行共七人。

接到這個消息，柳擎宇立刻指揮著黨政辦的人開始忙碌起來。

到了九點左右，柳擎宇和石振強在鎮政府大院門口首先迎到了縣委書記夏正德。

夏正德下車後，柳擎宇便立刻向夏正德報告了朴再興一行人的資訊，夏正德聽完後，滿意地點點頭說道：「嗯，很好，小柳辦事很是靠譜，不錯。」說著，邁步就要往裡面走。

這時，石振強突然說道：「夏書記讓柳鎮長先陪著進去吧，我在這裡等一下，再有一會兒薛縣長也要到了。」

聽石振強這樣說，柳擎宇和夏正德全都愣了一下。

石振強笑著說道：「是這樣的，薛縣長是我邀請過來的，我認為為了表示我們景林縣和關山鎮領導對於韓國投資商的重視，應該縣委縣政府領導一起出席才能表達我們的誠意。」

柳擎宇一聽，頓時氣得七竅生煙，石振強竟然玩這麼一手。但是到了這個地步，他想要阻止也不可能了。而且身為縣長，薛文龍絕對有資格指導關山鎮展開工作。

夏正德淡淡說道：「好吧，那你就先在這裡等著吧，小柳，咱們先上去吧，外面風有點大。」

外面有風嗎？沒有！

柳擎宇點點頭：「好，那我先陪夏書記上去，薛縣長就麻煩石書記你去接待一下吧。」便陪著夏正德向裡面走去。

此刻，一邊往裡面走，夏正德和柳擎宇的眉頭都緊緊地皺了起來。薛文龍此行絕對來者不善，而且對方的意圖非常明顯，就是來跟他們搶奪政績來的。

柳擎宇忿忿不平地說道：「夏書記，人還可以無恥到薛縣長這種地步嗎？」

「小柳啊，**身在官場，什麼事情都會遇到**的，像薛文龍這種人，你以後肯定還會經常遇到，所以不必大驚小怪的。不管是**在官場上、商場上還是職場上，摘桃子，搶功勞都**

是常態，習慣就好了。對於這種人，根本無法回避，尤其是你現在身為下級的情況下，只能隱忍，做好你能夠做的事情。上級領導的眼睛不會一直被蒙蔽的，誰在認真做事，誰沒有，領導清楚得很。政績和功勞這種東西如果總是靠耍這種小手段去獲得，這樣的人是絕不會有多少前途的。走吧，咱們去會議室好好聊聊。」夏正德語重心長地道。

在柳擎宇和夏正德進入會議室後不久，石振強和薛文龍兩人也有說有笑地走了進來。四人坐下之後，便就翠屏山案子的前景聊了起來。

由於有了夏正德的開導，雖然柳擎宇心中十分鄙視薛文龍，但仍然和他虛以委蛇，就好像和薛文龍從沒有發生過什麼矛盾衝突一樣。至於薛文龍的表現就更為自然了，有時候還十分親切的叫柳擎宇一聲小柳，甚至讚揚柳擎宇兩句。

雖然柳擎宇表面上一直在和薛文龍虛應故事，但是心中對薛文龍卻越來越感到厭煩和鄙視，他的思緒彷彿穿越了時空一般，高高在上俯瞰著會議室內的幾個人，包括他自己。

柳擎宇心中說道：「這就是**人生的無奈**吧，有些事，不管你願意不願意，就是必須要忍受；有些事情，你明知道對方無恥，卻不得不和他虛以委蛇，因為彼此的地位不同，處境不同。自己想為老百姓們多做些事，就不能不按官場規矩來，否則一旦被薛文龍這樣的人抓住把柄，恐怕事情還沒做呢，自己就被他給拿下了。真是無奈啊，悲哀啊。」

這無奈的現實！這無恥的虛偽，何時才能結束？

對柳擎宇來講，每一分鐘都是煎熬。他討厭這樣的氛圍，卻又不得不應付著。

這時，電話響了起來，是朴再興打來的。

柳擎宇立刻站起身來，看著眾人說道：「夏書記，薛縣長，朴再興來了，我出去迎接一下。」

薛文龍搶先一步道：「對方是投資商，為了表示我們對他們的重視，咱們一起出去迎接吧。」

夏正德眉頭皺了一下，對薛文龍搶了自己的話頭十分不滿，仍是忍了下來。

眾人來到鎮政府大院外面稍等了兩分鐘後，三輛越野車便停在鎮政府大院門口。只見前面那輛車車門一開，跳下一個身穿黑西裝、白襯衫、打著領帶的年輕人，這個人從右側下車後，立刻快步走到左側後車門處，拉開車門，伸手擋在車頂上。隨後，一個四十歲左右、戴著金邊眼鏡的中年男人從車內鑽了出來。再隨後，後面兩輛車上也下來六個人跟在眼鏡男的身後。

柳擎宇看了眾人的動線位置一眼，便斷定戴著金邊眼鏡的男人應該就是朴再興，便邁步迎了上去，笑著伸出手來說道：

「這位應該就是朴再興總經理吧，我是關山鎮鎮長柳擎宇，歡迎你們宇天集團一行到我們關山鎮前來考察翠屏山風景區這個案子。」

朴再興笑道：「柳鎮長你好，我就是朴再興，真沒有想到你這個鎮長這麼年輕啊……」

雙方寒暄了兩句，柳擎宇又給朴再興引見了夏正德、薛文龍和石振強三人，隨後說道：

「朴總，您看我們是現在就去風景區考察，還是先到我們會議室休息一下，我先簡單的給你介紹一下翠屏山風景區的情況？」

朴再興不浪費時間地道：「我們直接去風景區吧，一邊走你一邊給我們介紹介紹，這樣效率最高。」

眾人紛紛上車，柳擎宇則上了朴再興的汽車，直奔翠屏山風景區。

在車上，柳擎宇簡單的把翠屏山的大體情況報告給朴再興，包括各種困難以及一旦開發出來的前景都毫無保留的一一陳述，聽得朴再興連連點頭。

隨後，眾人花了三個多小時的時間，在柳擎宇的帶領下，把翠屏山風景優美的地方都看了一遍，尤其是感受了一下溫泉的好處。一直到下午兩點左右，這才乘車返回。

眾人吃了晚飯後，雙方正式在會議室內面對面地坐了下來。

朴再興首先發言道：

「各位，現在我們已經考察完了，我可以肯定，翠屏山風景區的風景的確非常優美，尤其是仙人洞和溫泉十分獨特。但是我發現翠屏山開發起來的難度極大，尤其是景林縣的道路條件實在太差，據我瞭解，之前也曾經有開發商過來考察過，但是後來都沒有投資，我相信這一點大家也心知肚明。

「在這裡，我代表我們宇天集團說出我們討論的結果，我們願意在翠屏山風景區進行投資，但是條件必須談好，第一個條件就是要獲得翠屏山風景區一百年的獨家開發許可權，由我們獨立經營，任何人無權干涉。」

這還是第一次有投資商確定要投資，朴再興說完，會議室內頓時鴉雀無聲。所有人都在思考，權衡著。

他們也注意到，朴再興第一個條件就要求取得一百年的獨家開發許可權，還必須由他們獨立經營，其他人無權干涉，這絕對屬於霸王條款，那麼後面的條件是什麼？

不過這種念頭在薛文龍腦海中只是一閃而過，對他來說，現在最重要的是政績，至於一百年的獨家開發權，他根本沒有看在眼中。誰開發不是開發啊，只要這個案子能夠帶動當地經濟發展，能夠寫入自己的政績，其他的都無所謂了。

和薛文龍的心態不同，此刻夏正德和柳擎宇的眉頭卻是緊鎖著，尤其是柳擎宇，聽到朴再興竟然提出這種條件，眼底深處閃過一絲冷笑。

不過他並沒有把他的心態表露出來，而是淡淡地說道：「哦，你的第一個條件我知道了，後面還有什麼條件嗎？說出來聽聽。」

其實眾人的反應，朴再興全都盡收眼底，而且對他們的心態也有所瞭解。因為他是一個中國通，對於華人的官場文化十分精通，平時他喜歡混跡於各大論壇中，一是可以瞭解中國的各種最新資訊和社會走向，二是可以通過論壇發現投資機會，還可以結識一些朋友。尤其是官場上的朋友，瞭解他們的內心想法，這也是他敢獅子大開口的原因，因為他相信**有些官員為了政績，啥都敢幹**。

此刻，看到柳擎宇對自己的第一個條件連質疑都沒有質疑，就直接詢問後面的條件，他心中更加興奮了。

本來他第一個條件就是漫天要價，還等著柳擎宇這邊坐地還錢呢，卻沒有想到柳擎宇根本就沒有還價，於是，他認為柳擎宇就是個為了政績的傻大膽，所以他再次獅子大開口道：

「柳鎮長，第二個條件是景林縣和關山鎮在稅收政策上，必須要給予我們宇天集團優惠，至少二十年免稅。畢竟這個案子一旦建成，將會給景林縣的經濟帶來巨大的帶動效應，我相信即使沒有這些稅收，景林縣的經濟依然會飛騰起來。而且關山鎮至景林縣這部分的道路必須要儘快拓寬、修好，只有這樣，才能確保遊客能夠順利到達關山鎮。」

柳擎宇臉上的表情依然很淡然，「哦，還有什麼條件嗎？」

朴再興真的有些呆住了，自己都說出這兩個如此重大的條件了，柳擎宇居然還沒有討價還價?!所以他的貪欲又大了一些：

「我還有一個要求，那就是風景區附近方圓兩公里的村民必須要搬遷出去，以免影響到風景區的觀瞻。至於其他要求，會寫在具體的合約中，由我們的談判代表提出來。」

「哦，朴總經理，我是不是可以這樣理解，你所說的這些，就是你們宇天集團的合作前提條件，如果我們不能滿足的話，你們就不會考慮在翠屏山風景區進行投資呢？」柳擎宇慎重地問道。

朴再興點點頭道：「沒錯，這是我們最基本的合作條件。當然，在一些條件上，我們還可以再坐下來商談的。」

朴再興並沒有把話說死，因為他已經看到了翠屏山風景案子上潛在的美好前景，他也不希望一下子就談崩了。

這時候，柳擎宇臉上露出十分嚴肅的表情說道：

「哦，談判嗎？我看就不必了，我現在就可以直接回覆你，對於你的這些條件，我全都不同意！所以我們之間也沒有必要再進行談判了，那樣純屬浪費時間。」

說著，直接站起身來伸出手道：

「朴總經理，非常感謝你和宇天集團的同事們千里迢迢來到我們景林縣關山鎮考察這個案子，對你們的這種敬業精神，我表示崇高的敬意，謝謝你們對這個案子前景的肯定。再見。歡迎你們下次來我們這邊旅遊。」

震驚！朴再興被震驚了！夏正德被震驚了！薛文龍和石振強也被震驚了！

誰也沒有想到，對方只是剛剛提出條件，柳擎宇竟然沒有向任何人請示直接就表示不同意，並且毫不留情的下了逐客令。

朴再興當時臉色就黑了下來，柳擎宇竟然一點都不給他這個投資商面子！自己可是投資商啊，以前自己去洽談案子的時候，那些地方官員哪個不是把自己捧得高高的，生怕自己對哪裡露出不滿。至於自己所提出的條件，對方就算是不滿意，也會委婉的表示出來，至少還會通過談判來進行協商。這個柳擎宇倒好，直接就說不同意，還下了逐客令，這哥們兒是官員嗎？這種作風也太粗暴，太沒有水準了吧。

朴再興也是一個久經戰陣之人，城府極深。看到柳擎宇這種做派，自然清楚柳擎宇直接拍板做出決定絕對屬於官場不當行為，尤其是在縣委書記和縣長全都在場的情況下。所以他立刻臉色一變道：

「柳鎮長，真沒有想到，你們關山鎮、景林縣竟然是這樣對待投資商的，真是太讓我失望了，既然你這樣表態，那這個案子我看是真的沒有什麼好談的了。回去之後，我會把你們景林縣對待投資商的態度告訴我們韓國商界的朋友們，我要告訴他們，你們景林縣的領導是怎樣對待我們這些投資商的。告辭了。」

接著，便作勢準備向外走去。

看到這個情形，薛文龍坐不住了，這可是天大的獲取政績的機會啊，怎麼能這樣把他們放走呢，尤其是從朴再興的表態來看，很明顯是把柳擎宇當成了當家做主之人啊，這怎麼可以呢！

所以他立刻站起身來追了過去，說道：「朴總，不要急著走啊，在我們景林縣，還輪不到柳擎宇來做主的，他的態度並不能代表我們景林縣的態度，很多方面我們還是可以坐下來談的。」

朴再興自然不是真的想走，不過是裝腔作勢罷了，聽薛文龍說完，他轉過頭來，聲音有些失望地說道：

「薛縣長，真的對不起，我還得去你們隔壁天辰縣區考察另外一個風景區，就先告辭了。如果你們真的有意和我們合作的話，就等你們先確定到底誰能夠做主拍板之後，再派人聯繫我的秘書。告辭了。」

說完，朴再興毫不猶豫的離開了。

薛文龍又追著勸說了兩句無果，只能先把對方送到了外面，柳擎宇和夏正德等人也起身出去相送。

等對方離去後，薛文龍立刻怒氣沖沖的對柳擎宇吼道：「柳擎宇，你以為你是誰啊？你有資格拍板嗎？你這是在招商引資嗎？你懂得怎麼招商引資嗎？你懂得什麼叫談判嗎？你認為你這個鎮長合格嗎？」

薛文龍一連串的質問直接把矛頭指向柳擎宇。

石振強也幫腔道：「柳擎宇，你的行為太武斷了，你的眼中還有縣委領導和我這個鎮委書記嗎？你做得太過分了，你必須要為你今天的行為負責！」

此刻，夏正德一句話都沒有說，只是默默地看著柳擎宇，他也需要柳擎宇的解釋。

看到薛文龍和石振強先後發飆，柳擎宇不慌不忙地說道：

「薛縣長，石書記，我理解你們想要拿下這個案子的心理，但是我要反問你們一句，我們為什麼要推廣翠屏山這個案子？我們推廣這個案子的根本目的是什麼？是為了滿足我們這些官員的個人政績需求，還是為了帶動當地的經濟發展，讓老百姓享受到翠屏山案子建設所帶來的好處呢？我想問問你們，如果我們同意了朴再興的要求，關山鎮的老百姓將會得到什麼好處？我們景林縣又會得到什麼好處？如果同意他們的要求，除了當官的得到政績以外，我們到底能夠獲得什麼？」

柳擎宇說完，現場眾人一下子都沉默了下來。

薛文龍和石振強心裡迅速組織詞彙，看要如何反駁柳擎宇。

薛文龍搶先發難道：

「柳擎宇，你是不是認為**只有你自己才是真正的為民做主，為老百姓謀取福利**？你是不是認為**除了你以外，其他人都是貪圖政績之輩**？如果你真是這樣想的話，那真是無藥可解了。我可以明確的告訴你，我們曾經請專家估算過，如果翠屏山風景區能夠開發出來的話，將會給整個關山鎮和景林縣帶來巨大的利益，這筆利益比起那些稅收來說，絕對是十分划算的。而且只要這個風景區開發出來，你們關山鎮老百姓是受益最大的，僅僅是住宿、吃飯和販賣各種紀念品等周邊消費，就足以讓關山鎮老百姓變得富裕了。而且大家都看出來，人家朴總經理是真心想要在翠屏山案子上投資的，你的莽撞行為卻破壞了這個十分難得的機遇，更何況，對方漫天要價，我們也可以坐地還錢嘛，你幹嘛非得如此無禮的直接把投資商趕走呢？你這根本就是成事不足敗事有餘嘛！」

柳擎宇回擊道：「薛縣長，您這話雖然說得頭頭是道的，那麼我想要問問你，當初我在沒有任何希望的情況下，天天往翠屏山跑，然後在網上發佈各種帖子吸引人氣的時候，您和石書記是怎麼給我定位的？不務正業！我說的沒錯吧?!現在，你眼看著投資商被我氣跑了，就又可以胡亂指責我了嗎？薛書記，你又錯了！

「你不要認為我柳擎宇年輕不懂事，事實上，我比任何人都希望這個案子能談下來，但是，薛縣長，請您記住，飯要一口一口吃，不要太著急，不要吃相太難看！我今天之所以直接拒絕朴再興的條件，是因為我知道他在漫天要價，如果我們真的要跟他落地還錢的話，那麼我們就真的被他給設計了。因為當場和他討價還價的話，我們只能在他所設定的框框裡去談，到那個時候，我們就太被動了。

「就算最終能夠把這個案子談下來，真正受到損失的還是鎮裡和縣裡的財政收入，是老百姓的納稅錢，難道我們這些當官的為了自己的政績就可以犧牲國家和人民的利益嗎？薛縣長，完全沒有這個必要！我們還有很多辦法去和宇天集團進行談判！」

薛文龍打斷柳擎宇的話，冷冷地說道：「那如果宇天集團不和我們再進行談判了呢？」

柳擎宇毫不猶豫地說道：「他不同意談判，我們可以再繼續找其他的投資商，好貨是不愁等的。」

「哼，你說得倒是輕鬆啊，不過都是紙上談兵而已！對我們景林縣和關山鎮來說，發展的機會稍縱即逝，翠屏山這個案子我們必須要重視起來，我看這個案子上你就暫時不要介入了，這個案子縣裡會親自負責的。」

薛文龍根本就不聽柳擎宇那一套，馬上做出決定。

柳擎宇冷冷一笑：「怎麼，薛縣長，您真是好算計啊，想要摘桃子是吧？沒問題，如果縣裡能夠和投資商談成，我柳擎宇願意大力配合，但是在這裡，我也提三點要求，第一，翠屏山風景區必須要採取股份制來進行開發，我們關山鎮和關山鎮的老百姓必須要有相應的股份，投資商可以獲得經營管理權，但是不能把我們關山鎮和關山鎮的老百姓排斥在外；

「第二，在稅收上可以給予部分優惠，但是絕對不能減免，至於二十年免稅更是不可能！修路部分，這個可以協商，但是我們關山鎮沒有資金可出；

「第三，關山鎮老百姓不可能撤離風景區範圍之內，老百姓的權益絕不能受到一絲一毫的損害！

「能做到這三點，縣裡隨便你談，我沒有任何意見，否則的話……」柳擎宇眼中射出兩道寒光，殺氣湧現。

現場再次沉默下來。以薛文龍的心機，怎麼可能直接回覆柳擎宇呢，如果他要回覆的話，豈不是正好落入柳擎宇的設計之中！所以他只是冷冷地看了柳擎宇一眼，對縣府辦主任左明義說道：「老左，咱們先走吧。」便直接向自己的汽車走去，再也沒看柳擎宇一下。

夏正德一琢磨，薛文龍回去肯定會對翠屏山這個案子進行部署，甚至很有可能縣政府會插手此事，這件事發展到這種局面，形勢已非常複雜了。

以薛文龍的個性和為人，一定會想辦法儘快敲定這個案子，這樣他就可以得到這個天大的政績，然後再設局把自己擠走，他就可以名正言順的成為景林縣的一把手了。所以，不管從自己利益的角度，還是從為了關山鎮、景林縣老百姓的利益角度，他都必須趕快回去部署一下，絕對不能容忍國家和人民的利益被某些官員的政績給綁架了。

所以，夏正德和柳擎宇打了個招呼，也鑽進自己的車子返回縣城。

第三章

翠屏山開發案

就在柳擎宇為了翠屏山的案子加班加點的時候，在景林縣縣政府會議室內也是燈火通明。薛文龍和縣政府其他七位副縣長們也在加班研究著翠屏山風景區的案子。只不過，薛文龍研究的方向恰恰和柳擎宇截然相反！

柳擎宇回到辦公室後，再次忙碌起來，他繼續在網路上發佈有關翠屏山風景區的各種帖子，為翠屏山風景區進行宣傳。

夜色籠罩關山鎮大地，整座小鎮上，村民家中炊煙嫋嫋，菜飯香瀰漫各處。

鎮政府鎮長辦公室內，柳擎宇依然伏案忙碌著。

這時，洪三金手中提著一袋番茄雞蛋麵進入柳擎宇辦公室，將麵倒入碗中，然後拿出一雙筷子放在柳擎宇面前，心疼地說道：

「鎮長，您先歇會兒吧，我帶了剛剛出鍋的番茄雞蛋麵，您先趁熱吃吧，我特意叮囑陳嫂多給放了一個雞蛋。」

陳嫂是鎮政府斜對面小吃店的老闆，她家的番茄雞蛋麵十分正宗，雞蛋也是自己家裡養的土雞蛋，吃起來噴香噴香的。自從柳擎宇到了關山鎮後，因為獨身一人，所以陳嫂麵館就成了柳擎宇最常去的地方。

聞到香噴噴的麵香，已經餓腸轆轆的柳擎宇放下手頭的規劃方案，收拾一下桌子，拿過碗有滋有味地吃了起來。

對於吃的方面，柳擎宇並不挑剔，多年的部隊生活早就讓柳擎宇養成了節儉習慣。

就在柳擎宇這邊為了翠屏山的案子加班加點的時候，在景林縣縣政府大院，縣政府會議室內是燈火通明。薛文龍和縣政府其他七位副縣長們也在加班研究著翠屏山風景區的案子。

只不過，薛文龍研究的方向恰恰和柳擎宇截然相反！

薛文龍用手叩擊著桌面，沉聲道：

「各位同志們，翠屏山風景區案子關係到我們景林縣未來的長遠發展，關係到我們景林縣能否完成今年的吸引外資的指標。一直以來，我們景林縣由於地處偏遠，招商引資一直都是弱項，我們這些當領導的壓力很大啊，這可是關係到我們這些領導官帽子的事情啊！當然，我堅持引進韓國宇天集團也並不全是為了自己的官帽子，最重要的，是為了景林縣的長遠經濟發展，為了景林縣的未來！所以，我們必須要把目光放得長遠一點，有些時候犧牲一些眼前的暫時利益還是可以的嘛，只要能夠帶來長遠的利益，一切都是可以考慮的。」

薛文龍臉上露出嚴肅之色接著說道：

「所以我認為，對宇天集團提出的條件，我們可以慎重地考慮一下，當然，他們提出的條件我們絕不能全部答應，但是，條件我們可以和對方進行商談嘛！絕不能像柳擎宇一樣，一棒子就把對方打死，趕出去了。這完全是胡鬧嘛！這麼重要的事情怎麼能夠如此武斷呢！柳擎宇同志還是太年輕了。雖然這個案子的開發商是他聯繫來的，但是這個案子繼續以柳擎宇為代表和投資商談下去已經不合適了，所以我提議，案子由我們景林縣縣政府來接手，全盤負責，至於柳擎宇的功勞，我們是不會忘記的，大家看怎麼樣？」

「同意！」

「同意！」

能夠拿下這個案子的主導權，就意味著一旦這個案子落地之後就能獲得政績，在這個時候，誰會不願意呢?!

當然，副縣長中也有人在冷眼旁觀，對薛文龍的這種做法十分鄙夷，但也只能保持沉默，畢竟在縣長會議上，大部分聲音還是支持薛文龍的。

看到大多數人表示同意，薛文龍滿意地說道：

「好，既然大部分同志都同意我的意見，那麼從現在開始，我們正式接管關山鎮翠屏山風景區的管理權和談判權。此事由我們景林縣縣政府全權負責，到時候政府辦給關山鎮下個通知告訴他們一聲就行了。下面我們接著討論一下，在和宇天集團進行談判的時候，這個條件我們應該怎麼去談……」

接下來，在薛文龍的主導下，縣政府方面對朴再興所提出的三個條件進行了討論，最終決定把宇天集團要求的獨家經營權由一百年改為六十年，把免稅二十年改為免稅十二年；至於修路這一塊，景林縣沒有資金，但是可以拿風景區未來的稅收去銀行進行抵押，同時向市裡申請一部分資金；至於遷走老百姓的要求，這一點薛文龍沒有考慮就答應了，對他來說，遷走老百姓只是一句話的事，不過遷移的費用，必須要由宇天集團來出。

確定了這些條件後，縣政府方面立刻決定成立翠屏山風景區招商專案領導小組，由薛文龍親自出馬，帶著縣府辦主任左明義和兩名副縣長前往北京，找朴再興再次進行談判。

在這之前，薛文龍也早已經向自己在蒼山市的靠山，市委副書記鄒海鵬進行了彙報。

鄒海鵬聽完之後大喜，立刻對薛文龍進行指示，這件事必須盡一切努力把宇天集團的投資商留在景林縣，如果成功，這是整個蒼山市利用外資的又一個重大政績之一。

鄒海鵬的盟友，蒼山市市長李德林聽到這個消息也十分高興，如果能夠在自己調走前再撈到這麼大的一個案子，這將會確保自己下一步的提拔障礙變得更小。所以他也指示薛文龍要盡一切努力留下這個投資商。

夏正德這邊也向市委書記王中山報告了這件事，王中山聽完彙報後，只說了一句，先看看再說，並沒有給出進一步的指示。

在景林縣，夏正德和薛文龍鬥得十分厲害，但是在市裡，市委書記王中山和常務副市長唐建國在這個案子上則是保持著沉默，沒有任何動作，但是市長李德林和市委副書記鄒海鵬卻公開表態支持。

而柳擎宇也已經聽洪三金報告了薛文龍帶著談判小組前往北京，再次去找朴再興進行談判的事。

洪三金焦慮地說道：「柳鎮長，要是按照縣政府制定的談判方案，我們關山鎮和附近的老百姓根本不可能獲得多少實實在在的好處啊！咱們是不是趕快去縣裡或者市裡活動一下？」

「不用急，先等一等，我非常想知道，為了自己的政績，薛文龍能夠把事情做到何種程度。」柳擎宇淡定地說。

「那萬一薛縣長真的和宇天集團談成了呢？我們怎麼辦？」聽柳擎宇這樣說，洪三金更加焦慮了。

「沒事，就算他談成了，也得問問我們關山鎮的老百姓答應不答應！哼，**在民意面前，一切都是紙老虎！**老洪，你放心吧，如果薛文龍要是做得太過分的話，我會讓他吃不了兜著走！」

在洪三金看，柳擎宇明顯處於劣勢，甚至眼前的劣勢根本就無法逆轉，但是柳擎宇卻偏偏說能夠讓薛文龍吃不了兜著走，柳擎宇到底依仗的是什麼呢？

雖然內心有著很多疑問，但是洪三金卻沒有追問，說道：「柳鎮長，您還有什麼指示沒有？」

「這樣吧，和省裡有關專家接洽，讓他們到我們關山鎮的溫泉去考察的事就交給你了，一定要做好這些專家的接洽和考察工作，到時候我也會出面。」柳擎宇吩咐道。

三天後，薛文龍帶著談判小組凱旋歸來，和他一起回來的，還有朴再興以及他的兩個主要助手。

在三天的北京之行中，薛文龍歷盡坎坷，終於見到了朴再興，看到談判條件放鬆不少之後，朴再興終於同意和景林縣簽訂初步合作協議。他這次到景林縣，就是來參加景林縣所舉行的新聞發佈會的。

新聞發佈會將在明天上午十點準時舉行，為此，薛文龍還專門邀請了市委副書記鄒海鵬和市長李德林，請他們過來坐鎮。一是為了分享政績，二則是為了鎮場，以免夏正德和柳擎宇他們想辦法搗亂。

就在薛文龍他們回來當天，蒼山市電視臺和景林縣電視臺都大範圍報導了景林縣將會於明天舉行新聞發佈會，並將在會上正式簽約的消息。對宇天集團將要投資的三億元更是大肆炒作，弘揚政績之心昭然若揭。

柳擎宇自然也得到了這個消息。對此，柳擎宇只是冷冷一笑，隨即撥通了縣委書記夏正德的電話：「夏書記，我想麻煩您一件事。」

夏正德笑著說道：「什麼事情，你說吧。」

柳擎宇沉聲說道：「夏書記，我想要瞭解一下縣裡和韓國宇天集團簽訂初步協議的主要內容。」

夏正德略微猶豫了一下，隨後說道：「好，沒問題，我這就讓秘書發給你。」

身為縣委書記，雖然他並沒有參與到和宇天集團的談判中，但是對於薛文龍和宇天集團談判的內容他還是清清楚楚的，畢竟他是縣委書記，薛文龍就算再獨霸，也不敢繞過他這一關。所以，談判完成後，薛文龍立刻指示手下把相關的談判文件發給了夏正德，這一招叫先斬後奏，讓夏正德一點脾氣都沒有。

他們彼此也都清楚對方，一個是出招兇悍，一個是引而不發，互相也在進行博弈著。

自從夏正德回到縣裡之後，對於薛文龍的行動全都瞭若指掌，但是一直沒有採取任何動作，只是聽之任之。他在等待機會。

身為一名資深的官場老油條，他早已發現，在翠屏山風景區這個案子上，柳擎宇似乎胸有成竹，所以他在等待著柳擎宇出手。他相信，等柳擎宇出手之後，自己再伺機後動，才能夠達到最好的效果。

等秘書把相關的檔案發給柳擎宇後，夏正德便期待起來。他很想看一看，柳擎宇到底會如何出手。

柳擎宇接到談判的檔案，仔細看完後，臉色立時便沉了下來！一拍桌子憤怒地站起來，雙眼怒視著景林縣方向咬著牙說道：

「薛文龍，你做的真是太過分了！如此喪權辱國、充滿了妥協、媚外的合約你都敢簽，由此可見你心裡想的只有自己的政績啊！根本就沒有把我給你的警告放在心裡，更沒有把關山鎮老百姓放在心裡，既然如此，可就別怪我柳擎宇不給你面子了。哼，你想要政績嗎？我偏偏不給你，還要狠狠的打你的臉！」

說完，柳擎宇給洪三金打電話，讓他立刻預訂兩張當天從蒼山市前往北京的機票，隨後他拿出手機再次撥通了縣委書記夏正德的電話：

「夏書記，您今天有時間嗎？我想您陪我去一趟北京，去見一見另外一個對我們關山鎮翠屏山風景區有意的投資商。」

夏正德原以為柳擎宇會讓自己配合他阻止新聞發佈會的發佈，或者是公佈薛文龍的談判條件，借輿論手段來攻擊薛文龍，逼他放棄這個合約。卻沒有想到柳擎宇的出招方式如此詭異，竟是預留了另一個投資商。

所以他毫不猶豫地說道：「好，沒問題，咱們什麼時候出發？」

「下午兩點我們開車去縣委接您，四點從蒼山市機場坐飛機飛北京，然後連夜趕回來。夏書記，恐怕您今天晚上得為了關山鎮老百姓的未來辛苦一下了。」

夏正德笑著說道：「好，沒問題，為了老百姓的利益，我就算是苦點累點也是應該的。身為一把手，就必須要有為人民服務的精神。」

當天下午，柳擎宇和夏正德乘車來到蒼山市機場，坐飛機趕往北京。

到達北京的時候已經是下午六點多了，現在是十月份，天早已經黑了。

在飛機上，夏正德雖然一直在閉目養神，但其實他的心中一直在思考著一個問題，

柳擎宇找的這個投資商到底是誰？對方到底會開出什麼條件來與景林縣進行合作？柳擎宇又是怎麼認識這個投資商的？

當夏正德和柳擎宇一起下了飛機，走出停機坪來到接客區，就看到一名身材高大、穿著一身亞曼尼西裝、身材略顯瘦削的中年男人在朝著柳擎宇招手，那個男人的身後，還停著一輛限量版的加長型凱迪拉克。

柳擎宇不慌不忙地走了過去，對方上來便給了柳擎宇一個擁抱，分開後，對方含笑說道：「老大，你終於回來了，要不要我招呼兄弟們一起聚一聚？」

柳擎宇連忙擺擺手道：「老田，這次我的時間太緊了，我來北京的目的，主要是陪著我們縣委書記找你談翠屏山風景區合作開發一事的，和兄弟們相聚的時間有得是，今天就免了，談完後，我們還得趕回景林縣呢。」

接著，柳擎宇看向夏正德說道：「夏書記，這位就是北京『先鋒投資集團』的董事長田先鋒，是我的哥們兒，他比我大，不過偏偏喜歡管我叫老大。我管他叫老田，您別見笑，這都是一種稱呼而已，重點是我們兄弟的交情很夠。

「他們公司主要是以戰略投資為主，從事各種投資領域的業務，旅遊領域也是他們公司投資的重點之一，本來這次翠屏山風景區的案子我沒有想到他們，不過他們公司投資部的負責人在上論壇的時候看到了我發的帖子，並且告訴了他，昨天晚上他才聯繫上我，我知道是他以後也有些意外，這算是一種巧合吧。」

簡單的說明了一下原委後，柳擎宇又看向田先鋒說道：「老田，這位是我的領導，景林縣縣委書記夏正德同志。」

雖然田先鋒和柳擎宇是哥們兒，但是考慮到此行是來找投資的，所以夏正德主動伸出手來說道：「田總你好，我是夏正德。」

田先鋒也十分熱情的和夏正德握了握手，道：「夏書記，和我您就別客氣了，走，咱們上車談。」

三人上了加長型款凱迪拉克。

田先鋒看向夏正德說道：「夏書記，你看咱們是先去吃飯，還是先去談投資的事？」

夏正德很清楚田先鋒不過是客氣才先問自己，便看向柳擎宇說道：「擎宇，你看咱們怎麼樣？」

柳擎宇回道：「老田，咱們直接去你公司吧，我們先把合作開發的事敲定了，然後直接在你們公司樓下找家飯店吃一頓，我們還得連夜飛回去呢。」

有田先鋒和柳擎宇的這層哥們兒關係，案子進展的十分順利，談判過程中，雙方秉承著合作共贏、讓老百姓受益的原則，達成了一連串的合作協議。包括採取股份制原則，由先鋒投資集團出資五億，占百分之五十一的股份實行控股；景林縣和關山鎮則占股百分之四十一；而景林縣老百姓則以民宿、農家菜、溫泉等多種形式占股百分之八。

整個案子由先鋒投資集團聘請專業的管理團隊進行管理，景林縣、關山鎮可以派出部分人員進行監管和協管，三方合作共贏。

景區附近的老百姓，也不需要搬遷，相反，他們可以根據自家條件的不同，選擇成為景區的員工、服務人員，也可以選擇農家樂形式加盟風景區。

至於景林縣通往關山鎮的這段路，先鋒投資集團提出了兩個方案，一個是由景林縣聯合市裡負責投資修路，修好後，先鋒集團每年支付五百萬算是贊助費；第二個方案則是由先鋒集團和景林縣、市裡聯合修路，由收取過路費的方式來回收成本，成本回收後，立刻取消公路收費。

在稅收優惠政策方面，先鋒投資集團提出的是考慮到前期投入的資金巨大，成本回收周期相對較長，所以前三年每年免除百分之五十的各項稅費，三年後，每年免稅金額逐年遞減百分之十，八年後正常交稅。

對先鋒集團提出的條件，夏正德一聽就知道這對景林縣和關山鎮來說，是十分優越的，應該是田先鋒看在柳擎宇的面子上才會把條件放得這樣寬。所以毫不猶豫的就答應了下來。

唯有對修路到底選用哪種方案，夏正德沒有當場拍板，說要回去請示一下。不過修路一事已經不影響大局，雙方很快便簽訂了初步合作協議。

在柳擎宇的要求下，田先鋒當天晚上也和柳擎宇、夏正德他們一起飛去了景林縣，柳擎宇的目的非常明確，隔天上午九點半，景林縣和先鋒投資集團也將召開新聞發佈會，宣布雙方簽署投資協議。至於新聞媒體，柳擎宇完全不用操心，這件事由夏正德接管過來，對他來說不過是幾個電話就搞定的事。

坐在飛機上，夏正德的臉上不由露出濃濃的笑意。

這時夏正德才明白柳擎宇的思路。柳擎宇是想要透過引入先鋒投資集團，從而對衝宇天集團，而提前半個小時舉行新聞發佈會的消息傳出去後，薛文龍絕對會急得團團轉，再接下來，**好戲就要開場**了。

想明白柳擎宇的思路後，夏正德終於可以把心放下來了，累了一天的他也終於可以閉上眼睛，好好的睡一覺了。

此刻，景林縣，縣長薛文龍家中。

晚上十一點左右，薛文龍突然接到一個記者朋友打來的電話。

「薛縣長，難道翠屏山案子你們景林縣找了兩個投資商一起合作嗎？」

薛文龍一愣：「沒有啊，怎麼可能找兩個投資商呢，我們只和韓國的宇天投資集團談了啊。」

記者疑惑道：「不對啊，我們很多記者都接到了通知，說是明天上午九點半，在你們景林縣還有另外一場新聞發佈會，發佈會的主題是景林縣和一家名為先鋒投資集團的公司簽署合作開發翠屏山風景區的協議。」

薛文龍當場傻眼！立時頭就大了，他怎麼也想不通，為什麼會突然冒出這麼一個新聞發佈會出來。

薛文龍連忙對這個記者道謝，並暗示會有酬謝，掛斷電話後，薛文龍當即思索起來。縱橫官場多年，他還是第一次遇到這種情況。其實，他不用分析便可以猜到主導這場新聞發佈會的人肯定是縣委書記夏正德。而把時間放在九點半，明顯是針對縣政府這邊十點舉行新聞發佈會的時間。

他早已把新聞發佈會的時間公佈出去了，記者也都知道了，更改時間的話是不太可能的，可如果真要讓夏正德那邊的新聞發佈會發佈成功了，那麼縣政府這邊和宇天集團達成的協議怎麼辦？還算不算數？

翠屏山只有一個，不可能一女嫁二夫！雖然現在僅僅是達成初步協議，後面還有更改談判的空間，但是薛文龍絕不願意自己這一方去更改，因為如果是按照自己和宇天集團的談判協議去走，這個政績就完全是自己的，夏正德頂多只有一個領導功勞。

可如果按照夏正德那邊的談判協議走，功勞可就全都是夏正德的了！這是他絕對不能忍受的。

而且朴再興也暗示一旦合作談成，將會有自己的好處。雖然對方沒有明說數目，但是薛文龍相信好處絕不會是小數目。所以，不管從哪個角度考慮，薛文龍都不能讓夏正德那邊的新聞發佈會召開，至少不能讓他們成功召開。

但是現在問題出來了，自己該怎麼樣才能阻止那邊召開新聞發佈會呢？

思慮良久，夏正德還是把自己的鐵桿，縣委副書記包天陽給喊了過來，把夏正德那邊要舉辦新聞發佈會的事告訴了他。

包天陽聽了，眉頭也緊皺起來，道：「縣長，夏正德這一招玩得還真夠狠的啊！這絕對是釜底抽薪之計啊，我只是很納悶，夏正德到底又從哪裡弄來這麼一個投資商的呢？如果有這個投資商，他為什麼不早點拿出來？還是說，其實柳擎宇早就找到了這兩家投資集團，只是先把這個韓國投資商拋出來作為誘餌吸引我們上鉤，然後再利用這個先鋒投資來對我們進行打擊？」

薛文龍搖搖頭說：「不可能！這一點絕對不可能！不管是柳擎宇也好，夏正德也好，他們雖然都很聰明，尤其是夏正德這個老狐狸，雖然城府極深，但是對他的斤兩我還是有所瞭解的，他絕對不可能想得那麼遠，否則的話，柳擎宇也不會費勁的天天往翠屏山上跑，到處上網發帖子了。」

包天陽聽薛文龍這樣分析，點點頭道：「嗯，這倒是也解釋得通，不過就目前而言，我們根本不可能再採取其他的方案，只能把和宇天集團的合作方案一推到底。所以，目前我們要做的，是想辦法幹掉夏正德那邊的合作方案，推行我們的合作方案。」

「你說得倒是沒錯，但是我們怎麼樣才能幹掉他們的方案呢？現在我們連他們合作方案的細節都不知道啊！」薛文龍氣悶道。

包天陽笑著說道：「這個好辦，既然那邊明天就要舉行新聞發佈會了，我相信合作方案他們肯定早就出來了，我們身為縣委領導，絕對有權知道他們合作方案的內容是什麼。所以，我們可以提議立刻舉行緊急常委會，就選用哪個合作方案舉行常委會投票，以我們在常委會上的勢力，絕對可以把他們那邊的方案給幹掉的。現在我唯一擔心的就是那邊的合作條件比我們的合作條件要優惠許多。」

「不管那邊到底開出了什麼條件，我們都要幹掉他們的合作方案，就算他們的合作方案比我們的好，我們也可以找出理由來反駁他們的方案。實在找不出反駁理由，就乾脆說他們的合作方案不靠譜，不足以讓常委會信服。這樣一來，就算他告到市委那邊去，我們也有話可說，不會被他們抓住把柄，頂多只能說我們分析判斷有誤而已。後路我們根本不需要擔心。」薛文龍狠狠地道。

「好，那我們現在立刻分頭行動，您去找夏正德，要求舉辦緊急常委會，我立刻和其他縣委常委溝通一下，爭取獲得最大程度的支持。我們一定要在常委會上就把他們的合作方案扼殺掉。」包天陽聽了說。

兩人都是老搭檔了，各種事運作起來自然十分順暢。

只不過薛文龍給夏正德打電話的時候，夏正德正在飛機上呢，電話處於關機狀態，所以薛文龍一直沒有撥通。他立刻給夏正德辦公室打電話，辦公室也沒有人接，打到夏正德的秘書那裡，這才得知夏正德竟然去了北京，不確定什麼時候回來。

這下薛文龍可急眼了。他必須要在明天上午九點半前在常委會上把夏正德的方案給幹掉！否則夏正德那邊的新聞發佈會一舉行，事情可就亂套了！

所以薛文龍只能不斷的撥打著夏正德的電話。撥了一會兒之後，他乾脆把自己的秘書喊了過來，讓他替自己撥，他則先進裡面的小屋裡休息一會兒。

薛文龍的秘書撥了足足有兩個多小時，電話依然沒有接通。

此刻，已經是凌晨一點鐘，夏正德和柳擎宇的飛機距離蒼山市還有二十分鐘左右的時間。夏正德和柳擎宇都睡醒了過來。

「小柳，猜猜現在薛縣長那邊是一種什麼狀態？」夏正德看向柳擎宇道。

「我估計薛縣長那邊應該急得冒火了吧？以薛文龍的個性，他得知咱們的新聞發佈會提前他們半個小時開始，絕不會善罷甘休的，而他最大的優勢，就在於縣委常委會上他掌控的票數比較多，所以，不出意外的話，他一定會想辦法讓您召開緊急常委會，在常委會上投票表決把咱們的方案幹掉。這樣的話，他們就可以名正言順的推行他們的合作方案了。」柳擎宇老神在在地說道。

夏正德點點頭，對柳擎宇的分析完全贊同，又繼續考問道：「小柳，如果薛縣長那邊真要是那樣操作的話，你認為我應該如何應對呢？」

「夏書記，這個我認為不難，您可以這樣……」柳擎宇便把自己的想法說了出來。

夏正德聽完，滿意地拍了拍柳擎宇的肩膀道：「小柳，真沒有想到，你年紀輕輕的，玩起權術鬥爭這一套來還真是頗有天賦啊，尤其是你的想法天馬行空，連我都想不到，很好很好。」

「書記，如果我猜得不錯的話，等咱們一下飛機，打開手機，薛縣長的電話就會打進來了。」柳擎宇淡淡笑道。

「是啊，薛文龍的個性一向是風風火火的，對他有利的事，辦起來能提前絕對不推遲，對他不利的事情，則是能推遲絕對不提前，絕對的一個油滑官吏啊！」

柳擎宇猜得果然沒錯。他們剛下飛機，薛文龍秘書便把電話撥了進來。

秘書聽到電話接通後反而一愣，隨即連忙道：

「夏書記您好，我是薛縣長的秘書潘紅傑，我馬上請他過來和您說話，您稍等。」隨後，潘紅傑快步走進小屋，把薛文龍給叫醒。

薛文龍聽夏正德的電話撥通了，趕忙一骨碌從床上爬起來，快步衝到電話機旁，一邊平復著焦慮的心情，一邊語氣嚴肅地說道：

「夏書記，聽說你要在明天上午九點半舉行新聞發佈會？我想我們有必要召開緊急常委會，好好的溝通協調一下這件事。」

薛文龍說完，發現夏正德竟然沉默不語，不禁急眼，為了逼夏正德就範，他再次鄭重的強調：「夏書記，我們必須要協調好這件事，否則一旦出現一女二嫁的狀態，不管是對你對我、對景林縣都不是什麼好事，這容易讓外人說我們縣委班子不夠團結。現在我們整個縣委班子的成員對這件事都十分關注啊。」

夏正德這才淡淡說道：「好，這樣吧，你通知所有的縣委常委們，兩小時後，也就是凌晨三點召開緊急常委會，我現在人在蒼山機場，馬上坐車趕回去。」

「好的，好的，我馬上通知其他常委們。」聽夏正德同意了，薛文龍連忙說道。

他就等著夏正德的這句話，掛斷電話後，薛文龍的臉上立刻露出得意之色，暗道：「夏正德啊夏正德，不管你手段多麼高明，在常委會上，你根本沒有資格和我叫板，這一次，我要堂堂正正的擊敗你！」

這邊，夏正德掛斷電話後，對柳擎宇說道：「聽薛文龍剛才說話的語氣十分興奮啊，看來他已經把一切都準備好了，就等著我過去鑽進他所設的陷阱裡去了。」

「每個人在自己策劃陰謀的時候都會十分得意的，總是認為自己運籌帷幄，掌控一切，實際上，這樣的人有些時候也挺可悲的。」柳擎宇語帶感慨地道。

夏正德點點頭，嘆道：「是啊，其實像薛文龍那樣的人，如果把心思都用在工作上，絕對是一把好手，只是為了權欲，現在越來越偏離軌道了。」

話題說到這裡有些沉重，夏正德便沒有再說下去，兩人乘車直奔景林縣。

凌晨三點左右，夏正德趕到縣委大院內，剛進大院，就看到縣委常委會議室的燈光全都亮著，偶爾有幾聲咳嗽聲或者談話聲傳出來。看到這裡，他便知道薛文龍已經把戰場都擺好了。

夏正德便對柳擎宇說道：「小柳啊，你先去縣委招待所湊合一夜，我得先應付這一場戰鬥。」

柳擎宇點點頭，夏正德的戰鬥他是幫不上忙的，好在他已經幫夏正德謀劃過了，相信一切都在掌握之中，所以也就放心的去睡覺去了。

夏正德稍微休息了一下，洗了把臉，這才來到常委會會議室內。景林縣其他十名常委悉數在列。

看到夏正德，薛文龍雙眼閃出兩道興奮之光，立刻起身道：

「夏書記，真是辛苦你了，這麼晚了還得過來開會，不過不開會不行啊，翠屏山案子總不能一女嫁二夫吧，我們今天必須得做出一個決斷才行，否則只能讓其他地方和上級領導看我們的笑話。」

薛文龍沒有拐彎抹角，直接開門見山，直奔主題，算是給夏正德一個小小的下馬威。

夏正德早有準備，聽完淡淡一笑，說道：「好，沒問題，我也正有此意，一女嫁二夫的確不妥，既然大家來了，我們就開始吧。薛縣長，在進行討論前，我認為是不是應該先把你們縣政府方面和宇天集團合作協議的樣本，以及我們縣委這邊和北京先鋒投資集團合作協議的內容拿出來給所有常委們都先看一看，讓大家心中有數，否則直接討論的話，是不是對整個縣委班子、對整個景林縣人民、尤其是對關山鎮人民有些不負責任呢？我相信這一點你應該不會反對吧？」

薛文龍心中一驚，他本來的打算是雙方直接口述一下彼此方案中的精要部分，這樣自己就可以揚長避短，先摸一摸夏正德那邊的底細。畢竟夏正德是書記，肯定是他先發言，卻沒想到夏正德竟然玩了這一手，而且夏正德最後一句還是個反問句，就好像自己要是反對的話就心中有鬼似的。

薛文龍是個性格十分高傲之人，自然不會被夏正德嚇退，於是說道：「好，沒問題，我這就給潘紅傑打電話，讓他把影本給送過來。」

同時，夏正德也打電話給自己的秘書李學群，讓他把樣本給送來。

一會兒，雙方樣本送到，兩位秘書分別把影本一一發給在座的各位常委們。

夏正德坐在主持席上，掃了一眼眾人說道：「大家先把這兩份合作協議好好地看一下，二十分鐘後，我們正式開始討論和表決。」

薛文龍只看了幾眼夏正德方面的合作協議，臉色便凝重起來，這份合作協議在條件上比起自己那份要好太多了，而且是多方得利。在薛文龍看來，這樣的方案根本是不合實際的，也不可能，開發商又不是傻瓜，哪個開發商不想賺錢啊，怎麼會同意這樣的合作條件呢？

如果這份方案是真的話，那麼自己和朴再興談的那份方案根本就沒有成功的可能了！

不行，不管夏正德這份方案是真是假，我都必須認定它是假的，否則的話對自己十分不利。薛文龍心中打定主意，一定要徹底否定夏正德他們的這份方案了。

二十分鐘很快過去，夏正德看時間差不多了，便抬起頭來說道：「好了，時間差不多了，我相信兩份方案的優劣大家都非常清楚了，大家談談自己的觀點吧，看看這兩份合作方案我們到底應該選擇哪一個？」

薛文龍立馬接口道：「夏書記，雖然你辛苦一天了，但是我還是要打擊你一下，我認為，你提供的這份合作方案不太可能是真的！夏書記啊，你很有可能是被這個先鋒投資集團給騙了。如果按照這個方案實施的話，這個先鋒投資集團根本就不是什麼投資商，而是救世主和慈善家了嘛，但是這個世界上有真正的救世主嗎？沒有！絕對沒有！

「資本的本質是什麼？逐利！雖然我們縣政府和宇天集團談的合作方案看起來有些苛刻，但是這恰恰體現了對方是真誠和我們合作的，因為他們想要追逐利益最大化，而我們景林縣追求的是長遠利益，只要景林縣經濟發展起來了，翠屏山案子上的損失相對來說微不足道。」

「薛縣長，你這個結論也太武斷了吧？你能拿出證據來證明我拿的這份合作方案是假的嗎？如果沒有的話，還請你收回你的話。」夏正德還擊說。

薛文龍冷冷一笑，道：「夏書記，我的確沒有證據可以證明你的這份合作方案是假的，但是你有辦法證明你的合作方案是真的嗎？」

薛文龍十分狡猾，立刻一招以彼之道，還施彼身，將皮球再次踢回到夏正德手中，他相信夏正德根本沒有任何辦法可以證明。

讓薛文龍跌破眼鏡的是，夏正德毫不猶豫地說道：

「沒問題，如果需要的話，我現在就可以證明我的合作方案是真的。證明方式很簡單，先鋒投資集團的董事長田先鋒先生就住在我們縣委招待所內，隨時可以過來。另外，我相信大家也都看到了，在我提交的那份合作方案中，明確指出明天上午九點半新聞發佈會召開之前，對方會將一千萬的保證金匯到我們景林縣財政的帳戶上，以確保對方投資的真實性。我想問一問薛縣長，你所提供的那份合作方案中，有沒有提到保證金這一項？如果沒有，你怎麼確定在那樣苛刻的合作條件下對方的合作誠意呢？」

薛文龍一下子傻了，他和韓國投資商談判的時候，只注意要拿下這個案子，壓根就沒有想過對方是否真正想要投資，他要的只是自己的利益和政績。

見薛文龍一時之間答不上來，縣委副書記包天陽立刻插嘴道：

「夏書記，就算是有這一千萬保證金也不能證明對方是真正的想要投資啊，我相信在座常委都很清楚，夏書記提供的這份合作方案實在是太讓人不可思議了。夏書記，我認為在這個問題上，我們沒有必要去爭辯誰是誰非，我看大家直接對這兩份方案進行投票吧！每個常委心中都有自己的一桿秤，還是用最民主的辦法來做出抉擇吧。」

包天陽直接來了個一招致命，那就是忽略所有的過程，直奔最終表決，這樣就可以將夏正德的優勢全都化解掉。

夏正德不僅沒有驚慌，反而臉上露出高深莫測的笑容，因為目前常委會上的大致流程幾乎全都被柳擎宇料到了七八分，而柳擎宇建議他的後手還在後面呢。

夏正德看向其他常委說道：「大家怎麼說？」

薛文龍的嫡系們紛紛表態說直接表態的好，夏正德看著這些人上躥下跳的樣子，淡定地說：「看來咱們縣委裡面想法和薛縣長一致的人很多嘛，那我們就先表決再說吧。同意薛縣長所提交的合作方案的請舉手。」

夏正德說完，薛文龍、包天陽、金宇鵬、牛建國、周陽全都舉起手來，五票！

薛文龍看到只有自己的人馬舉起手來就是一愣，因為按照他的設想，自己穩獲五票，只要中立常委中隨便有一個人支持自己，那麼自己就穩操勝券了。但是沒想到，其他常委卻沒有一個投他票的。

縣委副書記包天陽的臉色也十分難看，因為和常委們進行溝通的工作是他負責的，卻沒有想到自己好話說盡，最終的結果卻是這樣。

薛文龍目光從那幾個中立的常委們臉上一一掃過，冷冷說道：「還有沒有人舉手？」

低頭！沉默！無人應答！

薛文龍怒焰滔天，卻又沒法發脾氣。

這時，夏正德出招了。

第四章

利益交易

謝老六雖然畏懼胡高的背景，但是涉及到利益時，依然是據理力爭，因為他清楚像胡高和他背後的那些人，一向是吃人不吐骨頭。和他們之間只能是利益交易，與虎謀皮的同時必須要想辦法自保，而利益就是最關鍵的東西。

「好，既然沒有人舉手了，那麼我們接著表決，同意我所提交的合作方案的請舉手！」

刷刷刷！夏正德舉起手後，立即又有四名常委舉起手來對夏正德表示支持。這四人分別是縣委辦主任陳凡宇、縣委統戰部部長呂新宇、縣委組織部部長王志強、縣人武部政委程凱。

平時，除了陳凡宇是鐵桿，跟隨夏正德外，王志強、程凱、呂新宇三人都是屬於絕對的中立派。除非必要或者涉及到自己主管的範圍和利益，他們絕不會支持任何一方！但是這一次，他們三人都破例表態了！

因為他們看到了這兩份方案中的巨大差距！他們非常清楚這兩份方案所代表的含義！他們不想看到一些官員因為自己的政績而出賣整個景林縣、尤其是關山鎮老百姓的利益！

五票！也是五票！此刻，不管是夏正德也好，薛文龍也好，全都把目光定格在唯一一位沒有表態的縣委常委王雨晴的臉上。

王雨晴是常委會中唯一一名女性常委，職務是常務副縣長，雖然和薛文龍一樣同屬縣政府行列，但是她和薛文龍並不是一路人，平時做事十分低調。

雖然薛文龍在縣政府方面一手遮天，但是她也不在意，只是在自己職責範圍內，把自己的工作做好，就像是個透明人一樣。

薛文龍對王雨晴的這種作風也早已習慣了，畢竟對方是女性幹部，又不和自己爭權，所以他對王雨晴也不過分為難，兩人一直相安無事。

這一次，王雨晴再次處於中立立場，讓薛文龍和夏正德兩人心中都有些不滿，但是兩人也不能明言，只能看向王雨晴。

看到兩位大老看向自己，王雨晴淡淡說道：

「夏書記，薛縣長，我之所以沒有表態，是因為我認為這種情況已經不是我們縣委常委所能夠做決定了，最好的辦法是向市裡彙報，由市裡來進行定奪。所以，我的立場你們可以看作是棄權，也可以看作是保留意見。」

說完，王雨晴低下頭去繼續看起桌上的合作方案來。

王雨晴的話令夏正德眼前一亮，因為王雨晴的表態對自己是有利的。

薛文龍面色陰沉，一旦把表決權交到市裡，自己可就失去主導權了，後果很難預料，他眼珠一轉道：

「各位常委，我看要不這樣，既然我們常委會上無法確定到底選擇那種方案，我們乾脆召開常委擴大會議，採取更為民主的方法來確定吧。」

薛文龍**打得一手好算盤**！如果召開常委擴大會議的話，他有百分之百的信心讓自己的人通過。

然而，他剛說完，夏正德便說道：

「我看不必召開常委擴大會議了，完全沒有那個必要，現在這兩份方案到底選擇哪個實施，關係到我們景林縣，尤其是關山鎮的的長遠利益，既然我們縣裡無法決斷，就直接交給市委來進行決斷吧。哦，對了，我忘了通知薛縣長了，在上飛機前，我就已經把兩份方案全都提交給市委王書記了，估計市委那邊也有可能會討論這兩個方案。」

夏正德說完，薛文龍便怒了！

他發現自己竟然被夏正德給耍了！狠狠地一拍桌子怒聲道：「夏正德，你怎麼能這麼辦事呢？你為什麼不和我打個招呼呢？」

夏正德無視薛文龍的怒氣，語氣平靜道：

「怎麼，薛縣長，我把兩份方案遞給市委王書記看一看難道也需要向你這個縣長請示嗎？你是一把手還是我是一把手？難道我一個堂堂縣委書記連這點權力都沒有嗎？要不我們一起去市委常委會上去辯論辯論，讓各位常委們來評評理，看看你這個要求合理不合理？」

強勢！超級強勢！夏正德這番話嗆得薛文龍啞口無言！

這時候，夏正德的手機響了起來，夏正德一看是市委書記王中山的電話，連忙接通，同時按下免提，恭聲道：

「王書記您好，我是夏正德。」

王中山的聲音傳出來道：

「夏正德同志，我代表市委常委正式通知你們景林縣的同志們，對於你所提交上來的兩個方案，市委常委在進行了長達四個多小時的辯論分析後，最終決定，由於宇天集團的條件太過於苛刻，而先鋒投資集團的條件十分合適，所以放棄與宇天集團的合作，與北京先鋒投資集團正式簽定合作協議。

「現在唐建國同志已經連夜趕往你們景林縣，將會出席明天上午九點半舉行的新聞發佈會。希望你們景林縣全體縣委常委同志們能夠群策群力，把這個新聞發佈會開好，尤其是要招待好先鋒投資集團的田總，畢竟人家提供了這麼好的合作條件，我們也必須要表現出我們的誠意才行，不能讓人家付出了這麼多，卻熱心貼了冷屁股，如果那樣的話，以後就沒有人願意到我們蒼山市投資去了。」

夏正德聽到這個消息，心中興奮不已，連忙說道：「王書記請您放心，我們景林縣一定會做好各項工作的。」

掛斷電話後，夏正德看向眾人說道：

「各位，王書記的話想必大家都聽清楚了，既然市委已經有了決策，我們就按照市委的指示執行吧，我不希望看到某些常委在這個案子上有故意扯後腿的情況，否則的話後果自負。現在大家可以散會了。」

事實證明，柳擎宇這個年輕人真的是太厲害了。這次翠屏山風景區案子的整個操作過程幾乎都是柳擎宇一手包辦的，包括把兩份文件同時傳給市委王書記、建議自己把兩份文件的一些合作條件透露給相關的媒體記者，但是叮囑對方引而不發；這些都是柳擎宇的提議。自己要做的就是動用一下自己的關係網。

尤其是當他聽到王中山提到市委常委會竟然開了四個多小時，他立馬意識到市委常委會上的鬥爭比起縣委常委會這邊要激烈得太多了。否則也不可能一下子就開了四個多小時。

夏正德起身來向外走去，對柳擎宇的聰明機智也更佩服了。

薛文龍怒氣沖沖地回到辦公室，越想越火，怒不可遏地罵道：

「夏正德，你這個老王八蛋，竟然如此陰險，把這兩個方案都捅到市委去了，真是太陰險了！」

這時，包天陽走了進來，安慰道：

「薛縣長，我認為我們雖然暫時敗北，但是也未必就沒有逆轉的可能，就算這個合作方案是夏正德簽署的又怎麼樣？最終執行的可是你們縣政府啊，尤其是最終還得落在關山鎮那裡，不管是在縣政府還是在景林縣，我們這方都佔據著絕對優勢，我們依然可以借此逆襲，不聲不響的摘了這枚成熟的果子，占盡好處。」

「哦？老包，你有什麼好的建議？」薛文龍聽了一愣，說道。

包天陽陰笑道：「這個很簡單，隨著新聞發佈會的開始，翠屏山風景區要進行開發的消息肯定會盡人皆知，就會有各路神仙前往關山鎮進行活動。要知道，翠屏山如果要進行大開發的話，附近的地皮一定會大幅漲價的，我們要做的就是稍微放鬆一下管理，尤其是稍微推波助瀾一下，讓像謝老三那樣的人去關山鎮攪合攪合，把關山鎮這潭水給攪渾；然後我們也可以通知鄒文超和董天霸這兩位市裡的衙內，告訴他們，現在可是賺錢的大好機會，您想想，面對這樣好的賺錢機會，誰會不心動呢！

「如果有了這一黑一白兩個攪屎棍在那裡攪和，這個案子肯定會問題重重，而這個時候，就是我們的機會了。如果這個案子的困難最終被排除了，我們可以在其中渾水摸魚，撈到實際的好處；如果沒有，那麼很可能與先鋒投資集團的合作就要黃掉，這時候，我們再引入新的投資商，甚至把宇天集團重新請回來繼續進行開發，那時候就算市委也沒有什麼話好說，畢竟市裡的領導也是需要政績和臉面的。」

聽包天陽這樣一分析，薛文龍使勁地點點頭說道：

「好，非常好，這絕對是一招妙棋啊，兩個攪屎棍在關山鎮攪局，而我們一邊趁機渾水摸魚，一邊以逸待勞，不管最後局面發展成什麼樣子，我們都可以得到好處。老包啊，你真是厲害啊！」

包天陽嘿嘿一笑：「謝謝縣長誇獎！不過縣長，我認為在我們實施這兩步之前，必須得先摸清楚一些事，尤其是市裡為什麼會通過夏正德的方案；以前市委書記王中山和李德林市長、鄒書記他們之間進行較量的時候，往往不相上下，尤其是在涉及案子這種事上，以李市長的強勢，王書記一般都會選擇讓步的，但是這一次為什麼竟是王書記那邊贏了呢？**這背後到底有什麼玄機**，我們必須弄清楚，這樣也便於在以後操作的時候，能夠避免很多風險。」

薛文龍聽得連連點頭道：「嗯，有道理。」說著，立刻拿出手機撥通了市委副書記鄒海鵬的電話，電話很快就接通了。

薛文龍帶著歉意說：「鄒書記，不好意思打擾您休息，您看這一次市委常委會上，為什麼我們和韓國宇天集團談判的方案沒有通過呢？」

鄒海鵬苦笑道：「棋差一招啊！」

「**棋差一招？差在哪裡？**」薛文龍訝異道。

鄒海鵬嘆道：「本來在兩個方案的討論中，彼此不相上下，雙方一直僵持著。但是，就在會議中間休息的時候，李市長和我都接到省裡媒體記者的報信，說是有些媒體已經接到了有關這兩個方案一些合作條件的資訊，準備公佈出來，看看民意如何。你也知道，有些事可以在私下裡較量，但是真正拿到公開場合去說的話，就十分危險了，最終李市長只能妥協，否則一旦這事公佈出來，對我們這一方的打擊將會非常之大。」

薛文龍頓時無語。他沒有想到，問題竟然出在這裡。

事情發展到這種地步，看來只能靠包天陽的辦法扭轉局勢了，所以掛斷電話後，他便和包天陽密謀起來。

……

第二天，有關翠屏山風景區合作開發的新聞發佈會正式在縣委大會議室內舉行，縣委書記夏正德、關山鎮鎮長柳擎宇、北京先鋒投資集團董事長田先鋒親自出席這次新聞發佈會。

會後，各大電視臺及媒體都對此事進行了大規模的報導和宣傳造勢活動，一時之間，翠屏山風景區立即躍升為熱門話題，網路上有關翠屏山風景區的搜索也直線上升。柳擎宇所發的那些帖子的點擊率立刻大幅攀升，這些帖子為想瞭解翠屏山風景區的人提供了一個最為便捷的通道。不過網站也因為無法負荷眾多的流量而時常癱瘓。

這個網站是他倉促之間架設出來的，當時只是想讓網民們有個固定的管道獲取相關資訊，所以配置十分簡單，柳擎宇一邊努力改善網站的幕後程式，一邊思考著是否由鎮裡出錢租用好一點的伺服器。

柳擎宇站起身來，拿起準備好的一份有關翠屏山風景區網站的數據資料，來到鎮委書記石振強的辦公室內。

敲門進去後，柳擎宇把手中的資料遞給石振強說道：

「石書記，我利用業餘時間弄了一個翠屏山風景區的網站，由於網站流量激增，所以之前的伺服器在網速及頻寬、空間等問題上已經無法滿足要求，所以我想請鎮裡出錢，租一台高性能的伺服器，你看怎麼樣？」

石振強接過柳擎宇遞來的資料瞄了一眼，看著那一大堆的數字腦袋就大了，對於這些，他不太懂，不過有一點他卻看得非常清楚，那就是這個網站是柳擎宇搞起來的，現在流覽人數增加，將來要是出了政績的話，和自己一點關係都沒有，完全是屬於柳擎宇的，所以他連問要多少錢都沒有問，便直接冷回道：

「要那玩意幹啥，不過是供人上網查看用的，隨便發點帖子不就得了！更何況現在我們關山鎮洪水剛剛過去，百廢待興，需要花錢的地方實在是太多了，我看就不要搞了。」

柳擎宇對石振強的心態自然看得一清二楚，繼續說道：

「石書記，我的想法是，我們要成立一個關山鎮的官方網站，以翠屏山風景區為依託，因為隨著各種後期宣傳的展開，翠屏山風景區的人氣肯定越來越大，先鋒投資集團那邊也會進行大力宣傳；到那時候，流量肯定還會繼續增加。我們可以借著這股東風，在介紹翠屏山風景區的同時，把我們關山鎮的各種優勢展現出來，比如我們關山鎮的特產軟棗獼猴桃。到了收穫的季節，這些東西幾乎全都爛在地裡，如果我們通過官網把這些東西宣傳出去，等於為村民們做了宣傳，也許就會像翠屏山一樣，銷售商看到了就會過來購買……」

然而，石振強聽了只是冷冷一笑，說道：「柳擎宇同志，我再次提醒你，我們關山鎮的財政資金有限，根本經不起你這樣折騰啊，好了，這件事情就這樣吧。我先忙了。」說完，便低下頭看起資料來，不再搭理柳擎宇。

看到石振強這種做派，柳擎宇有些氣憤地說道：

「石書記，我對你真的非常失望，我知道你不同意我的建議，是因為你認為這個網站一旦做出成績都是屬於我的，擔心會影響你的地位！石書記，難道你的心裡就一點都沒有想過關山鎮的老百姓嗎？看著那些守著寶山卻在貧困中掙扎的鄉親們，就從來沒有想過盡力為他們多做一些事嗎？石書記，你太讓我失望了。」

說完，柳擎宇拿起桌上的資料向外面走去。

石振強仰面靠在椅子上，臉上露出不屑的表情，自語道：「柳擎宇啊柳擎宇，就算你知道又能怎麼樣?!你也不看一看這關山鎮到底是誰的地盤！」

柳擎宇回到辦公室仍是忿忿不平，他雖然料到石振強會反對，卻沒想到自己說出可以給關山鎮老百姓帶來這麼多實惠後，石振強竟然還是反對，這徹底觸到了柳擎宇的底線。

政治鬥爭也許是不能避免的，書記和鎮長之間權力較量很正常，但是，如果這種較量影響到了整個關山鎮發展的大局，影響到了老百姓的利益，就不應該了。

柳擎宇雙眼射出兩道寒光，心中暗道：「石振強，你最好別被我抓住把柄，否則我絕對會扳倒你的！」

既然石振強不同意，柳擎宇便決定甩開石振強單幹，所以，他把洪三金找來，批了條子，讓他到鎮財政所支取五萬元，先支付了一年的伺服器等各種租賃費用，確保網站能夠正常運作。

洪三金剛剛把錢支走，石振強便得到了消息，冷冷一笑道：「柳擎宇啊柳擎宇，我就知道你會走這一條路的，嘿嘿，不過你放心，我暫時先不理你，等著吧，等到時機合適，你會為此付出巨大代價的。」

就在柳擎宇和石振強因為租用伺服器的事而交惡的時候，景林縣最大的娛樂城「海悅天地」內。

「海悅天地」的大老闆、景林縣的黑道老大謝老六坐在沙發上，正在聽著手下彙報有關關山鎮的情況。向他彙報的是他手下四大幹將之一的「旋風腿」羅剛。

羅剛興奮地說道：「六哥，這一次我們發財的機會來了，關山鎮翠屏山風景區那邊不是要進行開發了嗎？根據專業人士推測，隨著開發的進行，翠屏山附近的土地將會升值得非常快，縣裡那些大老們已經放出話來，說不介意咱們去那邊去分一杯羹，但是他們必須分得四成的好處。」

謝老六一聽，眉頭皺道：「這個消息是誰告訴你的？準確嗎？翠屏山風景區的案子可是一個幾億的大案子，如果我們真的介入的話，絕對是有油水可撈的。但是問題卻在於縣裡的態度，所以這一點我們必須要搞清楚，縣裡是不是真的支持我們？否則的話，我們雖然在道上有些勢力，但是縣裡那些官老爺要是認真起來，一句話就可以搞死我們。」

羅剛連忙說道：「六哥，這個你儘管放心，我是聽薛縣長的小舅子胡高的司機說的，我估摸著應該沒錯。」

謝老六略微沉思了一會兒，拿出手機撥通了胡高的電話。

胡高也是「海悅天地」的股東之一，不過他拿的是乾股，因為彼此都明白，胡高是薛文龍的代理人，所以像這麼重要的消息，謝老六不敢輕信，他必須得找胡高確認一下。

電話很快接通了，胡高那玩世不恭的聲音從電話裡傳了出來：「呦，六哥，有事嗎？」

「胡大少，有件事得找你瞭解一下，我聽說翠屏山案子上有發財的機會，不知道這個消息屬實嗎？我們海悅集團能否介入這個案子中？」

胡高呵呵一笑，他也是小狐狸一個，說話滴水不漏，但是意思已經透露出來了：

「六哥，翠屏山案子的確是發財的機會啊，但是你必須得操作好才行，而且也需要我這邊給你一些支持，所以呢，我看還是老規矩，四六分，你看怎麼樣？」

「不行！這個案子雖然機會挺大的，但是風險也很大，成本比較高，和『海悅天地』完全不同，所以三七分成。」

謝老六雖然畏懼胡高的背景，但是涉及到利益時，依然是據理力爭，因為他清楚像胡高和他背後的那些人，一向是吃人不吐骨頭。和他們之間只能是利益交易，**與虎謀皮的同時必須要想辦法自保，而利益就是最關鍵的東西。**

胡高思考了一會兒，道：「好，三七就三七，但是六哥你必須要弄明白一點，這件事情的確有些風險，在我能力範圍內，我肯定會支持你，但要是超出了我的影響範圍，你就得好自為知了，明白嗎？」

謝老六自然明白胡高的暗示，所以說道：「沒問題，你儘管放心，真要是出事的話，我絕不會把你牽連進來。」

掛斷電話後，謝老六的臉立馬變了，狠狠一拍桌子道：

「這個卑鄙無恥的胡高，依仗著有個縣長姐夫，居然一開口就想要四成的乾股，真他奶奶的沒臉沒皮！哼，想要拿好處不幹事，想得倒是美，我倒要看看，真要出事的時候你們管不管。」

說到這裡，他立刻對羅剛吩咐道：

「你立刻帶著二十個兄弟趕往關山鎮，關山鎮那邊有個地痞頭目叫王三，這小子以前也算是我們海悅幫的人，在我們這邊待了幾年，賺了點錢後就回關山鎮老家去發展了，現在在關山鎮應該算是很有名，一會兒我給他打個電話，有他在那邊策應著，你們的行動會更順利一些，到時候分他一些好處便是了。」

羅剛連忙點頭應道：「好的，六哥，那我這就帶人出發。」

謝老六瞭解羅剛是個急脾氣，也不阻攔，拿出手機給王三打了個電話，一切都協調好後，他得意地笑了。

胡高是薛文龍的棋子，自己則是胡高的棋子，但是自己卻絕不屬於那個甘於當棋子的人，因為，他既要做棋子，也要做棋手，所以，羅剛就成了自己的棋子。

他不準備親自出面，而是要隱居在幕後，查看一下胡高和他背後的薛文龍在這件事情的背後到底打的什麼主意。

此刻，就在謝老六部署羅剛這枚棋子前往關山鎮的時候，胡高已經把結果向薛文龍進行了彙報。

「嗯，沒事，三七就三七，像謝老六那樣的人，沒有好處的事是不會幹的，而且這裡面的確風險挺大的，現在的關鍵就是不知道謝老六派人到關山鎮攪局後，柳擎宇到底會如何應對？還有那個先鋒投資集團到底有什麼背景沒有，如果僅僅是一個普通的投資集團，那倒是沒有什麼關係，隨隨便便石振強就可以搞定了；但他們要是有些背景的話，石振強還未必能夠搞定，甚至我都不一定能夠搞定，所以我們必須要好好利用好謝老六這枚棋子，他可是我們的試金石啊。」

說到這裡，薛文龍得意地笑了起來。

薛文龍在佈局，縣委書記夏正德也不傻。

隨著這兩天宣傳力度越來越大，夏正德也聽到了各個管道傳來的消息，立刻就意識到此刻的關山鎮已經成為各方利益的聚焦之地，而自己唯一的一枚棋子就是柳擎宇，所以對柳擎宇的狀態他十分關注。

他打了個電話給柳擎宇，關切地道：

「小柳啊，你最近工作怎麼樣，還順利嗎？有什麼困難沒有？我聽說現在很多勢力都在摩拳擦掌，躍躍欲試，你可要做好準備啊！」

柳擎宇聽到夏正德的問候，心中暖暖的，笑道：

「謝謝夏書記的關心，我最近工作上倒是沒什麼問題，如果遇到困難的話，我肯定會去縣裡麻煩您的。」

兩人寒暄幾句之後，便掛斷了電話。

但是掛斷電話後，柳擎宇的臉色卻暗了下來。

他並沒有把自己與石振強之間的矛盾告訴夏正德，因為他認為自己身為鎮長，必須要有獨立面對各種困難的能力，除非出現實在難以化解的難題，這時候他才會考慮去借助夏正德的勢力，而且這種借助也不是純粹的求助，而是去借勢。

因為柳擎宇非常清楚，**在官場廝混，靠任何人都是靠不住的**，即便是有靠山，對方也不可能罩你一輩子，唯有自己積極磨練，互利互惠，**借勢用勢達到自己的目標，這才是最上乘的手段**。

就像現在自己與夏正德的關係，雖然柳擎宇已經算是夏正德這一派的勢力，但是雙方僅僅是因為有著共同對付薛文龍的需求，所以才會走到一起。

官場上，人和事總是在變化的，如果夏正德以後要是得勢，變成和薛文龍一樣的人，那時候柳擎宇會毫不猶豫地離開他，所以，彼此之間保持一定的距離是必須的。

柳擎宇站在窗前，望著窗外遠處層疊的群山，心情十分複雜。

對夏正德電話裡的好心提醒他非常感動，不過，柳擎宇知道一旦翠屏山風景區這個案子確定下來後，肯定會有諸多勢力把目光盯在關山鎮，畢竟這個案子內容那麼多，涉及到諸多領域，比如營建、土地、水利等等，隨便哪一塊都是可以產生巨大利益的肥肉。

雖然柳擎宇以前沒有在官場上混過，但是自己的老爸可是官場上的老手了，還曾寫過一本名為《官場見聞》的筆記；在這本筆記中，老爸把他進入仕途之後的諸多見聞大部分都寫了進去，所以，柳擎宇對於任何現象早已經見怪不怪了。

柳擎宇暗想道：「翠屏山風景區雖然是一塊肥肉，但也絕對不是誰想吃就能吃的，不管來的是誰，如果你按照規矩來，老老實實的把案子幹好，該你的肉絕對少不了你的。但如果你膽敢恃強凌弱，甚至是想要侵犯我們關山鎮老百姓的利益，你儘管來，來一個老子我滅一個，來兩個我滅一雙，誰敢伸手，必斷之！」

兩天後。

柳擎宇正在辦公室內研究如何把關山鎮漫山遍野的軟棗獮猴桃名氣給打響出去時，

洪三金推門跑了進來，聲音焦躁地說道：

「柳鎮長，大事不好了，翠屏山附近榆樹村的好幾個村民被人給打了，他們找到鎮裡派出所，但是鎮裡派出所對此事卻沒怎麼上心，只隨便派了兩個人去村裡轉了一圈，沒有什麼表示。老百姓現在心裡十分委屈啊！」

柳擎宇沉聲問道：「這是怎麼回事？村民為什麼被打？為什麼鎮裡派出所不作為？現在的所長不是孟歡的人嗎？」

柳擎宇一連問了好幾個問題。

洪三金連忙解釋道：「柳鎮長，是這樣的，據說是關山鎮來了一家名為『海悅集團』的房地產投資商，他們準備在翠屏山風景區附近大量的買地，說是要建設什麼大的案子，現在正在四處活動要買地呢，翠屏山風景區附近的那些地更是成了他們眼中的肥肉！他們採取的方式是和老百姓一對一單獨進行談判，如果對方賣則罷了，不賣就直接打。昨天他們和榆樹村的村民談了，但是沒有人賣，今天他們就開了五輛麵包車，去了三十多個人，直接把那幾個不賣地的村民給打了，還放出狂言說他們下午還會去村裡找其他村民進行談判，誰家要是敢不賣的話，以前那些村民的下場就是他們的榜樣！」

聽到這裡，柳擎宇的火氣一下子就冒了上來，怒道：「混蛋！太混蛋了！這個海悅集團到底是哪裡來的神聖？居然到我們關山鎮耀武揚威來了，真是太囂張了！豈有此理，真是豈有此理！洪三金，你知道海悅集團的背景嗎？」

洪三金也是個有心人，當他得知這件事情後，便找人打聽過了，景林縣的海悅集團，誰不知道啊，站在前臺的是黑社會老大謝老六，但是幕後卻又隱隱有著薛文龍的影子，是整個景林縣娛樂、房地產圈內的扛鼎集團，財力雄厚，勢力龐大，無人敢惹。

「柳鎮長，我打聽和確認過了，這個海悅集團的老闆叫謝老六，景林縣的『海悅天地』娛樂城就是隸屬於海悅集團旗下的一個產業，這個集團可是景林縣最大的民營企業，包括了娛樂、房地產、交通運輸、營造，總之，什麼賺錢他們就幹什麼。」

「哦？這麼大的集團，有什麼背景嗎？」柳擎宇順口問道。

洪三金謹慎的思考了一下用辭後說道：「這個謝老六以前是縣裡的一個地痞流氓，曾經進過監獄，出獄後，成立了一個強拆公司，靠著強力拆遷起家，後來據說是搭上了縣裡的權貴，在最近十年生意迅速壯大，便成立了海悅集團。據說薛縣長的小舅子胡高也是海悅集團的股東之一，這在縣裡屬於不公開的秘密。」

柳擎宇聽了，似乎明白了什麼，說道：「哦，我明白了！這是薛縣長的一步妙棋啊！」

「為什麼鎮派出所在這件事情上沒有採取什麼行動？所長顧佳磊到底是幹什麼吃的？」柳擎宇接著問道。

洪三金苦笑說：「據我所知，顧所長聽到消息後，立刻就派人去調查這件事了，但問題在於顧所長也才調到鎮裡派出所沒有多久，他雖然能夠指揮得動下面的人，但是下面的人卻是出工不出力，他也沒有辦法。現在派出所裡大部分的警員都是前任所長韓國慶的人，而且很多人都是通過石書記或者其他幾個副鎮長的關係進來的，所以沒有石書記的表態，這件事很難真正調查清楚啊！」

柳擎宇緊皺眉頭，心中琢磨道：「這件事情鬧得這麼大，按理說石振強不可能不知道，但是他卻沒有給派出所任何暗示，這說明這件事他不打算管，而那些派出所的警員出工不出力肯定也是受到了一些暗示。雖然不能證明暗示的人就是石振強，但肯定也是他那一派的人。我應該怎麼辦呢？」

沉思一會兒後，柳擎宇說道：「你先跟我一起去醫院看望一下那些受傷的民眾，然後跟我去一趟榆樹村。」

洪三金頓時就是一驚，忙道：「柳鎮長，現在快中午了，等咱們看完民眾再到榆樹村恐怕就是下午了，海悅集團的人下午很有可能去榆樹村，萬一咱們和他們撞上的話，恐怕您的人身安全會受到威脅。」

柳擎宇擺擺手，露出一股強烈的殺氣道：「沒事，我倒要看看，那些人敢不敢對我動手？看看有我柳擎宇坐鎮榆樹村，誰敢胡來?!」

看柳擎宇意志如此堅持，洪三金也就不再說什麼，連忙下去準備去了。

就在這時候，柳擎宇的手機響了，接通後，一個十分興奮的聲音從電話裡傳了出來：

「老大，我是唐智勇，我的事已經都處理完了，人已經到鎮政府大院了，你在哪個辦公室？」

柳擎宇把自己辦公室的門牌號告訴了唐智勇。

唐智勇因為上次意外的與柳擎宇結緣，自願做柳擎宇的小弟兼司機，原本說好處理完自己的事情後就到關山鎮的，卻沒想到突然病倒，住了一個多月的醫院，最近才出院。在家靜養了幾天後，他閒不住，便跑來了。

「老大，你怎麼安排我？」唐智勇笑嘻嘻地道。

柳擎宇笑道：「你雖然是副科級待遇，有編制，但是在我手下，我可不會徇私的，還是按照我以前說的，你先從司機開始幹起吧。正好我馬上就要出去辦事，你來開車。」

「好！沒問題！」唐智勇搓著手道。

唐智勇沒有想到自己第一次跟著柳擎宇出去，便遇到了一件危險之事。

唐智勇開著車，載著柳擎宇和洪三金直奔鎮醫院。

病房內，柳擎宇看到病床上躺著幾位胳膊、腿上打著石膏、吊著繃帶的村民。村民的家屬有的在抽泣，有的則破口大罵，看到柳擎宇，眾人皆是一愣，隨即全都圍了上來。

其中一名七十多歲的老太太看到柳擎宇後，噗通一下便跪倒在地上，一邊嚎啕大哭，一邊哭訴道：

「柳鎮長啊，求求您為我們榆樹村的老百姓做做主吧，那些流氓地痞太囂張了，人命在他們眼裡根本就不值錢啊。您看看，就是因為不同意賣地，我老公、我兒子全都被他們打斷了腿。他們這些人簡直是無法無天，鎮派出所也不管，我們老百姓的日子真的是沒法過了，嗚嗚嗚……」

老太太聲聲悲淒，字字泣血，柳擎宇聽在耳中，卻猶如晨鐘暮鼓，振聾發聵。他趕忙上前扶起老太太，悲憤道：

「各位老鄉們，請大家放心，我柳擎宇身為關山鎮鎮長，絕對不會看到大家被人欺凌的，現在不再是過去的舊時代了，人民受欺壓、凌辱的日子早已一去不復返了。**不管是誰，膽敢欺負老百姓，我柳擎宇首先就不同意！**不管是誰，我都要他們付出應有的代價！我柳擎宇就是這個鎮長不當了，也一定會為大家討回這個公道！一定會保護好大家的財產和利益不受侵犯！大家有什麼問題都可以直接向我反應，也可以通過我們鎮府辦的洪主任向我反應。」

柳擎宇說完，眾人紛紛把自己的問題向柳擎宇一一反應。

這些人雖然眾說紛紜，不過大體的意思都是一樣的，就是海悅集團派人讓村民賣地，村民不賣，對方便大打出手，還出言威脅。

柳擎宇聽完後，沉聲道：「大家放心，海悅集團不是說下午還要去你們村裡買地嗎？我下午直接去村裡坐鎮去，你們在可以給村裡的親人打電話，告訴他們不用擔心，地絕對不能賣！有黨和政府給你們做主呢，誰也不能把你們怎麼樣！」

從醫院離開之後，柳擎宇立刻給鎮派出所所長顧佳磊打了個電話：「顧所長，請你立刻派出鎮派出所所有的警力，跟著我去榆樹村蹲守。」

顧佳磊接到柳擎宇的指示，為難地道：

「柳鎮長，你的指示來得晚了一些，鎮裡的警力已經有一半都被派到縣裡去進行培訓了，這是一個小時前黨政辦那邊剛剛通知的，現在我們派出所裡只剩下不到五個人，兩名是我的人，另外三個則是韓國慶的人。」

顧佳磊將實際情形和盤托出。

這個石振強也太無恥了，竟然在這個關鍵時刻，故意把鎮派出所的警力給撤走一半！

柳擎宇立刻對顧佳磊說道：

「這樣吧，你留下一個人在派出所值班，剩下四個讓他們午飯後開著警車在鎮派出所門口前集合，一點左右跟著我前往榆樹村蹲守去。」

掛斷電話，柳擎宇三人先在鎮裡找了個小飯店吃了午餐，看看時間差不多一點了，便來到鎮派出所。警車上，四名警員已經在此等候了。

看到這四個人，柳擎宇心中不禁一涼。四個警員裡有兩個特別年輕，看起來應該是剛工作不久，而另外兩個看起來已經五十多歲了，滿臉滄桑，要指望他們幫助自己維持榆樹村的秩序，對付那些流氓地痞們，恐怕自己是做白日夢了。

不過聊勝於無，柳擎宇只能讓洪三金出面向他們打了個招呼，要他們跟上自己的車直奔榆樹村。

到了榆樹村，在洪三金的帶領下，柳擎宇先去榆樹村村長趙海強家裡瞭解情況。進趙海強家裡的時候，趙海強正在院子裡餵牛，看到柳擎宇和洪三金進來，當即一愣，連忙把手在衣服上抹了兩把，迎上來十分恭敬地說道：

「柳鎮長，洪主任，你們怎麼來了？」

柳擎宇沉聲道：「趙村長，我聽洪三金說，你向他反映村民被打之事，所以過來瞭解一下情況。」

聽柳擎宇問到這件事，趙海強的不滿就像決堤的洪水一般，嘩嘩的倒了出來，把海悅集團派人過來買地、打人的事詳細的跟柳擎宇說了一遍，隨即又用手一指柳擎宇身後的兩名老員警說道：

「柳鎮長，當時就是這兩個警察同志接到我們報案後，到我們這裡來調查情況的，不過不知道為什麼，派出所那邊一直沒有什麼回音。」

柳擎宇當即臉色一沉，看向那兩人說道：「你們誰能解釋一下？」

一個老員警說道：「柳鎮長，事情的經過，趙村長和村民的確向我們敘述過了，我們也都瞭解了，不過，我們警察辦案也是有流程的，現在我已經按照流程把相關的文件遞交上去了，後續該怎麼做，我們得按照流程走啊！任何案件的偵破不可能都是一蹴而就的。」

很簡單清楚的解釋，沒有任何破綻，但是卻透出一股濃濃的官僚主義味道。

柳擎宇聽他這樣說，輕輕點點頭，沒有多說什麼，看向趙海強說道：「趙村長，海悅集團的人說下午什麼時候過來了嗎？」

趙海強搖搖頭：「沒有，他們只說下午過來，下一個要談的人，就是我弟弟趙海波，他家就在我家隔壁，本來村民被打了，我應該去鎮上醫院看看，不過我不放心我弟弟，所以不敢離開。」

他剛說到這裡，就見一個小男孩氣喘吁吁地跑了過來，對著趙海強說道：「二大爺，那些壞蛋到我們家了，說是要讓我爹把地賣給他們。」

趙海強一聽，臉色當時就白了，邊往外走邊對柳擎宇說道：「柳鎮長，你還是先躲一躲吧，海悅集團的那些打手們可凶悍了，萬一傷到你，我們就沒有什麼指望了。我得趕快過去看看，不然我弟弟就吃虧了。」

柳擎宇也跟著往外走，說道：「沒事，身為鎮長，我為老百姓做主是應該的，我倒是要看看，海悅集團的這些人到底為什麼這麼狂。」

因為關心兄弟的安危，所以他雖然嘴上勸柳擎宇離開，心裡卻還是希望柳擎宇能夠跟去，給自己的弟弟做主，也就沒有再說什麼。

眾人出了趙海強的大門，向左邊一拐，便看到隔壁家大門外停著四輛麵包車，有二三十個手中拎著鐵棍、棒球棍等武器、紋著各色紋身、染著黃頭髮的年輕人，正圍著一個莊稼人。

這個莊稼人對面站著一個三十多歲的中年男人，此人後脖子上紋著一隻虎頭，留著小平頭，正是謝老六的得力幹將羅剛。

羅剛看著對面的莊稼人，聲音陰冷地說道：

「趙海波，我們上午通知你賣地的事情，你考慮得怎麼樣了？翠屏山附近那塊地，你到底是賣還是不賣？」

趙海波是一個十分老實的莊稼人，但是脾氣卻很倔，他使勁地搖搖頭說道：

「羅總，那地我不賣，柳鎮長早就說了，翠屏山風景區附近的地絕對不能賣，將來這些地是可以讓我們過上好日子的。」

羅剛聽了，撇嘴冷笑著說：

「趙海波，我告訴你，你別敬酒不吃吃罰酒，上午那麼多人被打你應該也看到了，如果你不把地賣給我們的話，他們的結局就是你的下場。還有，不要跟我提那個狗屁的柳擎宇，我告訴你，雖然他是鎮長，但是在老子我眼裡，連狗屎都不如，老子我隨隨便便派兩個人就能捏死他！不要認為你哥是村長我們就不會動你，村長了不起啊，我們的後臺可比鎮長大得多了，誰敢跟我們作對，就是和縣裡領導作對，是不會有好日子過的！我再給你最後一次機會，這地到底是賣還是不賣？」

此刻，外邊已經開始圍了不少圍觀的老百姓。對於那些村民，羅剛沒有採取任何措施，因為他今天的目的，就是要來一個殺雞儆猴，他要告訴村民，連村長的弟弟我們都敢收拾，更何況你們這些普通的老百姓呢。

「哦？是誰說我柳擎宇連狗屎都不如啊？這句話我還真是有生以來第一次聽說，有沒有膽子站出來讓我看看啊！」就聽柳擎宇的聲音響了起來。

接著，柳擎宇走到趙海波的面前，拍了拍趙海波的肩膀說道：

「嗯，很不錯，身為男人就必須如此強勢！屬於自己的正當權益，必須要堅決維護！在我們關山鎮，任何人都必須按照法律來行事，否則的話，是不會有好下場的。放心吧，有我柳擎宇在這裡，沒有人能動你一根毫毛的！」

說話間，柳擎宇的目光落在了羅剛的臉上。

此刻，羅剛也在打量著柳擎宇。

他早就聽自己的大老闆謝老六說柳擎宇這個鎮長雖然年輕，但是對此人要嚴加防範，卻沒有想到真正見到面的時候卻發現，柳擎宇比自己想像的還要年輕。柳擎宇雖然身材高大，但是怎麼看都像是一個大學生，這樣年輕居然也能當鎮長，還真是有兩把刷子啊！

不過想起柳擎宇說的那番話，羅剛一臉狂妄地看著柳擎宇說道：

「你就是柳擎宇？剛才說你連狗屎都不如的人就是我，怎麼？你能拿我怎麼樣？」

此刻，不管是柳擎宇也好，羅剛也好，他們誰也沒有注意到，就在圍觀的群眾中，有個人正拿著手機拍攝柳擎宇到場後的每一個過程。

與此同時，在距離柳擎宇不遠處的一輛麵包車內，一個戴著鴨舌帽的人藏在車內，手中拿著高畫質的攝影機，也在拍攝整個現場的情況，目標的焦點也是柳擎宇。

柳擎宇看到羅剛一而再的挑釁自己，臉色當即沉了下來，如果是以前的柳擎宇，早就一個嘴巴抽過去了。開玩笑，憑他柳大衙內的身分，敢當面如此侮辱他，不打得滿地找牙那真是有些對不起他。

不過此刻的柳擎宇非常清楚自己的身分，自己是關山鎮的鎮長，必須對整個關山鎮的老百姓負責，對榆樹村的村民負責。他是來調節矛盾衝突的，而不是激化矛盾衝突，所以暫時隱忍了下來。

柳擎宇冷視著羅剛，問道：「你是海悅集團的負責人？」

羅剛點點頭：「沒錯，我就是海悅集團的負責人，柳擎宇，你一個鎮長不在鎮政府好好地待著，跑到這裡來做什麼？是不是吃飽了撐著啊？」

柳擎宇冷冷地看了羅剛一眼，說道：

「我們榆樹村的村民都被你們海悅集團的人給打了，我這個鎮長不過來看看，我還是一個合格的鎮長嗎？你毆打村民，不等於是在打我柳擎宇的臉嗎？我現在給你一個選擇，立刻讓你的手下放下手中武器，乖乖接受警方的調查，只有如此，你們才能有一線生機，否則的話，如果你們毆打村民致傷的事被調查出來，你們都會被抓進派出所的。」

聽到柳擎宇的話，羅剛哈哈大笑起來：

「柳擎宇啊柳擎宇，你這個鎮長也太天真了吧，居然讓我們放下武器配合調查，你認為有這種可能嗎？我告訴你，別說是你柳擎宇，就算是景林縣副縣長站在我的面前這樣說，我連鳥都不帶鳥他的！」

「柳擎宇，我現在也給你一個選擇，立刻滾回你的鎮政府好好待著去，沒事別瞎出來轉悠，否則要是我們誤傷了你，弄個腿斷胳膊折的，你說你多鬱悶和無辜啊！你應該跟你們石書記好好的學一學，**兩耳不聞窗外事，一心只幹鎮書記！**對於官場中人來說，多一事不如少一事啊！年輕，你還是太嫩了。」

「不好意思啊，我柳擎宇從來不是一個怕事之人，尤其是**進入官場後，我的第一個為官原則就是以民為本，為民做主**，誰要是敢欺負我治下的老百姓，那和欺負我沒有什麼兩樣，我怎麼可能置身事外呢。我不管你叫什麼名字，有什麼背景，但是我奉勸你一句，翠屏山風景區案子前景十分誘人，發財的機會非常多，如果你們海悅集團依法而行，大賺特賺的機會也非常多，但你們最好不要走什麼歪門邪道，不然你們肯定追悔莫及的。」柳擎宇毫不畏懼地說道。

羅剛聽了再次哈哈大笑起來：「柳擎宇，我告訴你，老子的名字叫羅剛，道上的兄弟送給我一個綽號叫『旋風腿』，我現在代表我們海悅集團正式通知你，立刻滾蛋！否則，別怪我們不客氣了。」

羅剛眼中露出兩道凶光。他身後的那些小弟們也紛紛握緊手中的武器，惡狠狠地盯著柳擎宇。

柳擎宇的臉色更加暗沉了，冷冷說道：「羅剛，你難道不覺得你太囂張了嗎？你知不知道我柳擎宇的身分是什麼？我是關山鎮的鎮長！你居然這樣跟我說話，難道連我們關山鎮鎮委鎮政府你都不放在眼裡了嗎？」

羅剛一陣冷笑道：「柳擎宇，不是我打擊你，我還真沒有把你這個關山鎮鎮長放在眼裡，我可以明確地告訴你，在我羅剛看來，這景林縣內，誰的拳頭最大，誰的勢力就最大，誰說了就算！你是鎮長沒錯，但是關山鎮比你官大的人多了去了，你算老幾啊?!你信不信我一個電話就能找人弄掉你這個破鎮長！」

羅剛十分的囂張！在他心中，整個景林縣除了薛文龍外，沒有一個人值得他重視！只要薛文龍說句話，搞掉柳擎宇這樣一個小鎮長不過是幾分鐘的事。

「你還別說，我還真不信！我這個鎮長雖然小，也不是誰想搬掉就能搬掉的，要不你打個電話試試？」柳擎宇回道。

一看就知道這個羅剛是混黑道的，柳擎宇還真的希望羅剛能夠打電話，他好見識一下他會給誰打電話！

就在這時候，羅剛身邊一個小弟湊到羅剛身邊耳語了幾句，羅剛聽完後，充滿憤怒地看了柳擎宇一眼，隨後把手中的鋼管一舉，發狠道：

「柳擎宇，你真行啊，居然敢套我的話，我現在不想跟你廢話了，再問你一句，到底你滾還是不滾?!」

柳擎宇怒喝道:「羅剛,應該滾的是你們!你們既然是海悅集團的人,就應該好好的守法經營,不要來幹這強買強賣的勾當!我也最後警告你一句,立刻離開榆樹村!」

「柳擎宇,你還真是不見棺材不掉淚啊,兄弟們,操傢伙給我上!把柳擎宇和那幾個警察以及趙海波一塊給我打趴下!」

羅剛大吼一聲,掄著棍子就打了過來。

其他小弟們見狀,立即紛紛掄著棍子衝了上來。

這時,柳擎宇面前突然閃出一道人影,原來是唐智勇擋在了柳擎宇的身前,和羅剛交起手來。

那兩個老員警一看形勢不妙,撒腿就衝上警車,立刻發動車子一溜煙跑沒影了。另外兩個年輕員警則拿出警棍護在柳擎宇身邊,臉色凝重地道:「柳鎮長,您還是躲一躲吧,對方的人太多,容易傷著。」

柳擎宇搖搖頭說:「不用,我剛才說過,我必須要保護好榆樹村村民!我絕不能讓這些人得逞!」說完,直接跨步而上,一把奪過一個地痞的鋼管,和對方戰成了一團!

兩個年輕員警一看連鎮長都上了,不敢怠慢,一左一右跟在柳擎宇身邊也加入了戰團。

看到現場一片混戰,圍觀的村民們開始四散奔逃,尋找安全的地方躲藏起來,卻沒有人出手助陣，因為深怕下一個被打的人可能就是自己，只在暗中默默祈禱著柳擎宇千萬不要有事。

看到柳擎宇出手了，躲在麵包車上的那個男人臉上明顯興奮起來，立刻聚精會神的把攝影機的鏡頭緊緊地對準柳擎宇，不時的還給柳擎宇來一個特寫，充分將柳擎宇打人時的彪悍展現出來。躲在人群中拿著手機拍照的年輕人則沒有躲太遠，找了一個很好的角度，繼續用手機拍攝著現場的情況。

剛開始的時候，柳擎宇氣勢如虹，好幾個流氓被他直接幹倒在地！然而，令人沒有想到的一件事發生了。一個黃毛地痞突然從口袋中掏出一把沙子來，朝著柳擎宇臉上便丟了過來。

柳擎宇見勢不妙，立刻一歪頭，另一邊又是兩把沙子扔了過來。此時正是秋末，秋風呼嘯，沙子順風直接撲面而來，柳擎宇躲過第一把沙子，第二把卻沒有躲過，眼睛不小心就進了沙子，有些睜不開了。

羅剛趁機拎著鋼管衝著柳擎宇的腦袋便砸了下來！

柳擎宇危險！柳擎宇目不視物，危在旦夕！

此時，一直跟在柳擎宇身邊的唐智勇看到老大危在旦夕，顧不得其他，一下子撲了過來，把柳擎宇向旁邊一推，閃開羅剛的鋼管，但是自己卻無法躲開！

砰！一聲沉悶的響聲從唐智勇後背上傳來！

唐智勇噗通一聲趴在地上，口中一口鮮血噴了出來！

一時間，他只感覺眼前金星亂冒，嗓子眼發甜，再次噴出兩口鮮血！隨即暈了過去！

第五章

錄影存證

羅剛得意地說道：「這叫錄影存證，這是網上最新流行的專門對付官員的招數，只要把視頻往有關部門或者網上那麼一發，找專門的人剪輯一下，把柳擎宇打人的場景彙聚到一起，往紀委部門那麼一交，柳擎宇就死定了！」

柳擎宇雖然目不視物，耳朵卻聽得很清楚，努力睜開雙眼，用模糊的視野餘光看到倒在地上的唐智勇！

柳擎宇知道，是唐智勇救了自己！

看到唐智勇趴在地上一動不動，這個跟自己只不過見過幾面的見習小弟為了救自己生死未卜，柳擎宇徹底怒了！

羅剛此刻又大聲叫囂起來：「打，給我狠狠地打！往死裡打！出了事算我的！這幫刁民，不好好收拾收拾他們，他們就不知道馬王爺有三隻眼！」

柳擎宇怒火沖天！徹底發飆了！

柳擎宇猛的從兩名警員的護衛下單騎殺出，手中一把搶奪過來的鋼管揮舞起來，直接將那些地痞流氓們打得狼狽逃竄。

羅剛看到這種情況，立刻揮舞著鋼管衝了過來，想要和柳擎宇較量，結果被柳擎宇一鋼管狠狠地打在後背上，隨後一腳踹了出去。

與此同時，村長趙海強看到這種情況也怒了！因為他發現他的弟弟趙海波正被兩名流氓按在地上猛踹！

趙海強大聲喊道：「各位，是男人就給我上啊！我們榆樹村必須團結起來，否則以後你們也一樣會被打的！現在柳鎮長為了我們榆樹村村民都衝上去了，我們還能夠袖手旁觀嗎？那樣的話，我們還能算是人嗎？大家衝啊！」

說著，趙海強從旁邊的柴火垛裡抽出一根木棍，揮舞著便衝了上去。

趙海強在村裡是很有威望的，尤其是他提到柳擎宇的時候，徹底觸及到了村民們心中的那塊軟肉！要知道，他們可是親眼看著柳擎宇為了他們不惜與海悅集團的這些流氓地痞們奮戰！更是差點被對方給傷到！現在救了柳鎮長的那個年輕人趴在地上還生死不明呢，老百姓們的怒火徹底被點燃了！

群情激奮！一時之間，原本那些猶如綿羊一般躲在四處看熱鬧的老百姓們也發動了，紛紛從自家或者街上找來應手的傢伙加入戰局！

雖然羅剛這些人手中傢伙很威猛，但是架不住榆樹村人多，再加上發飆的柳擎宇以一當十，悍不畏死，手中的鋼管專門向對方的要害處下手，一招出手不是骨斷就是筋折，立馬把羅剛他們給打趴了！

他們沒想到，這個年輕的鎮長竟然如此彪悍，而且下手狠辣，幾個人一起上都很難是他的對手。雖然他們還想扔沙子遮迷柳擎宇的眼，但是有了剛才吃虧的經驗，柳擎宇專找上風頭的地方站，如此一來，對方的詭計便很難再得逞。

此消彼長之下，羅剛等人敗勢漸現，羅剛一看形勢不妙，也不戀戰，立刻大喊道：

「風緊，撤！」

於是，手下的流氓地痞們便相互攙扶著，一邊應付著老百姓的糾纏，一邊向麵包車方向撤了過去，好不容易狼狽逃離，車窗玻璃還被砸碎了好幾塊。

羅剛等人上了麵包車，地痞頭子王三有些不解地看向羅剛說道：

「羅哥，我看雖然咱們在形勢上有些不利，但並不是不能支撐啊，幹嘛撤得這麼快呢？我們應該好好的教訓教訓那些村民才對。」

羅剛陰笑道：「王三啊，你知道為什麼你只能在關山鎮混，而羅剛我卻能在景林縣混嗎？」

王三連忙說道：「還請羅哥指點。」

「這裡面的差距就在眼光和大局觀上。沒錯，我們收拾那些村民，殺雞儆猴是一條很好的路子，也能收到不錯的效果，這也是我們一直在做的事。但是實際上呢，我們之所以這樣做，只不過是做做樣子而已，能夠收到一些效果最好，收不到效果的話也無所謂，因為我們真正的目標是關山鎮的鎮長柳擎宇！只要把柳擎宇扳倒了，關山鎮就再也不會有人來阻止我們做任何事了，到時候再收拾那些小老百姓還不是幾分鐘的事。」

說到這裡，羅剛得意地說道：「王三啊，知道為什麼我專門把段小海留在車上讓他進行錄影了嗎？這叫錄影存證，這是網上最新流行的專門對付官員的招數，只要把視頻往有關部門或者網上那麼一發，這官員本身有問題就絕對跑不了了。就算他沒有問題也沒關係，咱們有視頻的原始檔，只要找專門的人剪輯一下，把柳擎宇打人的場景彙聚到一起，往紀委部門那麼一交，柳擎宇就死定了！

「而且在來之前，我早已經打聽清楚，柳擎宇可是把縣紀委書記牛建國的親戚韓國慶給幹掉了，牛建國早就對柳擎宇恨之入骨，這份視頻到了他手裡，柳擎宇不死也得脫層皮啊！哈哈哈哈！」

說到最後，羅剛臉上那種得意、陰險樣，想要掩飾都掩飾不住。

王三聽到這番話，心中一動。沒想到這個羅剛表面上看橫衝直撞的，實際上卻還有這麼陰險的心思，這絕對是釜底抽薪的一招啊！只要柳擎宇一倒，這關山鎮就是石振強的天下，以石振強和薛縣長之間的關係，他不可能去對付羅剛他們的，那麼他們想要翠屏山風景區附近的土地不過是舉手之勞罷了！

羅剛回到鎮上，先找了家網咖，把段小海從麵包車上拍攝下來的衝突現場的視頻，發給早就聯繫好的一家影視公司，編輯人員用了半個多小時，把畫面重新編輯好再發給他們，羅剛、段小海眾人仔細看了一下，確認視頻中全都是柳擎宇打人的畫面，沒有任何破綻後，羅剛立刻給牛建國打了一個電話，把視頻發到他的電子信箱內。

牛建國拿到視頻資料仔細看後，當即興奮得拍案而起，握緊拳頭道：

「好！好一個證據確鑿！柳擎宇啊柳擎宇，我倒是要看看，在如此證據確鑿的視頻面前，你還有什麼可以抵賴的！上一次不務正業之事沒有扳倒你，這次，你身為堂堂的關山鎮鎮長竟然當眾毆打他人，這絕對屬於嚴重違紀事件，你的鎮長位置想要保住是門都沒有了！」

說完，牛建國把視頻存在隨身碟裡，快步向縣長薛文龍的辦公室內走去。

薛文龍看了視頻之後，心中十分滿意，嘴上卻厲聲道：「真是豈有此理！柳擎宇身為鎮長，怎麼能做出如此目無王法之事呢！對了，羅剛他們還採取別的什麼行動了嗎？」

牛建國連忙說道：「薛縣長，羅剛他們已經帶著傷患趕往縣裡來了，估計一個多小時後就會到咱們縣政府門前上訪（編按：人民向政府單位表達不滿或申冤的行為）的。」

薛文龍點點頭說道：「好！很好。這個視頻留在我這吧，我一會兒就去找夏書記去，要求他召開緊急常委會，專門討論柳擎宇打人事件，這一次，必須要把柳擎宇這個鎮長位置拿下，換上我們自己的人上去，我倒要看看這次夏正德還如何包庇柳擎宇！」

薛文龍微等了半個多小時，感覺時間差不多了之後，便拿著視頻來到縣委書記夏正德的辦公室內，把隨身碟往夏正德辦公桌上一扔，憤怒地說道：

「夏書記，您看看這份視頻吧，好好地看一看這柳擎宇還有沒有一個當鎮長的樣子！」

夏正德見薛文龍怒氣衝衝的樣子，心中就是一驚。

對薛文龍的作風，夏正德非常清楚，這傢伙雖然做事囂張，但手法卻極其隱蔽，很難讓人抓到錯處，現在竟然親自找到自己辦公室來，難道他真的抓住柳擎宇什麼把柄不成？

想到這裡，夏正德沒有直接去看視頻，因為那樣的話，在氣勢上就輸給薛文龍了。所以，夏正德只淡淡說道：「薛縣長，到底是什麼事啊，把你氣成這個樣了，來，坐下來跟我好好說說。」

見夏正德沒有馬上去看視頻，薛文龍不慌不忙地坐了下來，聲音中充滿不平地說道：「夏書記，是這樣的，就在今天下午，牛書記接到一份舉報視頻，他看到視頻後大怒，立刻把視頻送到我這裡來。我看到視頻之後也是怒不可遏，我們之所以這樣憤怒，是因為在這個視頻中，柳擎宇根本沒有一個鎮長的樣子，簡直就像個流氓地痞一樣，手中舉著鋼管毆打無辜的老百姓。

「夏書記，您說，**這樣的官員我們能要嗎**？好在這個視頻暫時還沒有流傳到網上，否則後果不堪設想啊，所以我建議，我們立刻舉行緊急常委會，儘快研究出如何處理柳擎宇的問題，以免萬一這件事情鬧大了，我們縣委縣政府陷入不利局面。」

薛文龍雖然表面憤怒無比，實則內心正在偷著樂呢，他心中暗道：

「夏正德啊夏正德，我倒是要看看現在這種情況下，你還能包庇柳擎宇嗎？等柳擎宇倒下之後，你對關山鎮就沒有任何控制力了，關山鎮將會再次完全成為我薛文龍的地盤，就算是翠屏山風景區案子是你簽約的，實際的好處也會全部落入我薛文龍的口袋中，而且將來真正分起政績的時候，我未必就比你分得少啊！」

夏正德眉頭緊皺起來，沉聲道：「哦，居然還有這種事？好，沒問題，那我們立刻就召開緊急常委會。」說著，夏正德直接撥通了縣委辦主任的電話，讓他通知所有常委到常委會議室集合。

二十分鐘後，景林縣縣委常委會所有常委們全部到齊。

夏正德掃視了一下眾人，發現此刻眾人表情迥異，薛文龍那邊的人雖然表面上看起來表情嚴肅，實則眼角眉梢都帶著幾分幸災樂禍的模樣，很明顯，他們早就知道這次常委會的內容了。

其他那些中立常委以及自己這邊的常委們則是一臉疑惑之色，不知道召開這次緊急常委會的目的是什麼。

夏正德沉聲道：「各位，今天召開緊急常委會的目的，主要是討論究一下關山鎮鎮長柳擎宇的問題。至於細節，還是由薛文龍同志給大家說一下吧！」

薛文龍輕咳一聲，道：「各位同志，在我發言之前，我想先請大家看一個視頻，看看我們關山鎮鎮長柳擎宇同志到底是什麼樣的人。」

說完，薛文龍朝會務組的人打了一個手勢，很快，會議室內窗簾拉起，投影幕布緩緩從天花板上方垂下，投影機將畫面投射在幕布上。

視頻內，柳擎宇揮舞著鋼管正在和一群人戰成一團，從視頻來看，柳擎宇似乎一直都在打人，而且手法狠辣，的確很不像樣子。尤其是負責編輯的那個人出於職業習慣，還為這個視頻配上了快節奏的音樂，充分將柳擎宇彪悍的一面展現在眾人面前。

等視頻播完後，薛文龍一拍桌子，怒聲道：

「各位，大家都看到了吧，這就是我們關山鎮的鎮長柳擎宇的真實面目啊，難道這樣的鎮長我們還能再縱容、包庇他嗎？如果老百姓看到這個視頻會憤怒成什麼樣子？如果上級領導看到會憤怒成什麼樣子？我們縣委班子會不會受到上級領導的斥責？柳擎宇這樣還有沒有一點領導幹部的風範？他配繼續擔任關山鎮鎮長的職務嗎？」

紀委書記牛建國立刻接腔道：「不配！絕對不配！我認為柳擎宇的這種行為已經嚴重損毀我們景林縣幹部的形象，而且嚴重違反了組織紀律。另外據舉報人說，柳擎宇之所以大打出手，是因為和被打人間產生了利益糾紛，這件事應該由我們紀委部門出面，直接把柳擎宇進行雙規！」

「我同意！像柳擎宇這種無法無天，無視老百姓生命和財產安全的幹部就應該早做處理，絕對不能有任何的縱容和包庇，誰縱容和包庇他，就是對人民的不負責任！」金宇鵬也鐵青著臉充滿憤怒地說道。

一時間，整個會議室內氣氛顯得異常凝重，所有人都在思考著這件事表面和幕後所代表的意思。

在座的人都認為柳擎宇只怕很難解套了，這可是證據確鑿啊。

夏正德也有些傻眼，柳擎宇竟然還有如此彪悍的一面。不管柳擎宇到底是為什麼，拿著武器打人，這本身就是一種錯誤，絕不是一名黨員幹部應該做的事。但是，柳擎宇畢竟是自己的人，自己該怎麼辦呢？一時之間，夏正德陷入了為難之中。

這時，政法委書記金宇鵬的手機響了起來，他低頭接通了手機。

電話是他的手下打來的，告訴金宇鵬有一群老百姓堵住了縣政府的大門，說是他們的親人被關山鎮鎮長柳擎宇給打了，他們想要讓縣領導給個說法。

接完電話後，金宇鵬立刻把電話的內容說了出來。

景林縣縣委、縣政府都在一個大院內，縣政府大院也就是縣委大院。眾人只要站在會議室窗口，就可以看到大院門口的情況。

薛文龍站起身來，來到窗口處，向外看了一眼，便轉頭看向夏正德，說道：「夏書記，您也過來看看吧，我們縣委縣政府大院的門口已經被老百姓給堵了個水泄不通，如果不及時處理，等到媒體記者過來，事情要是發酵起來，情況不容樂觀啊！」

夏正德走到窗前，果然看到大門口外黑壓壓地站了一片人，足有六七十人左右把縣委縣政府大院門口堵住了。這些人手中舉著各種橫幅和標語，大聲叫著要去找縣領導給個說法。

夏正德腦袋思緒紊亂，自己到底該怎麼做？

薛文龍再次向夏正德施壓：「夏書記，您認為我們現在應該怎麼辦？」直接把皮球踢給了夏正德。

就在這時候，縣委組織部部長王志強卻突然說話了：

「夏書記，薛縣長，我發現一個問題，這個視頻明顯是剪輯過的，雖然表面上看是柳擎宇持械打人，但是真實情況到底如何，我們並不清楚，尤其是我對柳擎宇還是很有信心的，要知道，柳擎宇可以為了老百姓親自到抗洪第一線上去扛沙袋，和死神進行搏鬥，他又怎麼可能為了自己的利益去毆打老百姓呢？我認為舉報之人說的未必是客觀之語。所以我認為，這件事我們最好派個調查小組下去好好調查一下，否則的話，如果我們冤枉了柳擎宇同志，可就要錯失一個非常優秀的幹部了。」

所有人都震驚了！不僅夏正德沒有想到，薛文龍更加沒有想到。連夏正德都猶豫的時候，王志強竟然為柳擎宇出頭了。

這到底是什麼情況？薛文龍的目光看向了王志強，夏正德也看向了王志強。

面對兩位大老充滿狐疑的目光，王志強表情堅定地說道：

「我堅持我的觀點，柳擎宇的問題不能匆忙下結論，必須先調查再處理，而不是先處理再調查，否則這很容易挫傷下面幹部的積極性。」

說完，王志強拿起桌上的水杯喝了起來，臉色顯得十分淡定。

夏正德雖然猜不到王志強為什麼會這樣做，但是他非常清楚，王志強的表態對自己來說是一個很好的機會，所以毫不猶豫地跟進道：

「嗯，我贊同王同志的意見，雖然從表面上看，柳擎宇確實存在違紀問題，但畢竟這段視頻是編輯過的，到底事情的原因和結果如何我們無從知曉。誠然，外面有人在圍堵縣委縣政府大院，我們應該給他們一個交代，但是不能以犧牲一個一心為民的官員前途為代價，而是該實事求是、客觀公正地來對待這個問題。

「對柳擎宇進行調查我贊同，但是我希望在這件事情調查清楚之前，我們縣委常委班子最好不要輕易給出處理意見。這一點我們也應該明確地向門口的老百姓指出，我們絕不會讓我們景林縣的老百姓吃虧，不能讓老百姓受欺負，但是也絕不能迫於壓力就犧牲柳擎宇的仕途前程。」

夏正德說話時義正詞嚴，沒有給薛文龍留下絲毫妥協的空間。

薛文龍怎麼也沒有想到，本來夏正德馬上就要妥協認輸了，卻因為王志強的突然表態，將自己必勝之局化為烏有，他現在心中對王志強恨之入骨。

但是他也清楚，王志強和夏正德不一樣。別看夏正德是縣委書記，但他在市裡並沒有特別硬的靠山，是靠著資歷和政績才到縣委書記位置的，而王志強卻是**能力和靠山都很硬**，即便是自己如此強勢，對待他也**只能採取拉攏、分化之策，而不是打壓**。

所以，此刻的薛文龍十分鬱悶，卻又無法發作，只能把目光看向其他盟友們。

縣委副書記包天陽看到常委會上的局勢發生如此微妙變化，立刻意識到情況不妙，連忙說道：

「夏書記，我不贊同你們的意見，不管視頻有沒有編輯過，柳擎宇持械毆打老百姓總不會是假的吧？不管其中有什麼原因，僅此一條，便足以按照違紀處理柳擎宇，這一點我想大家應該不會有什麼異議吧？更何況現在外面老百姓聚而不散，我們是不是應該派人去和老百姓交涉一番，聽聽老百姓的說法再做出最終的決策呢？」

包天陽也同樣施展了一招緩兵之計。他用「老百姓」的口堵住夏正德等人的嘴。對於「民心可用」這四個字他可是深有體會的。

不得不說，這一招的確是一記狠招，涉及老百姓的問題上，誰也不敢輕舉妄動，都會十分謹慎地處理，否則一旦被人抓到了痛處，那可是要掉烏紗帽的。

此刻，不管是夏正德也好，王志強也罷，在老百姓這種「大義」面前，他們只能選擇同意。隨後，眾人商量了一下，最後派出縣府辦主任左明義和一位副縣長前去和老百姓進行交涉。

這些所謂的老百姓自然都是羅剛和謝老六他們找來的人馬，雙方在進行一番唇槍舌劍的交鋒之後，最終的要求有兩點：第一，柳擎宇必須下臺，否則他們會去市裡上訪；第二，柳擎宇或者縣政府必須公開站出來向他們賠禮道歉，並且賠償他們醫藥費、誤工費等。如果不答應，他們也要去市裡上訪。

左明義便把這兩個條件通過電話告訴了縣長薛文龍，薛文龍開了免持鍵，讓大家都能聽到左明義說話的內容。

等掛斷電話後，薛文龍沉聲道：「夏書記，王部長，難道你們還要堅持你們的意見嗎？難道你們真的要等到老百姓怒氣難平之後，去市裡上訪，等市委領導批評我們維穩工作做得不好的時候你們才肯同意嗎？」

借勢！逼人！這一招薛文龍照樣玩得溜溜轉，一時之間再次將王志強和夏正德兩人直接逼入了牆角。

夏正德再次為難起來。一邊是老百姓的要求，一邊是一個一心為民的幹部，到底應該選擇哪一邊好呢？

就在夏正德猶豫的時候，王志強再次語出驚人：

「夏書記，薛縣長，我依然堅持我的觀點。我承認，如果我們不同意這些人的要求，這些人的確有可能會去市裡上訪，但是，我們必須要注意一點，那就是這些人的真實身分是什麼？他們為什麼要口口聲聲說去市裡上訪？如果他們要去市裡上訪的話，為什麼當時不直接去，而是先到我們縣委縣政府大院門口來呢？

「他們來這裡，就是希望我們給他們解決問題，既然是要我們解決問題，他們憑什麼如此命令我們縣委班子這樣做那樣做呢？憑什麼要求我們不經過調查就要處理柳擎宇？當然，人民是國家的主人，但是我們也不能因此就毫無理由地處理一名沒有經過調查的幹部啊！這和我們一向所講的實事求是原則相悖啊！」

王志強聲音中帶著幾分怒氣，說道：

「夏書記，薛縣長，我不知道你們到底是怎麼想的，我認為，我們必須堅持實事求是的原則，必須堅持先調查再處理的原則，否則，如果以後再有類似事件，我們還要這樣毫無原則地進行處理嗎？長久下去，我們縣委的威嚴在哪裡？縣政府的威嚴在哪裡？而且據我所知，以前也曾經多次發生過老百姓堵住門口要求解決問題的情況，但是哪一次在座的各位妥協了？哪一次不是先調查後處理？難道輪到柳擎宇這裡就非得按照特殊情況處理嗎？」

王志強這番話說完，會議室內再次沉默下來。

此刻，不管是薛文龍也好，夏正德也好，他們全都意識到，原來整個常委會中對柳擎宇支持力度最大的，竟然是一直不聲不響的縣委組織部部長，難道當初柳擎宇轉業到關山鎮當鎮長是走的王志強這條路子？但如果是這樣的話，當初柳擎宇上任的時候，為什麼沒有下去一個副部長陪同呢？

一時之間，眾人思慮紛紛，卻誰也找不出一個頭緒來。

不得不說，王志強的話再次堅定了夏正德維護柳擎宇的態度，他感覺到，如果自己總是在關鍵時刻瞻前顧後，不能維護柳擎宇，柳擎宇知道以後，會不會脫離自己的陣營而去，轉而投入王志強的陣營呢？

雖然柳擎宇現在與自己是同一邊的，但是柳擎宇對自己的依賴性並不大。相反，自己要借助柳擎宇的機會倒多一些，所以自己和柳擎宇之間頂多算是聯盟關係，而非牢不可破的。

想到此處，夏正德立即抬起頭來說道：

「我同意王志強同志的意見，我們身為縣委班子成員，必須為我們縣裡的老百姓做主，柳擎宇雖然是縣裡的幹部，同時他也是老百姓中的一員，所以我們也必須要為他做主，必須先調查後處理。」

看到夏正德如此堅決，縣人武部政委程凱、縣委辦主任陳凡宇、常務副縣長王雨晴也先後表示支持，都認為必須先調查後處理。

在這種情況之下，薛文龍知道如果自己還要堅持先處理後調查的話，肯定會犯眾怒，要是被抓到把柄，以後不時整自己一下，還真有些不值得。所以薛文龍無奈道：

「嗯，既然這麼多同志認為應該先調查後處理，那就按照這個意見來吧，我提議，這件事情由紀委方面親自介入調查，把事情弄個清楚，大家有意見嗎？」

夏正德搖搖頭，表示沒有意見。

這時，王志強沉聲說道：「紀委調查我沒有任何意見，不過，我希望紀委方面最好是按照程序來！」

會散了。過了一會兒，得到回覆的那些老百姓也散了。

紀委方面，牛建國帶著幾名工作人員直撲關山鎮。

就在牛建國帶人前往關山鎮的時候。

關山鎮醫院內，柳擎宇正在陪著唐智勇檢查身體。

在那場激烈的打鬥中，唐智勇為了保護柳擎宇，被羅剛一棍子打在後背上，吐了幾口鮮血後便暈倒在地上。等趕跑羅剛那些人後，柳擎宇立刻把唐智勇抬上車，讓洪三金在後面扶好唐智勇，他親自開車，直奔鎮醫院。

在路上的時候唐智勇便醒了過來，看到自己躺在車內，柳擎宇在開車，就要起來開車，柳擎宇命令道：「唐智勇，你好好躺在那裡待著，不要亂動。一會兒先去醫院檢查一下，看看有沒有受什麼傷。」

柳擎宇發話了，唐智勇也不再客套，因為此刻他的確感覺到後背火辣辣地疼痛，所以只能暫時側著身子躺著。

到了鎮醫院後，經過拍片、診斷之後，確認唐智勇只是受了一些內傷，後背的皮膚被打得腫了起來，其他的傷勢倒沒有，不過醫生建議唐智勇最近這段時間最好不要亂動，要好好靜養。

知道唐智勇沒什麼事後，柳擎宇的心才放了下來。

他知道唐市長能夠同意兒子跑來這裡給自己當司機，肯定是下了很大決心，現在他把兒子交到自己手中，自己說什麼也不能讓他受到委屈，更何況現在唐智勇還是自己小弟，自己更不能讓他受到委屈了。

這時，柳擎宇想起了羅剛等人，心中暗道：對這些人，自己必須好好教訓教訓他們才行，否則這些人一直囂張下去，對於關山鎮老百姓來說絕對不是什麼好事。

不過眼前有一個非常棘手的問題，那就是關山鎮派出所的力量自己指揮不了，這個問題恐怕短時間內無法解決，畢竟現在派出所內的人大部分都是石振強的人馬，就算自己指揮得動，他們提前給羅剛等人通風報信，自己也不可能有任何收穫。

我到底該怎麼做才能把羅剛等人給收拾了呢？這個問題一直在柳擎宇的腦海中盤旋著，久久無法散去。

羅剛這些人就像噁心的蟑螂，如果不把他們給擺平了，恐怕關山鎮老百姓永無寧日。但是他不可能每天都去幫助村民們抵禦這個無法無天的利益集團。柳擎宇很清楚，海悅集團之所以敢如此囂張行事，和石振強的不作為甚至是縱容絕對脫不了干係，甚至在縣裡還有人支持，只不過柳擎宇手中沒有任何證據，無法做出準確斷定罷了。

怎麼辦？到底應該怎麼辦？

整個下午，柳擎宇沒有再去辦公室，一直在唐智勇的病房以及榆樹村村民的病房內不斷地巡視著。一方面觀察唐智勇的病情，確認他傷勢不會出現變化，另一方面則不停安撫著被打的村民，讓他們感受到政府一直在關心他們，守護著他們。

那些被打村民的情緒也因為柳擎宇地探視、溝通，情緒也越發穩定。而他單槍匹馬打退幾十個流氓地痞的事，也在村民們的親戚朋友間傳了出來，這更讓村民們心中十分欣慰和感動，知道這個鎮長是真正為老百姓辦事的人，感慨這樣的鎮長打著燈籠都難找。

天色漸漸黑了下來，關山鎮醫院燈火通明，醫院外也已經萬家燈火，到了吃晚飯的時候了。柳擎宇讓洪三金從外面買了幾個菜，三碗飯，圍坐在病床邊吃飯。

柳擎宇苦笑著看向唐智勇：「智勇，本來還想晚上擺一桌酒席給你接風呢，沒想到你上午才來，晚上就住院了，酒就免了，先湊合吃點，等你出院了，咱們再好好大吃一頓。」

唐智勇雖然身在病床上，後背依然火辣辣地疼痛，但是對自己所做的一切並不後悔，他知道，自己跟對人了。或許柳擎宇這種囂張的個性不一定能夠在官場上走多遠，但是他看出來柳擎宇是一個真心真意為老百姓做事的人，自己的老爸也一直是這樣做的。

三人聊著，吃著，氣氛顯得十分和諧。

當洪三金得知唐智勇是副科級的幹部，竟然心甘情願地來給柳擎宇當司機的時候，心中的震撼更是無以復加。他已經漸漸習慣了這種震撼，因為跟在柳擎宇身邊雖然才三個月左右的時間，但是經歷過的震撼實在是太多了。

就在快要吃完的時候，病房的房門突然被人給推開了，四個身穿黑西裝、白襯衫、黑皮鞋的男人臉色嚴峻地走了進來，隨後，四個人往房間左右站定，牛建國挺胸疊肚，從四人中間邁著方步，面沉似水地走了進來。

柳擎宇和洪三金都是一愣。

牛建國看了柳擎宇一眼，官腔官調地說：

「柳擎宇，你涉嫌毆打群眾等嚴重違紀行為，紀委已經正式對你展開調查，現在請你跟我們走一趟。」

柳擎宇愣住了，不解地看向牛建國：「牛書記，你是不是搞錯啦？雙規我？我違紀了嗎？」

牛建國有些不耐煩地說道：「你違紀不違紀是你說的算嗎？哪個違紀的官員承認自己違紀了？廢話少說，我此次前來是縣委常委會集體做出的決定，現在跟我們走一趟吧！」

柳擎宇此刻並不知道牛建國為什麼要雙規自己，更不知道他在榆樹村為了保護趙海波等村民和流氓地痞進行較量的視頻，竟然被人無恥地重新編輯篡改了。

不過柳擎宇內心坦蕩無比，根本不懼任何調查，所以他站起身來，看了病床上的唐智勇一眼，交代洪三金道：

「老洪，智勇還需要在醫院好好靜養幾天，這幾天就辛苦你好好照顧他，我跟牛書記去紀委轉一圈，你放心，我很快就會出來的。」

「柳鎮長，您放心，我一定會照顧好唐智勇的。」洪三金使勁地點點頭。

牛建國嘴角露出一絲冷笑，說道：「柳擎宇，話不要說得太滿，進了我們紀委進行調查、喝了咖啡之人，還沒有幾個能夠出來的。」

柳擎宇只是不屑地一笑，向外走去。

唐智勇看著柳擎宇離去的背影大聲說道：「老大，你放心吧，真正為老百姓做事的人是不會含冤受屈的，群眾的眼睛是雪亮的。我一定會讓那些把你帶走的人再把你送回來的。」

聽到唐智勇這樣說，牛建國有些不屑地瞥了唐智勇一眼，心說現在的年輕人真是吹牛不上稅啊，這種話居然也敢說出來，真以為我們縣紀委是吃閒飯的呢！哼，我倒要看看你怎麼實現你的牛皮諾言。

柳擎宇是自己走出醫院的，縣紀委的工作人員本來想要左右夾持著柳擎宇，但被柳擎宇那犀利的目光瞪了一眼，頓時全都退縮了。

柳擎宇剛剛上了紀委的車，就見醫院裡跑出不少榆樹村的村民，這些人飛快地衝著柳擎宇跑了過來，將麵包車給包圍起來。

有個村民充滿憤怒地看著紀委那些人說道：「你們為什麼要帶走柳鎮長？他沒有犯任何錯！」

牛建國看到這種情況心中一驚，他沒有想到柳擎宇竟然有如此號召力，什麼話都沒有說，竟然就有人為他出頭。他眼珠一轉，立刻說道：

「各位鄉親，我是縣紀委書記牛建國，我非常理解你們的心情，但是請你們放心，我們紀委是國家機關，我們絕對不會冤枉一個好人，但是也絕對不會放過一個壞人，我們此次只是將柳擎宇同志帶到縣裡去調查一下，如果他沒有問題，我們會把他放出來的。」

不過村民們對牛建國的話並不放心，看向車裡的柳擎宇，說道：「柳鎮長，是不是他們想要強行把你帶走啊，你放心，我們絕對不會讓他們把你帶走的。」

柳擎宇打開車窗笑著看向車外這些質樸的村民們，感動地說道：「各位鄉親們，非常感謝大家對我的支持和關心，請大家放心，我只是過去配合紀委的工作人員進行一下調查，不會有事的，我希望大家在土地問題上能夠團結起來，一致對外，只有這樣，才能不讓那些違法分子有機可乘。」

柳擎宇最終還是被縣紀委的人給帶走了，村民們望著麵包車的背影，久久不願離去。而柳擎宇進入仕途後的**第一次真正的危機也正式拉開序幕**。

夜色蒼茫。

景林縣紀委招待所內，一間特製的用於招待被雙規對象的房間內，擺放著一張長條形桌子，長條形桌子裡面中間的地方放著一把凳子。在椅子靠近房門一側，放著三把椅子。

柳擎宇被帶進房間內。

牛建國坐在中間的那把椅子上，縣紀委副書記付忠全、縣紀委監察室主任何志華分別坐在牛建國的左右，他們兩人是牛建國在紀委裡的左膀右臂，很多工作他都是交給這兩個親信去辦，這次調查柳擎宇的案件，他把這兩個親信也帶上，務求一下子就把柳擎宇搞定。

柳擎宇打量了一下房間內的環境，又看了一眼坐在椅子上的幾人，看三人坐的位置和姿態，的嘴角不由得露出一絲冷笑。

身為狼牙大隊的大隊長，審訊各種危險敵人的事他也不是沒有幹過，柳擎宇一看房間內的佈局和桌椅板凳的擺放位置，一眼就斷定這些紀委的大老爺們是把自己當成雙規對象來對待了。

柳擎宇怎麼能被這種小場面給嚇住，又怎麼能讓牛建國等人如意呢。

柳擎宇並沒有在那個小板凳上坐下，因為一旦坐下，在氣勢上就處於被動之地了，所以柳擎宇直接在靠近窗口的位置站定，肩頭靠在窗內鐵欄杆上，從褲兜裡摸出一根香菸點燃，吐出一口菸圈，冷冷地看著三人。

「柳擎宇，誰讓你抽菸的，給我坐下。」紀委副書記付忠全拍著桌子怒斥道。

柳擎宇不屑地看了付忠全一眼：「你誰啊？你有資格在這裡跟我拍桌子嗎？」

「我是紀委副書記付忠全，我當然有資格跟你拍桌子，柳擎宇，你給我坐好，接受訊問。」付忠全怒視著柳擎宇吼道。

「哦，原來是付書記啊，淡定，淡定，你好歹也是縣紀委的巨頭之一啊，怎麼能如此衝動呢，這可是在領導面前十分失分的舉動，小心牛書記批評你哦。」

柳擎宇伸出手做出向下按的姿勢，說道：「牛書記，你們是不是搞錯狀況了，你之前可是說得非常清楚，你們只是把我帶來讓我配合你們調查情況，不是對我實施雙規，但是你們現在的姿態卻表明你們根本就把我當成了雙規對象來處理嘛，你們這樣做可是有點過頭了哦。」

柳擎宇的話很平淡，但是字裡行間卻表現出強大的壓力，直接壓向牛建國。

牛建國聽柳擎宇這樣說，只是冷冷一笑，說道：「柳擎宇，你不用在這裡跟我們摳字眼，不管是雙規你也好，調查你也好，你的主要任務就是配合我們，把你的問題交代清楚，聽明白了？聽明白了就坐下來好好交代問題。」

柳擎宇不服地道：「不好意思，牛書記，我不知道我柳擎宇身犯何律，法犯哪條，還請你為我指出來，也好讓我先弄個明白。」

「啪！」縣紀委監察室主任何志華看柳擎宇竟然敢跟書記叫板，怒聲說道：「柳擎宇，弄清楚你的身分，你現在是涉嫌嚴重違紀，涉嫌嚴重犯罪，僅只這兩點就足以懲罰你了，老老實實坐好，誰給你膽子跟牛書記頂嘴的……」

「你閉嘴！我和牛書記說話呢，你插什麼嘴，一點教養都沒有，你誰啊你！」何志華的話還沒有說完，便被柳擎宇直接給打斷了。

柳擎宇先訓斥對方一頓，反客為主，之後才問對方到底是誰，這一下可把何志華氣得夠嗆，怒道：「老子是縣紀委監察室主任何志華。」

聽到何志華居然敢自稱老子，柳擎宇嘴裡叼著菸，邁開大步向著何志華走去，邊走邊冷冷道：「何志華？你剛才說你是誰老子？」

看到柳擎宇居然邁步向自己走來，何志華頭腦一下子清醒過來，這才想起他對面的這位大爺可是連縣長薛文龍都敢暴打一頓的人，他這要是把自己揍一頓，自己可沒處說理去。

光棍不吃眼前虧，他十分明智地朝柳擎宇擺擺手，道：「柳同志千萬不要介意，我剛才只是一不小心把口頭禪給說出來了，不好意思啊。我沒有占你便宜的意思。」

柳擎宇此刻已經走到了何志華的面前，看他服軟了，這才說道：「記住了，在我面前最好不要充什麼大輩，我柳擎宇雖然脾氣好，但也有一些逆鱗，不管是誰，觸到了我的逆鱗，我都不介意使用最簡單的方法來解決。」

然後衝著牛建國輕輕一笑，平靜地說道：「牛書記，您是領導，比他們有氣魄，有胸懷，我想，既然你們想要我配合你們進行調查，給我找把舒服的椅子坐，應該沒有問題吧？」

牛建國目睹何志華和柳擎宇衝突的過程，氣得瞪了何志華一眼，這傢伙膽子也太小了，被柳擎宇這麼一嚇唬就軟了。

其實，如果他膽子再大一點，柳擎宇要真的敢當著自己的面暴打何志華一頓，他絕對有理由直接將柳擎宇雙規了，至少讓公安局拘留他幾天肯定沒有問題。這樣一來，就算這次搞不倒柳擎宇，給他的簡歷裡留下被拘留的案底，柳擎宇的仕途前程也算是徹底完了。

沒有想到何志華這麼孬種，讓他十分無語。而且他也看出來了，柳擎宇雖然年輕，但是心眼還挺多的，想要忽悠他還真不容易。所以他衝著何志華說道：「出去給他找把椅子去。」

得到書記指示，何志華連忙站起身來，出去找了把椅子給柳擎宇搬了過來。

柳擎宇把椅子斜放在牆邊，偏離三人正對面的位置，然後身體靠在椅背上，把腿搭在凳子上，這才抱著肩膀說道：「好了，現在你們有什麼問題可以問了，我可以配合你們進行調查。」

看到柳擎宇這種囂張姿態，牛建國氣得鼻子都歪了，但是對這種連縣長都敢打的膽大包天之人，沒有十足的把握還真不能動粗，所以只能沉著臉問道：

「柳擎宇，你老實交代，你為什麼要暴打那些村民？你和他們之間有什麼利益衝突？」

「村民？暴打？牛書記，你是不是眼睛不好啊，我柳擎宇啥時候打過村民？」

「柳擎宇！你不要在這裡給我裝傻，我告訴你，我親自看過你暴打村民的視頻，在視頻中，你手中揮舞著一根鋼管，猶如下山的猛虎一般，幾步就砸倒一人，你好威風啊，但是為什麼要把手中的鋼管揮向人民的頭頂呢？你心中還有身為黨員幹部為人民服務的想法嗎？你這個鎮長合格嗎？」牛建國連連質問道。

「欲加之罪，何患無辭，管中窺豹，只見一斑，可憐，可悲，可恨！」柳擎宇只丟出了這一句話。說完，雙眼看著房頂，自顧自地抽起菸來。

看到這種情況，牛建國氣得站起身來，丟下一句：「你們先審著，我出去轉轉！」隨後轉身向外走去。

來到外面，牛建國直接拿出手機撥通了薛文龍的電話：「薛縣長，我準備對柳擎宇上一些逼供措施，這小子的嘴太嚴了，啥都不肯透露。」

薛文龍語帶保留地說道：「老牛啊，我建議你多想一些辦法，現在王志強和夏正德聯起手來想要保住柳擎宇，事情有些詭異，尤其是王志強的表現讓我有些琢磨不透，所以在柳擎宇的事情上，最好不要讓外人抓住把柄。」

聽到薛文龍是這種態度，牛建國的臉色很不好看，他本來以為薛文龍會支持他呢，沒想到薛文龍竟然畏縮了，這讓他感覺很不痛快。

掛斷電話後，牛建國咬了咬牙，眼中噴出怒火，心中暗道：

「你薛文龍怕事，我牛建國可不怕，我就不信我堂堂紀委書記還鬥不過一個小鎮長，我一定要給柳擎宇好看。」

想到這裡，他把兩個手下喊了進來，低語吩咐了一番，這才走到旁邊的休息室內，打開監視器，看起兩個手下審訊柳擎宇的情形。

他知道一會兒柳擎宇就會被嚴刑逼供了，為了避嫌，他不能在現場觀看柳擎宇被虐待的情形解恨，但是透過監視器看到柳擎宇被折騰，心中還是很爽的。

他期待著。

就在牛建國等人審訊柳擎宇的時候，北京一所守衛森嚴的別墅社區內。六號院。柳擎宇的老爸劉飛（柳擎宇隨母親姓氏，其母柳媚煙）靜靜地坐在沙發上，在劉飛的身邊，他的幾位頂級高參圍坐在兩旁。

這些人包括剛剛晉升為總參謀長的黑子，華夏頂級政治智庫諸葛豐，華夏頂級金融智庫孫廣耀，剛剛轉為公安部正職領導的胖子劉臃，劉飛的大學同學，好朋友，國內最大殺毒軟體、資訊產品生產製造商「紅克集團」的董事長紅克，國內最大影視娛樂集團的老闆、悶棍小魔女韓香怡的老爸「悶棍王」韓如超。

眾人已經聊了有一段時間，「悶棍王」韓如超講了一些關於柳擎宇在蒼山市的事，尤其是柳擎宇馳援女兒韓香怡，將之從董天霸等人手中救出來的事，眾人聽後都滿意地點點頭。

「老大，我剛剛得到消息，擎宇這小子在景林縣為了保護老百姓，和當地利益集團鬥得不可開交。尤其是他促成了先鋒投資集團投資翠屏山風景區案子後，當地的利益集團為了撈取各種政治利益和經濟利益可謂陰招盡出，現在擎宇被對方設計，被紀委給帶走了。你看要不要從白雲省找個人過問一下？」諸葛豐擔心地道。

「不用過問，如果這小子連對方這樣的手段都破解不掉的話，那他還是不要在官場上混了。很多人都以為當官為民做主很容易，其實，當官的有幾個不願意為老百姓做主的?!但是這事情說起來容易，做起來卻並不容易，因為有**利益的地方就會有人盯著**，有些時候甚至有官員盯著，**想要為老百姓做主，為老百姓爭取利益，就必須適應各種形式的鬥爭**，讓這小子先好好鍛煉鍛煉吧。」劉飛聲音平靜地說道。

聽劉飛這樣說，諸葛豐也就不再說話了。他知道，自己這位老大其實心裡對柳擎宇最寶貝不過了，他可是親眼看到柳擎宇小時候，身為主政一方大員的劉飛為了讓柳擎宇高興，讓他玩騎大馬的情形。只不過當柳擎宇漸漸長大，劉飛對兒子的這種父愛便漸漸變得更加務實，對柳擎宇的要求也越來越高，讓柳擎宇自己去化解自己的困局。

這需要多大的魄力啊！其實，劉飛要想破解柳擎宇的困局，只不過是一句話的事，但是他一句話都不肯多說。為了讓兒子能夠儘快成長起來，老大可謂煞費苦心啊。

隨後，眾人又一一談了一些最近各個領域內比較重要的事，劉飛雖然位高權重，但是心中想著的依然是老百姓，每週都要抽時間和眾兄弟們小聚一會兒，以便從他們口中得到和老百姓息息相關的資訊，好讓自己在進行決策的時候能夠更加貼近民情，能夠更加顧及老百姓的切身利益。

快要散會的時候，劉飛對諸葛豐囑咐了一句：「咱們不插手擎宇的事，不過他有什麼情況及時告訴我，讓我做到心中有數。」

諸葛豐點點頭。

縣紀委招待所內。

走廊上，一名工作人員手中端著三杯茶水走進了審訊室內。她把其中兩杯正常的茶水放在付忠全和何志華的面前，另外一杯加了藥的茶水放在靠近柳擎宇那邊的桌上，然後轉身離去。

何志華拿起茶水輕輕品了一口之後，對柳擎宇說道：「柳擎宇，咱們先休息一會兒吧，喝杯茶，然後咱們再接著進行。」

看到茶水，柳擎宇的臉色這才稍微緩和了一些，點點頭：「嗯，這才像話嘛，我又不是什麼雙規對象，你們怎麼能像對待雙規對象那樣對待我呢！」

何志華滿臉含笑地說道：「是啊是啊，這個是我們搞錯方向了，牛書記剛才已經把我們叫出去好好批評了一番，他有事先走了，現在就由我們兩個來陪著你進行調查，希望柳鎮長你好好配合我們。來，咱們先喝茶吧，邊喝便聊。」

柳擎宇站起身，邁步走了過來，大手朝著茶杯伸過去，端起了茶杯。

看到柳擎宇把茶杯端起來，何志華心中那叫一個高興啊，暗道：「柳擎宇啊柳擎宇，雖然你十分彪悍，但是等你喝完這杯茶，昏倒之後，只需要我們把你控制住，到那個時候，你就是脫毛的鳳凰、沒牙的老虎，任憑我們宰割了。」

不過他的臉上卻表現得非常自然，看到柳擎宇把茶杯端了起來，便笑著舉起茶杯說道：「來，柳鎮長。」說著，他端起茶來輕輕品了一口。

隨後，他看到柳擎宇把茶杯一點點向嘴邊送去。

……

第六章

好官情結

真正的男人不會讓自己的朋友受到一點點的傷害！真正的官員，不會讓老百姓受到一點點的委屈！柳擎宇的爆發，恰好契合了中國人傳承了幾千年的英雄情結和好官情結。網民的熱血在沸騰，微博、論壇到處都在轉發著。

此刻，在關山鎮。

自從柳擎宇被帶走以後，整個關山鎮便炸開了鍋。

當在醫院裡的村民已經把柳擎宇被紀委帶走的消息告訴了榆樹村的親人們，很快，幾乎全村的人都得到了這個消息。

這一下，榆樹村村民徹底憤怒了！

尤其是榆樹村村長趙海強，柳擎宇在榆樹村的所有歷程他可是親眼目睹，誰要說柳擎宇有任何違規違紀的行為，他第一個不答應。但是現在，柳擎宇卻恰恰因為在榆樹村的行為被紀委給帶走了。

趙海強憤怒了！榆樹村的村民們憤怒了。

趙海強直接拿起喇叭開始廣播起來：

「各位鄉親，柳鎮長為了保護我的弟弟趙海波，為了保護我們榆樹村村民的利益，被縣紀委帶走了。我感到非常憤怒，像柳擎宇鎮長這樣的好官我們沒處找啊，如果柳鎮長這樣的好官都能被雙規，那麼我們老百姓的利益還有誰去為我們保障啊！

「我趙海強決定，寧可這個村長不當了，我也要為柳鎮長討還一個公道！我要帶著我的家人去縣裡請願去，我要讓縣委領導給柳鎮長一個公道，我們絕對不允許像柳鎮長這樣一心為我們老百姓辦事的領導遭人構陷，我馬上就要開著我家的卡車去縣裡了，有願意跟我一起去的，都到我家門口來集合啊，自己有車的開車，沒車的，坐我家的卡車一起去。二十分鐘後出發。」

別看當時柳擎宇和羅剛等人對打的時候這些村民還在看熱鬧，可他們聽到趙海強的這番話後，渾身的熱血全都沸騰起來。所以趙海強這一次可以說是一呼百應，一時之間，全村不少家裡都派出了代表到趙海強家門口集合。

距離趙海強家不遠的一戶普通民宅裡，馬蘭村村長田老栓的兒子田小栓正在老丈人家裡吃飯呢，聽到趙海強的廣播，更是怒極了！

「這幫狗官，總是做出這樣讓好人蒙冤之事，太可惡了。不行，我得想辦法為柳鎮長討還一個公道。」他雖然不知道柳擎宇為什麼被縣紀委帶走，但是他知道，柳擎宇這樣一心為民的好鎮長是不應該遭受這種待遇的。

看到女婿怒氣衝衝的樣子，他老丈人說道：「小栓啊，你不過是個小老百姓罷了，連柳鎮長都擺不平的事，你能有啥辦法？」

田小栓聽老丈人這樣說，立刻得意地說道：

「爸，你不知道，我田小栓可是有心人啊，當初柳鎮長在抗洪大堤上領著我們馬蘭村村民一起奮鬥的時候，我就用手機幫他錄影了，後來我還把那些錄影發到了市委書記信箱、市長信箱裡，後來薛縣長帶著人下來想要對石書記進行表彰的時候，唐市長也下來了，卻表彰了柳鎮長，我猜應該是我那些視頻起了作用了。這一次，我正好又看到柳鎮長大顯身手，當時我就躲在人群中用手機拍攝，我總感覺像柳鎮長這樣的好人應該受到表彰。我要把這些視頻再次發給那些領導們，我還要發到網上，讓全國的網民們評評理，像柳鎮長的這樣的好官憑什麼被紀委帶走。」

在老丈人震驚的目光中，田小栓打開電腦，把手機裡的視頻經由網路發到了市委書記信箱、唐建國的信箱，隨後又把視頻發到他最熟悉的論壇裡，並配上了一個十分震撼人的標題：「鎮長一心為民，不懼凶徒，卻被縣紀委帶走，老百姓寒心！」

田小栓的帖子發佈後不久，點擊率便直線攀升。

要知道，田小栓的視頻可是實景近距離拍攝，柳擎宇和羅剛之間的對話清晰可辨，羅剛的囂張狂妄、肆無忌憚，在視頻中表現得淋漓盡致；而柳擎宇的大義凜然、一心為民、果斷勇敢透過視頻，也完整無差地呈現出來。

尤其是看到唐智勇為了救柳擎宇被人一棍子悶倒後，柳擎宇突然發飆，更是讓人看得熱血沸騰。

真正的男人，不會讓自己的家人朋友受到一點點的傷害！

真正的官員，不會讓老百姓受到一點點的委屈！

柳擎宇的這種爆發，恰好契合了中國人傳承了幾千年的**英雄情結**和**好官情結**。

網民的熱血在沸騰，微博、論壇，到處都在轉發著。

正義，是柳擎宇在弘揚！

公平，這是網民的呼喚！

「三問景林縣紀委，憑什麼帶走柳擎宇這樣一心為民的好官？」

「是誰給了景林縣紀委帶走柳擎宇的權力？」

「一心為民卻被紀委帶走，老百姓想不心寒都不可能！」

「官員更需要公平和正義！更需要理解！」

各種標題的帖子在各大論壇上發聲、擴散著。

老百姓的眼睛是雪亮的，網民心中也有一桿秤。很快，各大門戶網站的首頁上也紛紛出現了有關柳擎宇的相關新聞，而且全都被放在顯眼的位置上。

……

白雲省省委大院內。

省委書記曾鴻濤正在辦公室內加班批閱公文。

這時，桌上的電話響了起來。電話是省應急辦打來的。

省應急辦的主要職責是依據有關法律、行政法規和各自的職責，負責相關類別突發公共事件的應急管理工作。廿四小時都有人值班。

一般而言，按照相關的流程，如果不是重大事件，是不會傳達到曾鴻濤這裡的，現在，由於柳擎宇事件在網路上火爆起來，景林縣紀委、蒼山市市委都被憤怒的網民們扯進了事件之中。

憤怒的網民有時候是不理智的，更有一些人為了博取關注，甚至編造謠言。在各方人士的推動下，柳擎宇被縣紀委帶走這件事有越發難以控制的趨勢，所以省應急辦負責人在按照程序進行上報後，又趕快給曾鴻濤打了個電話，因為他們知道，曾書記對全省的穩定工作十分重視，對涉及老百姓方面的事情更是十分重視。

曾鴻濤接到省應急辦方面詳細的彙報之後，說了一聲「我知道了」便掛斷電話，並沒有給出任何指示，而是在辦公室裡打開另外一台網外專用電腦，搜尋了一下各種網路新聞和視頻後，立刻沉著臉拿起桌上的電話再次撥通了蒼山市市委書記王中山的電話。

「王中山，你們蒼山市景林縣到底是怎麼回事？為什麼關山鎮的柳擎宇同志突然被景林縣紀委給帶走了？我記得上次也是這位同志，親自在第一線守護著抗洪大壩，這次又是他挺身而出，為了老百姓殊死搏鬥，縣紀委為什麼要把柳擎宇給帶走？是以什麼理由帶走的？到底他犯了什麼錯誤？我需要你給我一個交代，給全國網民一個交代，也給景林縣老百姓一個交代！」

大老震怒，王中山如何能不驚慌。

王中山也怒了，景林縣竟然又出事了。而且這次出事又是和柳擎宇有關。

他把市委辦主任給喊了過來，怒吼道：

「景林縣到底又出了什麼事？柳擎宇為什麼被縣紀委給帶走？你立刻給我問清楚！還有，市應急辦到底是幹什麼吃的，為什麼這麼重大、連省委書記都知道的事我卻不知道？今天到底是誰值班？立刻給我查！」

市委書記怒了，下面的人怎麼敢不認真辦事。一時之間，市委、市政府立刻雞飛狗跳，電話鈴聲此起彼伏。整件事情很快搞清楚了。

王中山終於弄明白省委書記發怒，是因為網路上出現了有關柳擎宇為了老百姓力抗海悅集團眾打手的視頻，而柳擎宇又被縣紀委給帶走了，剛拿起電話想要打給景林縣的領導班子，這時候，他的手機再次響了起來。

這次打來的是他佈設在景林縣的眼線：

「王書記，現在景林縣縣委縣政府大院門口被數百名來自榆樹村的老百姓給堵住了，他們要求縣委縣政府的領導們給他們一個說法，他們想要知道柳擎宇為什麼會被帶走，柳擎宇到底犯了什麼錯誤。」

聽到這個消息，市委書記王中山不禁暴怒！

此刻和王中山一樣暴怒的還有一個人，就是常務副市長唐建國。

唐建國本來也正在辦公室加班，秘書突然走了進來，聲音顫抖地說道：

「老闆，剛才我在市長信箱內看到了一個視頻，好像……智勇被人給打暈了。」

「什麼？智勇被人給打暈？」

唐建國頓時一驚。上午兒子才剛剛到達關山鎮，怎麼就被人給打暈了？誰那麼大膽子，膽敢打一個常務副市長的兒子？

看到唐建國狐疑的臉色，秘書連忙把視頻點出來，說道：「老闆，您看，我應該沒有認錯。」

唐建國還沒有看完，便立馬火冒三丈！

「好一個海悅集團，真是太囂張了！居然連鎮長都敢打，還口出如此狂言，是誰給他們撐腰的？我一定要把這件事給查清楚。」

恰在此時，稍微恢復了一點的唐智勇給老爸來了電話：

「老爸，跟你反映一件事，今天柳鎮長為了榆樹村的村民，被縣紀委給帶走了，現在已經過去好幾個小時了，一點消息都沒有，我懷疑柳鎮長可能被縣紀委的人給雙規了。爸，柳鎮長可是個好官啊，他不應該受到這樣的待遇……」

接著，唐智勇把自己到關山鎮之後的整個過程詳細地給唐建國講述了一遍。

唐建國對自己的兒子十分了解，兒子雖然有時候說話做事還帶著一些衙內風格，但是本質上不壞，只是任性了些。所以對兒子所說的話他十分信任，再加上有視頻為證，以及先前柳擎宇所受到的一連串不公平待遇，以唐建國的智慧自然不難斷定柳擎宇肯定是得罪了縣裡的領導，被人給設計了。

這樣敢做事、一心為民的官員都無法得到好的下場，那官場還有什麼公平可言？兒子也因為幫助柳擎宇被人給打傷，這讓他這個當父親的更是心疼不已。於是，唐建國直接來到市委書記王中山的辦公室內。

當王中山聽完唐建國的彙報，尤其是得知那個救了柳擎宇的人竟然是唐建國的兒子時，更是怒不可遏。他看向唐建國說道：

「老唐，你們關山鎮派出所沒有警力去調查，那我們市公安局派人下去，必須把這件事情給我調查清楚。那個海悅集團背後有沒有人支持，為什麼敢如此囂張行事，這件事也必須給我調查清楚。朗朗乾坤之下，豈能容得如此不法之徒堂而皇之地做出如此肆無忌憚之事?!」

「好，我馬上去辦。」有了王書記的指示，唐建國二話不說就向外走去。

在蒼山市，政法委書記不是由一個人兼任的，市政法委書記是董浩，市公安局局長則是鍾海濤。

董浩和市委副書記鄒海鵬關係密切，鍾海濤則是市委書記王中山的人，和唐建國關係也不錯。所以，當唐建國一個電話打過去後，鍾海濤立刻表示沒有問題，市公安局馬上介入這件事情。

而此刻，景林縣縣委大院內，夏正德已經接到了王中山的電話，被他狠狠地訓斥了一頓，他低聲下氣地應付了幾句，等掛斷電話後，他也憤怒了，自己竟然又被薛文龍給耍了。但是這一次，夏正德下定決心，一定要好好收拾薛文龍，尤其是他的那些勢力。

想到此處，夏正德撥通了縣委辦主任陳凡宇的電話：

「陳主任，你立刻通知所有常委，就說市委有重要指示，所有常委必須在半個小時內趕到縣委常委會議室開會。」

半個小時後，常委們除了紀委書記牛建國沒有來以外，其他人全都準時出現在會議室內，雖然他們對夏正德這麼晚了還召開常委會表示不滿，但是聽到有市委指示也不敢怠慢。

夏正德沒有等著牛建國，狠狠一拍桌子，看向薛文龍說道：

「薛縣長，你上一次在常委會上所放的視頻到底是從哪裡來的？你利用這個視頻，挑動整個縣委班子做出了調查柳擎宇的決定，現在，網路上出現了一個更完整的視頻，而且這件事情不僅市委知道了，省委也知道了，我們景林縣再一次被推到了風口浪尖。市委書記王中山同志暴怒不已，狠狠地訓斥了我一頓，說我們縣委班子辦事不牢，薛縣長，這件事你是始作俑者，我想先聽聽你的意見，接下來我們到底應該如何操作？應該如何向市委、省委彙報？」

眾人聽到夏正德的這番話，曉得這回算是都被薛文龍給綁架了，這時候，即便是薛文龍的盟友們也不願意出面替薛文龍頂缸了，要知道，這一次可是連市委書記、省委書記都表態了，誰敢和這兩個大老對著來?!

薛文龍的臉色也相當難看，事情會發展到這種無法收拾的地步，也很出乎他的意料之外，最重要的是，現在所有人都知道自己手中的視頻是有問題的，不用動腦子也知道自己的那個視頻肯定是故意栽贓。

自己可是縣長啊，這個黑鍋要是背下來，自己以後在市委書記和省委書記那裡的形象就算是徹底完蛋了，至於升職，也別指望了。所以，薛文龍趕忙說道：

「夏書記，各位常委，出現這樣嚴重的烏龍事件我深感慚愧，我也沒有想到牛建國同志給我的這個視頻會出現這麼嚴重的問題。我認為還是先把牛建國同志找來，讓他來跟大家解釋一下。」

「牛建國到底在哪裡？電話打不通，人也見不著，他把柳擎宇弄到哪裡去了？薛縣長，這件事交給你去辦。現在我們已經完全可以肯定，柳擎宇同志之所以揮舞著鋼管打人，根本是為了自衛，柳擎宇不僅不應該受到調查，反而應該受到表彰，大家往大門口外面好好看看吧，現在都什麼時間了，榆樹村的村民們還在外面為柳擎宇請願呢。這說明什麼？說明柳擎宇深得民心啊！我想問問在座的各位，你們得到過老百姓如此的擁護嗎？」夏正德質問道。

王志強立刻附和道：「是啊，必須立刻釋放柳擎宇，由牛建國同志到常委會上把問題解釋清楚，我們縣委班子不能無緣無故地替他背黑鍋啊，每個人都要為自己的行為負責。」

其他常委也紛紛表示贊同夏正德和王志強的意見。

這時薛文龍連忙表示會親自去聯繫牛建國。其實心裡打的算盤，是想要和牛建國事先溝通一下，以免到時候牛建國亂了方寸。

……

景林縣紀委招待所內。

牛建國正透過監控螢幕看著畫面中兩個手下如何收拾柳擎宇呢。

審訊室內，付忠全和何志華正一邊喝著茶水，一邊看著柳擎宇，當他們看到柳擎宇把茶杯舉到嘴邊，眼中不禁閃出光芒，只要柳擎宇喝下這杯茶，被控制之後，到時候再給柳擎宇上酷刑，就算是鐵打的漢子也很難熬得住。他們腦中已經開始想像要如何收拾柳擎宇了。

現在各地紀委辦案都是強調手段要文明，辦案流程也完全符合相關的規定。但是，在局部地區，還是有些工作人員喜歡採取一些非常規的手段，這些手段游走在刑訊逼供邊緣，屬於擦邊球的行為，但往往能夠達到最佳的效果。所以有些人為了能夠儘快得到結果，便會採取這種違法方式。

然而，就在兩人的期待目光中，柳擎宇把茶杯送到嘴邊的時候卻停住了，他使勁用鼻子聞了聞茶水，就把茶杯給放下了，看著兩人笑道：「二位，這杯茶的味道太濃了，不太適合我，這樣吧，這杯茶你們二位分著喝了吧。」

說著，柳擎宇把自己杯裡的水分別給兩人的茶杯裡倒了一些，然後看著兩人。

兩人沒想到柳擎宇竟然不上套，心中嘀咕起來，該不會柳擎宇看出茶裡被下了藥吧？

「怎麼？兩位，怎麼不喝啊？你們不要管我，我現在還不渴，你們先喝吧。等你們喝完，你們問什麼，我答什麼。」柳擎宇道。

兩人當然不敢喝。所以按兵不動，神情顯得十分尷尬。

柳擎宇目光漸漸變冷，沉聲道：「二位，你們怎麼不喝啊？該不會是這茶水裡有什麼名堂吧？」

付忠全連忙擺手道：「沒有沒有。怎麼可能有什麼名堂呢。」

「沒有，那你們為什麼不喝呢？」柳擎宇質疑地看著付忠全。

付忠全嗯啊了幾聲後，一句話也說不出來。空氣一下子僵住了，三個人六隻眼睛，你看著我，我看著你。

柳擎宇狠狠一拍桌子，怒聲道：「付忠全，何志華，還有躲在幕後通過監控螢幕看著這裡的牛建國！」

柳擎宇用手指了一下攝影機的方向，接著說道：

「牛建國同志，我知道你聽得到我的聲音，看得見我的表情，我真的對你們很無語，難道我柳擎宇真的是你們的眼中釘肉中刺嗎？你們身為紀委工作人員，竟然採用下藥這種下三濫的卑鄙手段來對付我，你們眼中還有國家法律嗎？知道什麼叫文明執法嗎？告訴你們，我柳擎宇可是從生死線上徘徊過幾百次的人，你們這點小手段還想對付我？門都沒有！

「牛建國，付忠全，何志華，你們三個聽清楚了，你們今天的作風讓我非常失望。在這裡我可以明確地告訴你們，只要我出去了，我敢保證，早晚我會把你們三個都給扳倒。

你們做得太過分了。」

聽柳擎宇這樣說，不管是現場的付忠全和何志華，還是躲在幕後的牛建國，臉色全都十分難看，他們怎麼也想不通，這種十拿九穩的招數為什麼會被柳擎宇給識破。他們哪裡知道，柳擎宇身為**狼牙大隊的大隊長，什麼樣的陰險手段沒有見過**?!尤其是和外國間諜交手的時候，對方甚至連各種毒氣、毒針等都經常使用，更別提迷藥、迷煙這類常用的東西了。各種迷藥柳擎宇僅僅是憑鼻子就能聞出來。

牛建國雖然躲在幕後，也感到臉上陣陣發燙，但是聽到柳擎宇居然說要扳倒自己，臉色當即陰沉起來。

就在這時，薛文龍的電話打了進來。牛建國很快接通電話。

聽薛文龍說完常委會上的情況後，立即抗聲道：「薛縣長，難道我們就這樣把柳擎宇給放走了？這次可是我們十分難得收拾他的機會啊。」

薛文龍長嘆一聲，道：「不放不行啊！這次柳擎宇竟然又把省委書記和市委書記給驚動了，也不知道到底是怎麼回事，怎麼柳擎宇的事一鬧就到了市裡和省裡呢。算了，不說他了，我們必須儘快把這件事情平息下來，否則後果不堪設想。我最擔心的是，就算是放了柳擎宇，這件事也不一定能夠輕易結束啊。」

牛建國有些無語，也只能讓付忠全立刻把柳擎宇放走，隨後立刻急匆匆地趕往縣委常委會。

付忠全聽到牛建國的指示也傻眼了，自己和何志華如此賣力，竟是落得這樣一個無終而果的結局。但是牛建國都這樣說了，他也無法改變結果，只能硬是讓自己的臉上擠出兩絲假得不能再假的笑容：

「嘿嘿，柳鎮長，真是不好意思啊，其實剛才我們不過是和你開個玩笑而已。希望你不要介意，我們也是受上面的指令，身不由己不是？好了，你已經可以走了。」

「你確定我可以走了嗎？」柳擎宇冷冷地道。

付忠全忙道：「可以，可以，你現在就可以走。」說著，和何志華站起身來，給柳擎宇騰出了一個通道。

柳擎宇知道自己沒事了，一邊往外走一邊哈哈大笑起來：

「牛建國，薛文龍，你們不是一直想要把我柳擎宇給扳倒嗎？還接二連三地出陰招，結果呢，每次都是搬起石頭砸自己的腳啊！哈哈哈哈！可憐，可恨，可笑！」

然後走出房門，飄然而去，留下付忠全和何志華兩個人相互對看了一眼，眼神裡都是充滿了疑惑和不解。

景林縣的天空開始飄起了細細的雨絲。柳擎宇走出紀委招待所的時候，感受著這細細的雨絲，心中感慨萬千。

柳擎宇不是傻瓜，更不是一個甘於任人揉捏之人，在醫院的時候，他雖然跟著牛建國走，但是心中十分淡定，**對一些真正的高手來講，有時候無招勝有招，無需佈局，其局自成。**

當時在榆樹村和羅剛等人發生衝突時，他就注意到了那輛麵包車上有人在用攝影機拍攝自己，更注意到在人群中也有人在拿著手機拍攝。

人群中的這個人他認識，是田小栓，柳擎宇想起了上次唐建國為自己平反時，曾提到有人發給他視頻的事，到底是誰發了那些視頻。當時他十分困惑，這次看到田小栓的舉動，便恍然大悟，確定那些視頻原來是田小栓拍的。

而他之所以在混亂中依然能夠發現有人在暗中拍攝，是因為他在狼牙大隊的時候，曾經是一名非常優秀的狙擊手，狙擊手對於光線是十分敏感的，尤其是由鏡片裡反射出來的光線。所以在和羅剛發生衝突時，柳擎宇沒有蠻幹，而是和對方先有理有據有節地理論一番，讓對方野蠻和囂張的本性充分暴露之後，這才和對方動起手來。

而且也不是主動出手，而是被動還擊。因為柳擎宇當時便分析出對方派出專人拍攝自己的視頻絕對是有所圖謀的。好在無意中有田小栓這枚暗棋，就算田小栓這步棋沒有什麼用，柳擎宇也不怕，因為他還有唐智勇這張王牌。

當唐智勇奮力救自己時，他就確信唐智勇是一個真正可交的朋友。他也相信唐智勇一定會把當時的情形向他的老爸反映，因此，這兩張底牌已足以確保自己無事了。

柳擎宇唯一沒有想到的是，榆樹村的村民們竟然會為了他圍住縣委縣政府大院，這就更為他的平安增加了一張分量最重的底牌。

柳擎宇仰望著天空，看著絲絲飄落的雨絲，閉上了眼睛，想要感受一下這一刻難得的清靜與安詳。

然而，**人在官場，身不由己**。柳擎宇的眼睛剛剛閉上，手機便響了起來。

電話是縣委書記夏正德打來的。

縣委大院外面，此刻老百姓的呼喊和口號喊得震天響，已經有記者們聞聲趕過來了。而縣裡派去和村民進行協調的人溝通了半天，卻沒有一點效果。老百姓們的意思十分明確，他們不會做出任何過激的行動，也不會影響到縣委縣政府的正常辦公，他們就坐在或者站在縣委大院外面，他們只希望看到柳擎宇能夠不被人陷害。

現在，整個縣委班子的壓力很大，不僅夏正德心中著急，連薛文龍也真的急了，只能厚著臉皮讓夏正德給柳擎宇打電話，希望柳擎宇過來把村民們給領走。否則，這件事要是被媒體廣而宣傳，他這個縣長也是要吃板子的。

柳擎宇聽到村民圍住了縣委大院後，心頭也是一震，在感動的同時，也開始為村民擔心起來。村民們的抗議是為了自己而發，但是他們的行為已經觸及了縣委縣政府的底線，如果縣裡採取強硬措施驅趕百姓，那對村民們的傷害將會擴大。

他的腦袋快速轉動起來，立即有了主意。

「夏書記，我剛剛被紀委的人給放了出來，紀委牛書記他們是如何對待我的，我隨後再向您彙報，我現在馬上就過去把村民們帶走，但是我有兩個要求，第一，縣裡絕對不能為這件事找村民算後賬，否則的話，我絕對不會答應。」

夏正德自然支持柳擎宇的意見，但是這件事情的操作者是薛文龍，所以他把柳擎宇的要求轉達給薛文龍，薛文龍的確有這種算後賬的想法，想要殺一儆百，沒想到柳擎宇先把這條路給堵死了。為了趕快讓村民散去，他也只能點點頭表示沒有問題，絕不會算後賬。

隨後，夏正德又問柳擎宇第二個要求是什麼。

柳擎宇說道：「夏書記，我希望海悅集團的那些人必須受到應有的懲罰。」

薛文龍雖然心中憤怒之極，卻也不敢囉唆什麼，只能咬著牙答應了。

夏正德把薛文龍的意思轉達給柳擎宇後，柳擎宇這才搭了輛計程車直奔縣委大院門口。

下車後，柳擎宇激動地看著村民們說道：「各位鄉親，今天的事我柳擎宇謝謝大家，非常感謝大家，我已經安全出來了，我們一起回去吧。」

看到柳擎宇平安歸來，趙海強憨厚的老臉上露出欣慰的笑容，走過來握住柳擎宇的手，動情地說：「柳鎮長，你為了我們榆樹村的村民們受苦了。」

其他村民也七嘴八舌地向柳擎宇表示著感謝。

柳擎宇握著趙海強的手說道：「趙村長，各位鄉親，我柳擎宇是人民的幹部，如果我不能為人民做事，我還當什麼幹部！走，大家跟我回去吧。」

隨後，柳擎宇讓縣裡派了幾輛大巴把村民們和自己一起送了回去。

然而，柳擎宇和村民們走了，縣裡、市裡卻並不平靜，這件事依然在持續地發酵著。

就在這件事還在醞釀的時候，市委副書記鄒海鵬之子鄒文超，以及市政法委書記之子董天霸聚在一起暗中商量起來。

鄒文超和董天霸聚會的地方是一個小小的茶樓。

包間內，房門緊閉，窗簾拉上。兩人一邊抽著菸，一邊商談著。

「我說老鄒啊，現在關山鎮的果子可是到了我們摘桃子的時候了，只要我們想辦法把翠屏山附近的那些土地給收購過來，等到風景區案子一開工，到時候那些土地可就值大錢，我們就賺大發了。而且我們只需要籌集一些前期的資金，後期的可以等到先鋒集團進場後，把土地賣給他們的時候再支付給那些村民們，這絕對是空手套白狼啊。這麼好的機會，我們怎麼能錯過呢？你還在猶豫什麼呢？而且這也是我們狠狠地報復一下柳擎宇的大好機會啊，還可以借這次機會讓柳擎宇身敗名裂，甚至直接從關山鎮滾蛋。」董天霸思謀道。

鄒文超搖搖頭：「天霸啊，你的性子實在是太急了，難道你忘了海悅集團的事剛剛發酵，結果到底如何現在還沒有定論呢，這個時候進場摘桃子，你不感覺燙手嗎？雖然我們有些背景，但是這個時候絕對不是最佳時機啊，萬一影響到我父親競爭市長的大局，那可就得不償失了。所以，我們在這件事情上不能操之過急，必須好好謀劃一番才行。」

「謀劃？如何謀劃？這可不是我的特長。你說吧，我們該怎麼做？」董天霸知道鄒文超鬼心眼比較多，所以一向唯鄒文超馬首是瞻。

鄒文超嘿嘿笑道：「我們必須從兩個方面來下手，第一，必須狠狠地打擊一下柳擎宇的囂張氣焰，最好能夠讓柳擎宇的威信掃地，只有如此，才能在柳擎宇心中建立起我們是無法戰勝的印象，在他的心頭留下陰影，讓他對我們有所忌憚。」

董天霸一皺眉頭：「老鄒，這個不太可能吧，柳擎宇那小子生猛得很啊，連我他都敢打，還有啥他不敢幹的，而且唐智勇那個小子一直緊緊地跟在他的身邊，我們很難下手啊。」

「這個就很簡單了，我聽說市政府準備這週末在蒼山大酒店舉辦一場青年才俊舞會，好讓全市青年幹部們有一次相互交流、認識的機會，這次舞會是允許白帶舞伴的。上次在蘇副市長家，我發現柳擎宇對我的未婚妻蘇洛雪十分有好感，所以我打算這次的舞會帶蘇洛雪出席，打擊他的心情；另外，我準備找個女人，讓她好好和柳擎宇親近親近。至於唐智勇那小子倒是不用擔心，他不是一直喜歡王部長的小女兒王欣妍嗎？只要我們想辦法挑動王欣妍，讓她在舞會那天提前把唐智勇給約出去，到時候唐智勇不在現場，他就沒辦法保護柳擎宇了。」

說到這裡，鄒文超一陣陰笑：

「嘿嘿，這樣一來，柳擎宇內無強援，外有強敵，絕對會受到狠狠打擊的。等到舞會結束，我們再冷言冷語地奚落他一番，估計也能夠讓他狠狠受挫一下的。另外，據我所知，關山鎮的鎮委副書記秦睿婕似乎有和柳擎宇聯手對付石振強的意思，這對我們將來去關山鎮摘桃子也是一個不小的隱患。

「根據我的分析，秦睿婕之所以和柳擎宇聯手，應該有兩種可能，一是她看上了柳擎宇的能力和前途，所以願意和柳擎宇合作；另外就是秦睿婕有可能看上了柳擎宇這個人。不可否認，柳擎宇的身高、相貌都屬於極品，往人群裡一站的確有鶴立雞群之感，而且聽說秦睿婕雖然是個大美女，但是年紀好像有二十五六了，屬於剩女級別，她看上柳擎宇倒也不稀奇。為了我們的事業，我們絕不能讓秦睿婕和柳擎宇之間的感情發酵。所以，這一次也是我們破壞柳擎宇和秦睿婕之間有可能產生感情的一個契機。」

董天霸一愣：「如何破壞？」

「這個就簡單了，有咱們兩個頂級衙內輪流出馬向秦睿婕發起美男計，如果能夠成功的話，豈不是多了一次豔福？即便失敗，也可以在柳擎宇和秦睿婕之間橫那麼一根刺。如果咱們兩個都不能成功的話，我還特別找了一個超級帥哥，讓他去勾引秦睿婕。」

「超級帥哥？哪裡找的？」董天霸不解道：「他的手段比我們還厲害嗎？」

「那當然！要不我找他做什麼，他可是職業小白臉，專門靠女人吃飯的，勾引女人是他謀生的手段。」鄒文超充滿惡趣地奸笑著。

董天霸聽完，也哈哈大笑起來，用手指著鄒文超說道：「老鄒啊老鄒，你真是太卑鄙，太無恥了，我服了。」

正如鄒文超所說，柳擎宇、秦睿婕此時都接到了「青年才俊舞會組委會」給他們發來的請柬，邀請他們本週末晚上七點鐘到蒼山大酒店參加舞會。

對這樣的舞會，柳擎宇本身是沒有什麼興趣參加的。

就在他剛把請柬扔到一邊，準備不參加舞會的時候，他的手機突然響了起來，是一個陌生的電話號碼。

柳擎宇皺著眉頭接通後，便聽到鄒文超的聲音從裡面傳了出來：

「柳擎宇，我是鄒文超，我猜你是不是對這次舞會不太感興趣，不想來參加啊？我可以明確告訴你，在這次舞會上，我可是給你設下了很多局哦。你要是來的話，我絕對會讓你乘興而來，敗興而歸！而且這次蘇洛雪也會作為我的專用舞伴參加本次舞會，難道你不想見蘇洛雪嗎？你不想看看我和蘇洛雪一起跳舞時的樣子嗎？柳擎宇，你要不是男人的話，你要是找不到一個漂亮舞伴的話，就不要來了。」說完，便掛斷了電話。

激將法！一個最低級的激將法！但是，鄒文超的囂張確實激怒了柳擎宇。柳大少啥時候受過如此奚落！本來不太感興趣的柳擎宇決定一定要去這次的舞會上看看，他要看看這個鄒文超到底都布了什麼局。

不過，決定要去參加這次的舞會後，舞伴的難題立刻又擺上了桌面。到底選擇誰當自己的舞伴呢？想到這個問題，柳擎宇的頭一下子大了起來。

就在柳擎宇頭疼要帶誰當舞伴的時候，距離他辦公室不遠的另外一間辦公室內，鎮委副書記秦睿婕也看著請柬頭疼不已。

對這樣的舞會，她也是極不願意去的，但是身在官場的她又非常清楚，這是一次開闊眼界，建立人脈的大好機會，自己必須去參加一下。

柳擎宇正在頭疼的時候，他的手機再次響了起來。

看到手機螢幕上顯示的電話號碼，柳擎宇的頭更大了，電話是曹淑慧打來的。

曹淑慧和自己青梅竹馬，從小到大，這個女孩總是讓他頭疼不已。因為她長得傾國傾城，性格卻是古靈精怪，坑起人來連眼睛都不眨一下。

如果說悶棍小魔女韓香怡是惹禍精的話，那麼這個曹淑慧絕對是惹禍的祖宗，但是和韓香怡不同，曹淑慧太聰明了；韓香怡惹禍常常會把自己給牽連進去，而曹淑慧從來都能快速脫身，就好像事情跟她沒有半點關係一樣，總是**把快樂留給自己，把麻煩留給別人**。

電話接通，曹淑慧的聲音聽來宛若黃鶯出谷一般：

「柳哥哥，你現在在哪裡？這週末我們軍校放假，我準備去找你玩，你該不會不歡迎我吧。」

聽到曹淑慧那溫柔動聽的聲音，柳擎宇的寒毛都豎了起來。雖然曹淑慧聲音好聽，人長得也絕頂漂亮，但這絕對是一支帶刺的玫瑰啊。所以柳擎宇藉口說：

「哦，淑慧妹妹啊，真是不好意思啊，週末我得去蒼山市參加一個舞會，恐怕沒有時間陪你玩，要不你去找韓香怡吧，等下次回北京的時候我去找你。」

「哼，我就知道你會這樣說！我不管，反正這週末我就直接去找你啦。見不到你，我就找柳姨去，說你又在外面胡亂泡妞。看柳姨不打斷你的腿。週末見。」

說完，曹淑慧掛斷了電話，只留下柳擎宇鬱悶地呆立當場，欲哭無淚。

前段時間小魔女韓香怡來，害得自己大動干戈，這次大魔女曹淑慧來，不知道會給自己惹出什麼禍來啊！

就在柳擎宇一籌莫展的時候，房門傳來響聲。柳擎宇連忙收斂心神，沉聲道：「進來。」

房門一開，鎮委副書記秦睿婕走了進來。

柳擎宇一愣，隨即笑著從辦公桌後面走了出來，為秦睿婕泡了杯茶，然後笑著說道：「秦書記，找我有事嗎？」

秦睿婕略微猶豫了一下，從口袋中掏出請柬說道：「柳鎮長，不知道你是否有接到市政府那邊發來的請柬，邀請你去參加青年才俊舞會？」

柳擎宇看了一眼，立刻說道：「是啊，我也收到了。秦書記也準備去嗎？」

秦睿婕臉上露出微紅之色：「是啊，這種舞會還是應該去見識一下，柳鎮長，你有舞伴了嗎？如果沒有的話，咱們搭檔一下算了。」

說完之後，饒是秦睿婕這位冰山美女也有些羞澀地低下頭去。

她長這麼大，還沒有主動邀請過別人做自己的舞伴呢，從來都是別人請她，她一般根本就不搭理別人。正好這次舞會說可以自帶舞伴，為了防止別人的騷擾，她決定拿柳擎宇當擋箭牌。在她看來，柳擎宇有自己這樣的舞伴，也絕對是一件很有面子的事。

哪知柳擎宇的回答卻讓她大吃一驚：

「不好意思啊，秦書記，舞伴我已經預約了。」

柳擎宇的臉上充滿了歉意。自從接到曹淑慧的電話後，柳擎宇就知道，即使是自己想要到舞會上去結交一下各路美女，也得過曹淑慧這一關。而曹淑慧從小就一直以自己的正牌夫人自居，就連韓香怡也得看她的臉色行事，叫她一聲大姐頭。

所以，為了避免曹淑慧找他的麻煩，柳擎宇決定儘量不去拈花惹草。所以，他雖然對秦睿婕這樣的大美女的邀請十分心動，卻也只能婉拒秦睿婕的好意了。

兩天後，週末到了。唐智勇因為昨天接到心儀的美女王欣妍的電話，所以昨天就跟柳擎宇請假回蒼山市了。

柳擎宇在辦公室一直忙到下午四點多，把手頭的工作都整理得差不多了，這才從鎮上坐最後一班班車趕往蒼山市。

到達蒼山市的時候已經是下午六點左右了，柳擎宇先找了一家路邊的大排檔隨便點了碗麵，吃完才搭車直奔蒼山大酒店。

蒼山大酒店屬於蒼山市市政府的定點消費酒店，級別上只有三星，但是它的各種設施卻都屬於五星級。酒店內的舞廳更是蒼山市有名的，燈光、舞臺、佈景都達到極高的標準，市裡接待外商或政要的舞會都會安排在這裡。

柳擎宇到達的時候，正好還差三分鐘七點。大廳內早已人頭攢動，一眼看去，不是帥哥就是美女。

考慮到截至目前為止曹淑慧還沒有露面，柳擎宇決定今天一定要低調再低調，因為這丫頭只要一出現，自己想要低調都不可能了。

而她一直沒有出現，只能說明有兩個可能，一是她的確還沒有到，可能因為一些事情給耽擱了；第二種可能就是曹淑慧早已到了，沒準藏在哪個角落裡偷偷觀察著自己呢。這丫頭心眼之多，即使是柳擎宇這樣絕頂聰明的人也得小心應付，一不小心就會著了她的道。

柳擎宇交了請柬進入後，便直奔角落裡走去，他想在角落裡待著，最好是一直到舞會結束曹淑慧也不會出現。

柳擎宇哪裡知道，從他下車開始，他就被董天霸和鄒文超的人給盯上了，立即把柳擎宇的行蹤向兩人彙報，所以柳擎宇進來後，鄒文超便注意到他了。

見柳擎宇進來後居然想要躲清閒，鄒文超豈能讓他如願。所以柳擎宇走沒幾步，鄒文超便拉著蘇洛雪的手一起出現在柳擎宇的面前，臉上帶著高傲和得意的笑容說道：

「哎呦，這不是關山鎮的柳鎮長嗎，你來了怎麼也不跟我這個地主打聲招呼啊，我和洛雪好給你接風啊。」

蘇洛雪看到柳擎宇，臉上一陣嫣紅，尤其是當她的手被鄒文超攥住拉起來的時候，心中充滿了不滿和憤怒。

當時鄒文超在她耳邊低聲說，她要是不配合的話，自己的父親就不會幫助她的父親入常。身為一個孝順的女兒，蘇洛雪非常清楚父親絕對離不開鄒文超父親的幫助和疏通，無奈之下，只能心不甘情不願地被鄒文超拉著來到柳擎宇的面前。

看到柳擎宇的目光向自己看了過來，蘇洛雪感覺到臉上火辣辣地疼，心中充滿了慚愧，因為她心中想著的和愛著的人一直都是柳擎宇。但是現在，自己卻在心愛的人面前被別的男人牽著手，這讓她感覺無地自容卻又無能為力。

柳擎宇自然也看到了蘇洛雪臉上那略顯尷尬的表情，也看到鄒文超刻意表現和蘇洛雪十分親密的樣子，蘇洛雪卻是刻意和鄒文超保持著一定的距離，對兩人的關係自然心知肚明。

柳擎宇淡淡地說道：「鄒文超，你算老幾啊，我有必要理你嗎？」說完，看向蘇洛雪道：「洛雪，我能感受到你此刻的複雜心情，我還是那句話，只要你願意，只要你一個電話，我會幫你擺脫你現在的狀態。」

說完，柳擎宇邁步繼續向偏僻的角落走去。

柳擎宇這番話讓鄒文超瞬間勃然大怒，柳擎宇話裡話外都充滿了對他的蔑視和不屑，他啥時候受過這種鳥氣！他便衝著旁邊的董天霸使了個眼色，董天霸立刻邁步堵住了柳擎宇的腳步，挑釁道：

「柳鎮長，這次舞會可是青年才俊的舞會，很多人可都是帶著舞伴來的，像你這麼成功的人士，總不會連個舞伴都找不到吧，如果是這樣的話，那你可真是太丟人了。現場的各位美女，有願意做柳擎宇舞伴的沒有？

「各位美女，我跟你們說啊，咱們這位柳鎮長年紀才廿二歲，已經是關山鎮的鎮長了，**絕對的官霸**啊，人家連他們縣長都敢暴揍，多囂張啊！怎麼樣，有願意給柳鎮長當舞伴的沒有？你們就隨便出來一個犧牲一下，給他當個舞伴吧。」

董天霸這番話說完，現場立刻一陣哄笑。

在場的青年男女們都是蒼山市的青年才俊，不是官二代就是富二代，即便是草根，也各有後臺或能力，也都認識董天霸和鄒文超這兩個權貴。現在的形勢非常明顯，董天霸和鄒文超就是想要當眾羞辱這個柳擎宇一番啊！所以，哄笑完，沒有一個美女願意出來給柳擎宇當舞伴。

此刻，所有人的目光全都看著柳擎宇。

第七章

舞會生波

然而，就在這個時候異變陡生，曹淑慧突然猛的抬起右手來，朝著董天霸的臉上啪啪啪啪扇了四個大耳光，接著抬起高跟鞋朝董天霸的襠部狠狠踢了一腳！然後又飛起一腳直接踢在董天霸的胸部，把他踢得倒飛了出去。

柳擎宇真的很想低調一點，但是柳擎宇的個性和他老爹劉飛一樣，骨子裡充滿了囂張的因子，看到鄒文超和董天霸敢當眾羞辱自己，**是可忍，孰不可忍！**他的火氣一下子就冒了出來。

柳擎宇不屑地說道：「舞伴？我當然有舞伴，只不過我擔心我的舞伴來了，全場的美女們都要黯然失色，所以一直沒好意思讓她出來。」

「柳擎宇，雖然吹牛不用打草稿，但是你這牛吹得也太大了一點吧，我就不相信你的舞伴能多漂亮。你不過是個貧困鄉鎮的破鎮長罷了，能找到一個有點姿色的女朋友已經是燒高香了吧。」董天霸諷刺道。

董天霸話音剛落，便見一陣香風撲面，隨即一個千嬌百媚的極品美女出現在眾人的眼前。這個大美女身穿紅色連身裙，腳蹬一雙紅色高跟鞋，俏生生地站在門口。

看到這個美女出現，在場所有的男人幾乎全都屏住了呼吸！所有的女人全都呆若木雞。

天啊，這個世界上怎麼可能有如此讓人心動的女人。看她的皮膚，膚如凝脂，白裡透紅，晶瑩剔透，比最溫和的軟玉還要溫軟晶瑩，比最嬌美的玫瑰花瓣還要嬌嫩鮮豔，比最清澈的水晶還要秀美水靈，比最潔白的羊脂玉還要純白無瑕。

她的外貌，烏黑秀髮光澤閃耀，柳眉杏眼，找不出一絲缺點，美目流盼，一顰一笑間流露出一種說不出的風韻，似天上仙子下凡塵，清新脫俗。那靈動的眼眸慧黠轉動間又帶著幾分調皮，於清新脫俗間又帶著幾分靈氣。猶如一朵含苞待放的牡丹花，美而不妖，豔而不俗，在美撼凡塵之際又豔冠群芳，在場所有美女在她面前都黯然失色。沉魚落雁，閉月羞花也無法形容此女之姿容。

看身材，身高一米七六，再配上一雙六寸的高跟鞋，往人群裡一站，諸多男人也只有仰視的份，而真正讓男人不停吞口水的，還是隱藏在洋裝下那高高隆起的胸部，波瀾壯闊、傲視群雌，而洋裝下那潔白修長，沒有一絲瑕疵的玉腿更是晃人雙眼。

董天霸呆住了！鄒文超呆住了！美，這個女人實在是太美了，國色天香！桃羞杏讓！

就在眾人呆立之際，美女蓮步輕移，來到柳擎宇的身邊，伸手挽住柳擎宇的臂彎，柔聲道：「柳哥哥，不好意思啊，讓你久等了，沒有給你惹麻煩吧？」

聲音婉轉，猶如黃鶯出穀，又似翠鳥鳴啼，聽到這個聲音，很多男人感覺到自己的骨頭都快酥了；有人甚至在想，如果能夠和這樣的美女共度一夜春宵，就算此生再不碰其他女人也值了。

董天霸雙眼瞪得老大，不可思議地看著柳擎宇和他身邊的女人。

看到曹淑慧出現，柳擎宇反而如釋重負，長出了一口氣道：「淑慧，你可算來了，你要是再不出現的話，我估計董天霸該嘲笑我到天邊了。」

曹淑慧可是人中的精靈，聽柳擎宇這話立刻便聽出其中含意，她衝著董天霸嫣然一笑，走到董天霸面前，淡淡說道：「你剛才說我柳哥哥的舞伴醜陋不堪，你看我還看得過眼吧？我醜嗎？」

「不醜！不醜！」

見美女居然向自己走來，董天霸的心開始劇烈地跳動起來，嗓子眼都有些發乾，雄性激素大量分泌，隨即膽子也大了起來，拍馬溜鬚地說：

「美女，以你這樣的花容月貌絕對屬於女神級別啊，跟著柳擎宇這樣一個小鎮長實在是太委屈了，這樣吧，你跟著我混，我送你一套獨棟的高檔別墅，世界級的跑車隨便你挑，喜歡什麼，我都買給你，每個月至少給你十萬零花錢，你看怎麼樣？隨便一項都足夠柳擎宇奮鬥一輩子了。跟了我，你可以從此享盡人間奢華。」

這根本是赤裸裸地挖牆角！看到董天霸如此做派，在場的很多男人都豎起了大拇指！董大少就是董大少，不愧是蒼山市第一彪悍的大少，在這一點上，就連鄒文超都自愧不如！臉皮之厚，為人之無恥，無人能出其右。

看到董天霸的包養條件，連鄒文超都有些動心了，心想，如果董天霸要是真的能夠搞定這個女人，自己可以和董天霸商量商量，兩人輪流包下她得了。

柳擎宇聽董天霸居然說出這番話來，立刻大笑了起來。這董天霸真是太搞笑了，你就算是再沒腦，再囂張，也得看看人家曹淑慧的氣質啊，就這氣質，是你董天霸包養得起的嗎？更何況，曹大美女表面上看起來溫柔可人，豔麗無雙，實則整人手段可多著呢！

此刻，柳擎宇真是有些憐憫董天霸了。

果然，曹淑慧咯咯笑了起來，眉毛都彎成了月牙。

看到曹淑慧笑的樣子，柳擎宇連忙向旁邊避開幾步，因為他知道曹淑慧一旦發出這種笑聲，那絕對是發飆的前兆。

董天霸卻還在不知死活地向曹淑慧湊近，一邊靠近一邊說道：「怎麼樣，美女，要不要好好考慮一下，只要你跟了我，絕對有享不完的榮華富貴啊，你可以一生錦衣玉食，不需為生活而奔波勞累！這可是很多女人的終極夢想啊！」

眼看距離曹淑慧不到五十釐米遠了，他已經可以聞到從曹淑慧身上散發出來的陣陣體香，董天霸越發興奮起來。

然而，就在這個時候異變陡生，曹淑慧突然猛的抬起右手來，朝著董天霸的臉上啪啪啪扇了四個大耳光，接著抬起高跟鞋朝董天霸的襠部狠狠踢了一腳！然後又飛起一腳直接踢在董天霸的胸部，把他踢得倒飛了出去。

啊啊啊——啊啊啊——董天霸的慘叫聲接連響起，臉上的表情則是痛苦難當！

要知道，男人的襠部可是致命要害！曹淑慧那一腳踢得那個狠，也不知道董天霸的蛋碎了沒有。

此刻，所有的男人都夾緊了雙腿！誰也沒想到，前一刻還是嬌滴滴的大美人，轉眼間竟然變成母夜叉，尤其是出手出腿動作那叫一個俐落，很明顯絕對是練過的。

這時，曹淑慧從旁邊的桌上抓起幾張餐巾紙擦了擦自己的手，立馬又變回小女人狀，對柳擎宇說道：「柳哥哥，今天人家粗魯了，你不會怪人家吧？」

聲音那個溫柔，哪裡還有那種彪悍的模樣?!

這極品美女前後變化也太快了點吧？**這個柳擎宇到底是何方神聖，這個女人又是何方神聖**，為什麼這個極品美女連董天霸這樣的頂級衙內都敢暴揍一頓？為什麼她對柳擎宇又如此溫柔？

現場很多男人再次傻眼！一時之間，包括鄒文超都開始尋思起來。

董天霸的怒火徹底爆發出來！他一邊跪在地上雙手捂著下面，一邊雙眼充滿怨毒地看著曹淑慧，咬牙切齒的說道：

「臭婊子，你居然敢打我，看我不好好收拾你，老鄒，給我報仇！」

見好哥們兒被打，鄒文超自然得挺身而出，邁步走到柳擎宇和曹淑慧面前，陰沉著臉說：「柳擎宇，你這個舞伴也太野蠻了吧，今天可是我們全市青年才俊的舞會，一會兒市委市政府的領導都要出席的，而且人家不過是跟你的舞伴開了個無傷大雅的玩笑而已，你這個舞伴竟然當眾打人，這也太囂張、太沒有王法了吧？你們可是要承擔法律責任的。」

不得不說，鄒文超確實比董天霸聰明太多了，他上來就先撇清董天霸的責任，隨後又拉出市委市政府領導的大帽子來壓柳擎宇和曹淑慧，還搬出法律責任來嚇唬他們，可謂手段高明至極。

以柳擎宇的聰明，怎麼會看不出鄒文超的心思，他淡淡一笑說道：「打了也就打了，是他活該！承擔責任？什麼責任？難道調戲婦女就不需要承擔法律責任嗎？連一個女人都打不過，他董天霸不嫌丟人嗎？」

就在這時候，誰也沒有想到的一幕發生了。

一直沒說話的曹淑慧突然伸手抓起旁邊的一個果汁瓶子，快步來到董天霸近前，把裡面的果汁直接澆在董天霸的頭上，隨後掄起瓶子朝著董天霸的腦袋狠狠地砸了下去。

這瓶子可是玻璃的！董天霸感受到了危險，連忙把頭一偏，瓶子直接砸在他的肩膀上。

曹淑慧再次發飆，伸出腳來衝著董天霸的身上狠狠地踹了一腳，邊道：「不想活了，居然敢罵本姑奶奶是婊子，我踹不死你我就不姓曹！」

現場所有人都嚇呆住了。沒想到這個美女竟然大暴走。

柳擎宇一直冷冷地看著，並沒有上前阻止的意思，鄒文超怒道：「柳擎宇，還不趕快阻止你的舞伴！」

柳擎宇卻冷冷地道：「董天霸活該被打，他的嘴太賤了，一個男人張口婊子閉口婊子的，他的心中就沒有一點尊重女人的意思，難道不該打嗎？」

柳擎宇想起上回董天霸也是因為罵韓香怡是婊子被暴揍一頓，沒想到今天又因為同樣的理由被揍，這個人還真是一點記性都不長啊！

好在現場人很多，眾人一看曹淑慧發飆，紛紛過去勸阻，曹淑慧這才罷手。

鄒文超轉而憤怒地看著曹淑慧說道：

「你這人怎麼這樣啊，動不動就打人，你的眼中還有王法嗎？還有法律嗎？保安！快過來把這個女人給我抓起來！」

保安頭頭聽到鄒文超的招呼，立刻帶著四名手下直奔曹淑慧的方向走去，想要把曹淑慧給帶下去。不過當這幾名保安走到曹淑慧面前，看清曹淑慧的長相後，立馬也是愣了一下，不過鄒文超有所交代，他們才不管對方是不是美女呢，邁步就要衝上來。

柳擎宇殺氣凜然，目光犀利地道：「誰要是敢碰她一下，我保證他會後悔的。」

保安一看柳擎宇的架勢，哪裡敢動，只把曹淑慧和柳擎宇給包圍起來，卻不敢上前。

此刻，舞會開始的時間到了，舞臺上，主持人本來已經站在上面了，但是看到這邊居然有衝突發生，臉色顯得十分難看。

這個主持人可不是一般人，是市政府辦公室的主任袁偉民。這次的舞會可是上級都十分重視的活動，他付出了很多心血，而且，連市委書記王中山都決定親自出席，可謂給足了面子。

現在，市委書記王中山、市長李德林、市委副書記鄒海鵬全都在後臺等著呢，根據流程，第一個進行的便是由領導講話，表達對青年幹部的關懷。但是竟然有人敢在這樣的場合鬧事，這也太不給自己面子了。所以，他手持麥克風朗聲道：

「好了，各位，大家沒事的話都請找好自己的位置站好或者坐好，不要到處亂動，今天的舞會馬上就要開始了。請大家配合一下。」

聽了主持人的話，大家紛紛站好或者坐好，唯獨董天霸還坐在地上，疼痛難耐地哼哼著，而柳擎宇、曹淑慧和鄒文超、保安間也在僵持著。

由於他們距離比較遠，所以袁偉民看不清楚發生衝突的到底是誰，便厲聲呵斥道：

「那邊的幾個人，你們到底是怎麼回事？」

然而，他喊了兩遍之後，卻發現對方根本不理他，還在那裡僵持著，頓時心頭冒火，畢竟領導們都在後面等著呢，自己得趕快把事情給解決才行。所以他立刻從主持席上跑了下來，向柳擎宇他們這個方向快步走了過來。

此刻，在後臺等候的三位領導們也有些不耐煩了，他們今天之所以過來，主要是為了增強自己的號召力，表現出自己對年輕幹部的關心，也就是走個過場來了，所以紛紛派秘書出去打探消息。

當王中山聽到竟然有人在這種場合打人時就吃了一驚，再聽到被打的人居然是政法委書記的兒子董天霸的時候，不禁瞪大了眼睛，然後又聽到市委副書記鄒海鵬的兒子鄒文超也在衝突現場的時候，更是吃驚匪淺。

此刻，同樣吃驚的還有市委副書記鄒海鵬。自己的兒子竟然還參與其中，他聽完整個事情的過程後，臉色當即沉了下來。

三位巨頭對視了一眼，隨後，王中山在前，李德林和鄒海鵬稍微落後王中山小半步，一起邁步走出了後臺，直奔衝突現場。

鄒海鵬和李德林看到柳擎宇和他身邊的曹淑慧時，同樣震驚於曹淑慧的美貌，但也被曹淑慧的囂張給氣得不輕，尤其是看到董天霸還坐在地上，對曹淑慧更是不滿。

而王中山看到曹淑慧時，則是驚得眼珠子都快要掉出來了。因為第一眼他便認出了曹淑慧的身分。

當年他曾跟隨自己的靠山去拜訪北京最大家族曹氏家族的掌舵人，在曹家偶然間見過曹淑慧一面，曹淑慧的美豔讓他記憶深刻。尤其是看到曹家的大老曹晉陽對這位小公主寵愛有加的時候，更是十分上心。

因此當他看到曹家的小公主竟出現在自己的地盤上時，當場臉色大變。更令他傻眼的是，曹淑慧還親密地挽著柳擎宇的手臂，兩人看似十分熟稔。這到底是什麼情況？

王中山認識曹淑慧，鄒海鵬和李德林卻不認識曹淑慧。

鄒海鵬看向兒子，質問道：「文超，你說說這是怎麼回事？這種場合鬧什麼鬧？」明是呵斥，實則是在給鄒文超辯白的機會。鄒文超自然明白父親的意思，當即把曹淑慧暴打董天霸的事給說了一遍。

鄒海鵬聽了，轉而詰問幾個保安說道：「你們怎麼回事，有人無故毆打國家幹部，還不報警？讓警察過來把她給帶走。」

保安連忙拿出手機準備報警。這時候，王中山不能不說話了：

「等一下再報警，鄒海鵬同志，我認為這件事我們必須先弄清楚到底是誰的問題，如果是這個女孩的問題，報警沒有問題，如果不是這個女孩的錯，報警抓錯人可就不好了。」

鄒海鵬和李德林看到王中山居然為一個陌生女孩說話，當即就是一皺眉頭。

要知道，在官場上，一般的人是絕對不會因為一個陌生人去得罪同僚的。雖然三人在常委會上針鋒相對，但那是政治鬥爭，現在鄒海鵬明顯是想要為兒子出頭，明知如此還對著幹，那可就變成私仇了。這種潛規則王中山不可能不知道，但是他仍然出頭，這可就有些麻煩了。

李德林這時跳出來說：「王書記，我認為剛才鄒文超已經描述得非常清楚了，沒有必要再進行什麼調查了吧？」

鄒文超順勢看向周圍的人說道：「大家都說說，我講的是不是事實？」

這裡大部分人是認識鄒文超的，這幾位巨頭也沒有幾個人不認識，尤其是看到鄒海鵬明顯是偏袒鄒文超和董天霸後，紛紛說道：「是事實！」

眾口鑠金，積毀銷骨啊，王中山有些孤掌難鳴的感覺。

就在這時候，一個穿著紫色洋裝的女孩站了出來，語帶不屑地說道：

「鄒文超，你簡直是滿口胡言，如果剛才不是董天霸滿口胡言，說要包養這個美女，人家會對他出手嗎？一個女人被人調戲到如此程度還不出手的話，那下一步董天霸會做出什麼事來誰敢預料？而且董天霸竟然還說人家女孩是婊子，這話放哪個女孩身上受得了？我看這女孩打得還算輕的，要是我，看我不踹死他！」

柳擎宇看到站出來為曹淑慧說話的女孩就是一愣。因為發聲的正是關山鎮鎮委副書記秦睿婕。

秦睿婕一身紫色連衣裙穿在身上，少了平時的嚴肅，多了幾分嫵媚，再配上高挑的身材，雖然沒有曹淑慧那樣驚人的美麗，卻也有幾分熟女特有的嫵媚和性感，梅蘭菊各有所長，都屬於極品之姿。

看到眼前這個美女，鄒海鵬沒有什麼表情，但是王中山和李德林卻又被驚呆了。

秦睿婕！竟然是她！

秦睿婕是誰？這位美女可是省委組織部常務副部長秦猛的女兒。秦猛雖然不是省委常務，但是由於擔任省委常務副部長已經有七年之久，門生故吏遍佈全省，即便是在蒼山市內常委層面也不乏其門生。

雖然秦副部長為人低調，但是沒有人敢小視這位秦副部長的能量。王中山和李德林作為蒼山市的一二號人物，在拜訪重要領導的時候都去過秦家，所以見過秦睿婕，只是那時候秦睿婕還在省裡工作，誰也沒有想到，秦睿婕竟然悄然出現在這一次的舞會上。

鄒海鵬看到滿場眾人都支持鄒文超，這個女孩竟然站出來為曹淑慧說話，當即看著秦睿婕說道：「這位年輕的女同志，你可要想清楚，你確定你說的話是真實可靠的嗎？要是涉嫌做偽證的話，可是要承擔責任的。」

秦睿婕一笑：「鄒書記，我對我所說的每一句話負責，同樣，鄒文超是不是應該也為他所說的每一句話負責呢？如果他涉嫌做偽證，說謊話的話，是不是也應該受到相應的處罰呢？」

在秦睿婕和鄒海鵬對峙的時候，曹淑慧那雙靈動的大眼睛看了看秦睿婕，又看了看柳擎宇，低聲對柳擎宇說道：「這女人是誰啊？不會是你的情人吧？」語氣酸溜溜的。

柳擎宇連忙否認道：「不是不是，他是我們關山鎮的鎮委副書記，是我的同事。」

曹淑慧聽了柳擎宇的解釋，不僅沒有釋懷，反而柳眉緊皺起來，眼睛轉動得更快了。以她的敏感以及觀察，她完全可以確定，這個秦睿婕絕對不是一個簡單人物，一個鎮委副書記敢和市委副書記對質，甚至直接質問市委副書記，這種膽量可不是一般女孩有的。尤其是看到秦睿婕也是一個漂亮的大美女，甚至比自己還要性感後，曹淑慧的內心深處便產生了一種濃濃的危機感。

身為和柳擎宇的青梅竹馬，曹淑慧可是非常清楚柳擎宇這個男人到底有多麼才華橫溢，有多麼招美女喜歡。從小到大，她就像是一個固守領地的母老虎一般，只要有機會，就牢牢地守在柳擎宇的身邊，驅散一切敢於接近柳擎宇的大小美女們，在她看來，只有自己才是最配得上柳擎宇的女人。

曹淑慧的性格裡充滿了強烈的領地獨佔意識，對任何靠近柳擎宇的雌性生物都充滿了排斥。看到秦睿婕在柳擎宇面前積極表現的時候，她立刻意識到一絲潛在的危機，所以她馬上邁步走了過去，來到鄒海鵬身邊沉聲說道：

「鄒副書記，三位領導，我相信你們都是蒼山市的巨頭，做事肯定不會不公平，其實剛才這位『大姐』說得沒錯，要是鄒文超再說謊，按照鄒副書記的意思，他也應該受到懲罰的，其實要想解決這個問題非常簡單，只需要讓酒店工作人員把監控錄影送過來就一目了然了。問題就是這麼簡單，根本不要進行什麼對質，更不需要走太多複雜的程序。」

說到這裡，曹淑慧笑著對秦睿婕說道：「這位大姐，你說我說的對不對？」

曹淑慧故意把「大姐」兩個字叫得十分清晰和大聲，同時又使勁把自己那香噴噴的身體往柳擎宇身上靠了靠，十足宣誓主權的意味。

秦睿婕之所以會出面幫助柳擎宇，一方面是因為和柳擎宇是同事，二是因為找柳擎宇當舞伴被拒絕後，她對柳擎宇充滿了不滿，也很好奇，再後來看到曹淑慧出現，讓她發現自己竟然在不知不覺中對柳擎宇產生了好感。

秦睿婕是一個十分冷靜的人，同時也相當有政治頭腦，立刻制定出自己的對策和目標，她要把柳擎宇搶過來。

雖然自己比柳擎宇大三歲，但是她自認比曹淑慧成熟性感，這是自己的優勢，而且和柳擎宇是同事，近水樓臺先得月，她必須想辦法在柳擎宇面前加分，這才毫不猶豫地站出來為柳擎宇說話。

現在聽曹淑慧竟然一口一個「大姐」，分明是故意的，是提醒自己年紀大了。這讓她被氣得柳眉倒豎，杏眼圓翻，瞥了眼曹淑慧的胸部，反擊道：

「嗯，是啊，這位『小』妹妹說得不錯啊，我也正想建議鄒書記把大廳裡的監控錄影拿出來，一看便知道了，這個『小』妹妹說得很好啊。」然後把自己的胸部向前微微挺了挺。

曹淑慧看到秦睿婕的示威，瞄了一眼對方的胸部，又看了看自己的，雖然她的胸部也相當有料，但是比起秦睿婕來，似乎略微小了那麼一號，頓時氣得七竅生煙。

三位巨頭從秦睿婕和曹淑慧兩個女人間的對話中，立即感覺到現場洋溢著一股微妙的氣氛。

王中山暗道：曹家的寶貝公主曹淑慧和省委組織部常務副部長的女兒竟然都看上了柳擎宇，**柳擎宇到底有什麼魅力**？

在王中山震驚的同時，李德林心中的震撼也十分巨大。看到秦睿婕竟然和一個小女孩為了柳擎宇爭風吃醋，怎麼可能不震撼呢？

而此刻，最為頭疼的人就是柳擎宇了。

看到二女互鬥，你來我往、明爭暗鬥，柳擎宇心中這叫一個顫啊！他可以感覺到秦睿婕看向自己的目光中那縷幽怨的柔情，說實在，他是正常男人，對美女自然興趣十足，但是，只要曹淑慧在，他就別想有什麼風流韻事出現。現在，秦睿婕竟然當著曹淑慧的面公然挑戰，這個小丫頭不知道會使出什麼鬼點子啊。

眼看局面還僵持著。最終打破沉默的是市委書記王中山。

「開場儀式馬上就要舉行了，我看大家就各退一步，這件事就這樣吧，別耽誤了儀式的舉行。」

李德林附議道：「我贊同王書記的意見，這件事情就這樣吧。」

鄒海鵬見李德林竟然也同意了王中山的意見，只好無視兒子的憤怒表情，點點頭道：「好，那這件事情就先這樣，文超，你去幫董天霸一下，先帶他離開吧。」

三位大老有了決斷，別人自然不會有異議，很快，董天霸就被鄒文超給架走了。

儀式正式開始，三位大老匆匆上臺講完話後便各自離開了。

往外走時，鄒海鵬湊到李德林的身邊不解地問道：「李市長，您怎麼突然改變主意了？這件事應該是很明顯的啊。」

「老鄒啊，你的眼界還需要好好開闊一下，不要總是盯著蒼山市這一畝三分地，也不要總是護著兒子，你知道那個穿紫色洋裝的女孩是誰嗎？她可是省委組織部常務副部長秦猛同志的獨生女，深得秦副部長喜愛。而且，我看柳擎宇身邊的那個漂亮女孩應該也不簡單，你沒有看到王中山看到那個女孩後當即便表明立場了嗎？

「說實在，董天霸是什麼德性，你我不清楚嗎？我猜人家揍他肯定是他的問題。所以這次事我們最好到此為止，否則我擔心引起不必要的麻煩，尤其是這個市長之位競爭異常激烈，如果你這時候得罪了秦副部長，對你將來競爭市長之位十分不利。」李德林對鄒海鵬下指導棋說。

鄒海鵬這才恍然大悟。連忙對李德林表示感謝。

顏面掃地的鄒文超和董天霸離開舞會現場後，兩人臉色都十分難看，等到遠離眾人視線時，兩人便開始密謀起來。

董天霸恨恨地咬著牙道：「他奶奶的，這個臭婊子下腳也太狠了，直接往要害上踹，我要是不把她給法辦了，我就不姓董！」

「天霸啊，不是我說你，你也太猴急了，你也不想一想，柳擎宇是什麼人啊，他可是連縣長都敢打的，他的女朋友能是善類嗎？而且你想一想，那麼漂亮的女人，能是一般的女人嗎？尤其是我看市委書記王中山看到她的時候，馬上就表態力挺柳擎宇，所以我認為這個女人絕不是一般的女人，你最好不要輕易去招惹她。而且要改改你好色的毛病，否則早晚得栽在這上面。」鄒文超開導他說。

董天霸忿忿地說：「那你說我們怎麼辦？本來說要借這次舞會狠狠打擊一下柳擎宇

的呢，沒想到反被打臉了，連李市長和你老子都支持他們，我這頓揍也白挨了，我不甘心啊。」

「這個簡單，這個舞會我們就不要參加了，讓柳擎宇騷去吧，我們現在立刻趕往景林縣，插手翠屏山風景區這個案子，用這個案子狠狠收拾柳擎宇一頓。」

說著，鄒文超把自己的計畫告訴了董天霸，董天霸聽完，露出陰險的笑容說：「好，那我們就立刻出發吧。這次我一定要好好收拾柳擎宇，最不濟也要好好噁心噁心他。」

隨即，兩個人便趕往景林縣佈置去了。

舞廳內，沒有了兩個紈褲搗亂，秩序一下子就好了起來，來參加舞會的青年才俊們全都放開了，舞池裡，盡情地揮灑著青春和激情。

然而隨著舞會的開始，柳擎宇再次頭疼了起來。因為舞會一開始，他便被曹淑慧拉進舞池跳了起來。

一邊跳著，曹淑慧的手一邊在柳擎宇的腰間軟肉上摩挲著：「柳哥哥，你和那個大姐之間到底是什麼關係啊，我看她對你挺有意思的啊，你看，咱們在這邊跳舞，她竟然一直盯著你看，似乎很想和你一起跳啊。」

「我們就是同事關係，絕對沒有別的，淑慧，你可不要瞎想啊。」柳擎宇笑著解釋道。

曹淑慧嬌哼一聲：「信你才怪！」

事實上，在兩人跳舞的時候，秦睿婕的確在盯著柳擎宇，她心中暗下決心，無論如何一定要把柳擎宇從這個女人手中給搶過來！

從小到大，凡是自己想要得到的，從來沒有失手過，雖然在感情上自己是一片空白，但是她相信，憑藉自己的聰明和美貌，絕不會輸給任何人的。

尤其是曹淑慧直接挑動到她最敏感的神經——年紀。她要用事實告訴曹淑慧，我雖然年紀比你大，但是能力絕對比你強。

這時，一個年輕帥氣、看起來二十六七歲的帥哥走到秦睿婕面前，十分紳士地說道：「你好，我是市民政局的副處長邱天華，不知道是否有榮幸邀請你共跳一支舞呢？」

秦睿婕搖搖頭，拒絕道：「不好意思啊邱處長，我想要休息一會兒。」

邱天華只好悶頭離開。

此刻，距離秦睿婕不遠處的角落，幾個年輕才俊們正在低聲密語，原來他們正在打賭，看誰能夠邀請到秦睿婕跳舞。

然而，他們無一例外，全都遭到了失敗的命運，最後，秦睿婕的臉色越來越陰沉，猶如冰山一般，已經沒有人敢再去邀請她跳舞了。很多人當即給秦睿婕起了一個「冰山美人」的綽號。

等第一支舞曲結束，柳擎宇和曹淑慧回到座位上準備休息的時候，讓現場所有男人沒有想到的一幕發生了。

柳擎宇和曹淑慧剛坐下，第一支舞曲響起，一直坐著的冰山美人秦睿婕站起身來，邁步向柳擎宇走去，隨後冰山融化，如桃花盛開，嬌豔可人，聲音也充滿了柔媚：

「柳擎宇，可以請你一起跳這一支舞嗎？」

對於美女的邀請，自然沒有拒絕的道理！更何況人家還幫助自己和曹淑慧解圍呢，所以，柳擎宇站起身來笑著說：「好的，我很榮幸。」

說著，衝曹淑慧投以一個歉意的眼神，隨著秦睿婕步入了舞池。

跳舞的時候，秦睿婕表現得相當大膽豪放，整個身體緊緊貼住柳擎宇，尤其是那對飽滿、堅挺的胸部挨靠著柳擎宇的時候，一陣陣幽幽體香直入鼻孔，柳擎宇只感覺渾身燥熱，腦海中不由得浮想聯翩。

更致命的是，秦睿婕的芊芊玉手光滑柔嫩，微微有些涼意，握著十分舒服。所以，跳著跳著，柳擎宇使感覺到自己的小腹處有些發熱，某個部位開始不老實起來。

一直想盡辦法想要引誘柳擎宇的秦睿婕也感覺到了柳擎宇下身的變化，臉上刷的一下佈滿了紅暈。

她雖然是處子之身，但是畢竟是成年人了，對很多事早就心知肚明。感受到柳擎宇的變化，她立刻知道柳擎宇對自己是有感覺的，在興奮的同時不禁也有幾分羞澀，所以連忙將自己的身體往外撤了一下，省得被柳擎宇給觸碰到。

只是秦睿婕這麼一撤，柳擎宇可就悶了。本來兩人一直緊緊貼著，他感覺到非常的舒服，秦睿婕這麼一撤，他立刻覺得下面一陣空虛。

由於舞池內人擠人，兩人的身體不免又會靠近，那種愜意、舒服的感覺會再次來襲。一時間，兩人的心中有矛盾的時候，也有幸福的時候。

只是柳擎宇和秦睿婕之間感覺很好，不遠處一直盯著他們的曹淑慧粉臉上卻是寒霜密佈。

她銀牙緊咬，一雙玉手不停地撕扯著餐巾紙，一片撕成兩片，兩片撕成四片，四片撕成八片……

撕啊，撕啊，就好像是在撕扯著柳擎宇與秦睿婕一般。一邊撕著碎紙屑，一邊喃喃道：「真是個狐狸精，就知道勾引男人，哼，下一支舞絕對不會再讓給你了。」

一支舞跳完，柳擎宇和秦睿婕都有些留戀不捨，卻又不得不回到座位上。

曹淑慧立即坐在柳擎宇的身邊，柔聲道：「柳哥哥，你是不是還有些依依不捨啊？」

柳擎宇連連否認道：「沒有沒有，我怎麼會依依不捨呢，不過是跳個舞嘛！」

柳擎宇知道如果說實話的話，自己會死得很慘。

然而，即使如此，曹淑慧仍沒有放過柳擎宇，玉手捏住柳擎宇的軟肉猛的一扭，柳擎宇的眉頭立刻緊皺起來，眉毛微微顫抖著，然後說：

「淑慧，你是天下最美的女人啊，怎麼對自己沒有信心呢。」

「哼，你們臭男人都是見一個愛一個，還口是心非。」接著，便拉著柳擎宇的胳膊說道：「柳哥哥，我決定了，今天的每一支舞曲咱們都不能丟下，我陪你從頭跳到尾。」

於是，柳擎宇和曹淑慧這對搭檔從第三支舞曲開始，一直跳到舞會結束。整整兩個小時的時間，兩人沒有再出過舞池。

秦睿婕沒想到曹淑慧會來這一招，她一直在期待著下一曲和柳擎宇跳舞的機會，哪知曹淑慧直接霸占了柳擎宇整晚，讓她萬分氣結，卻又無能為力，只能眼睜睜地看著曹淑慧一邊跳舞一邊不停地用眼神向自己示威。

舞會結束後，曹淑慧當天晚上便乘飛機返回了北京市，因為她還在軍校上課，而軍校的要求一向很嚴格。

在上飛機前，她還不忘摟著柳擎宇叮囑道：

「柳哥哥，我不在你身邊的時候，你可千萬不可以亂勾引別的女生哦，尤其是秦睿婕那個狐狸精，一定要離她遠一點，要不我……」

曹淑慧做了一個剪刀的動作，同時還用眼神看了一眼柳擎宇的下面。柳擎宇徹底爆汗。

送走曹淑慧後，柳擎宇立刻搭車返回關山鎮。柳擎宇並不知道，鄒文超和董天霸已經到了景林縣，一場圍繞翠屏山風景區的陰謀再次緊鑼密鼓地策劃起來。

景林縣，「海悅天地」娛樂城董事長辦公室內。

鄒文超、董天霸十分舒適地靠在寬大的沙發上，在他們對面的沙發上，娛樂城的董事長謝老六腰桿挺直地坐在那裡，表情顯得相當恭敬。

謝老六是景林縣的地頭蛇，他可以不把一般的副縣長放在眼中，但是對眼前這兩位蒼山市的頂級衙內，卻不敢表露出絲毫不敬，還得滿臉含笑地陪著。

「兩位少爺，不知道你們到景林縣來有什麼公幹？有什麼地方需要我謝老六效勞的，二位少爺儘管說，我一定盡力而為。」

鄒文超沒有說話，董天霸則冷哼一聲，道：「謝老六，我聽說你們海悅集團在關山鎮翠屏山風景區案子上現在十分被動啊，市公安局已經派出調查小組到關山鎮了，正在對你們毆打村民之事進行調查，現在羅剛已經被抓起來了吧？」

提到羅剛，謝老六就十分鬱悶。

他沒想到，自從柳擎宇被縣紀委放出來後，一連串的厄運便降臨在海悅集團身上，先是羅剛等人在值班的時候突然被抓，隨後是娛樂城被查封，而且市公安局的人把海悅集團的帳戶給凍結了，說是要對海悅天地進行徹查。

這讓謝老六倍受打擊，無奈之下拎著銀行卡到縣裡活動，卻被告知縣裡無法插手這件事，就連薛文龍也說他無能為力。

這種有力無處使的感覺讓謝老六十分痛苦。不過就在今天晚上，他突然接到薛文龍的電話，說是市裡兩位頂級大少要到景林縣來，讓自己找他們，或許能夠化解眼前的困局。有了薛文龍的指點，謝老六只好硬著頭皮親自去把兩位大少爺親自接到自己的娛樂城內。

此刻，聽到董天霸這樣問，他欣喜若狂，因為他正想把話題轉到這上面呢。於是連忙道：「董少，鄒少，羅剛真的是非常冤枉啊，他……」

還沒等謝老六說完，鄒文超在一旁說話了：

「謝老六，你也不要再說什麼羅剛冤枉不冤枉的了，市公安局初步的調查報告內容我們都看過了，要說羅剛冤枉，那是絕不可能的，這個市公安方面已經有了定論，誰也無法推翻，就算是我們能夠辦到也不會去辦，畢竟辦這件事的風險實在是太大了，所以，你就不要想去救羅剛了，只要能夠讓他保證在裡面別亂說話就成。」

謝老六聽鄒文超這樣說，滿心的苦澀，他沒有想到連鄒文超都這麼說，心中有些不甘。

鄒文超冷笑著看了謝老六一眼，說道：「謝老六，別以為我們父親位高權重就什麼都可以做，你錯了，越是處於我們這個位置，越是敏感，一旦被我們父親的政敵抓住把柄，後果十分嚴重。所以，你最好弄清楚一點，我們能夠把你的海悅集團保下來，已經承擔了相當大的風險。」

鄒文超話中透出濃濃的警告意味，謝老六連忙說道：

「我明白，我明白，鄒少，您說吧，有什麼需要我辦的？我相信你們二位肯定不會無緣無故地來我們景林縣的。」

「你猜得沒錯，我們來景林縣的確是有所圖謀的，第一，我們是衝著翠屏山風景區這個案子來的，想要在這個案子上分一杯羹；第二，我們是衝著柳擎宇來的，最好能夠透過翠屏山風景區這個案子好好的噁心一下柳擎宇，把柳擎宇給扳倒。所以，我們與你有著共同的目標和利益，可以說，你之所以會有今天的悲劇，你的小弟之所以被抓，一切都是因為柳擎宇。」

一聽到柳擎宇的名字，謝老六眼中立即射出兩道陰毒的目光，如果不是柳擎宇，自己在翠屏山風景區這個案子中恐怕早已大賺特賺了，就是柳擎宇的到處阻礙，使自己的賺錢大計遭到破壞，甚至連帶著集團都陷入了空前危機之中，他對柳擎宇的恨意不是一點半點，所以點頭道：

「好，沒有問題，我可以配合你們狠狠教訓柳擎宇。不過在翠屏山風景區這個案子上，不知道二位大少有什麼想法？」

「我聽說你已經和胡高約定好這個案子的利益分配，以前你們是三七分，現在既然我們進來了，我想這個應該重新分配一下，胡高拿兩成，你拿兩成半，我和天霸拿五成半，怎麼樣，這個你考慮一下吧。」鄒文超強勢地說道。

聽了鄒文超的話，謝老六的心都要滴血了，他沒有想到這位鄒少爺人看著挺好說話的，下刀子竟然這麼狠，一張嘴就要拿走五成半的好處，這也太狠了。

謝老六也是刀頭舔血之人，不甘地說：「鄒少，我的比例是不是應該再加一點？」

鄒文超的臉刷的一下沉了下來：「加一點？你想加多少？你要知道，如果我和天霸不出手的話，你的海悅集團恐怕就要直接被查封了，就連你弄不好都得被市局的人給抓起來，你居然還敢和我們談條件？」

謝老六見鄒文超要翻臉，心中一凜，這才意識到，此刻因為自己一招失誤，處處受人掣肘，而且這兩位大少絕對不是等閒之人，無奈之下，只好說道：「既然鄒少不願意，那就這樣吧，鄒少，有什麼需要我們辦的嗎？」

「謝老六，希望你這一次千萬不要再出現意外，否則，到時候我可保不了你。」鄒文超警告道。

謝老六咬牙說道：「鄒少你放心，我保證不會出現問題。」

鄒文超這才滿意地點點頭，站起身來向外走去，邊走邊說道：

「謝老六，我知道你心中不滿，我要告訴你的是，你們這些道上之人要想真正獲得生存的空間，要想發展壯大，離不開我和天霸這樣的人的支持，我們只需要一通電話，就能馬上讓你整個集團煙消雲散，你最好不要跟我耍什麼心眼！不然後果自負。」說完，直接邁步走了出去。

謝老六只能屁顛屁顛地跟在後面，親自把兩個小霸王送出去。

兩人上車後，直接來到景林縣最高檔的三星級酒店「凱旋大酒店」住了下來。

進房間後，董天霸有些擔憂地說道：「老鄒，你這樣對謝老六會不會引起他的反感啊，給他兩成半是不是太少了？」

「沒事，謝老六不過是個地痞流氓而已，給他兩成半已經夠給他面子了，如果沒有我們，他的海悅集團恐怕都不一定能夠保住，他有什麼資格和我們提條件?!你就放心吧，對付謝老六這樣的黑道人物，我有經驗，在蒼山市，那幫道上的人還不是供我們驅使?!只要他謝老六老老實實做我們的狗腿，我們讓他輕輕鬆鬆發財，他要是欲求不滿，想要搞些什麼小動作，搞死他不過幾分鐘的事。這謝老六看起來愣頭愣腦的，其實精明著呢。這次，我們和謝老六聯手，再加上薛文龍那邊的力量，絕對可以拿下柳擎宇和翠屏山風景區的案子了。」鄒文超一陣冷笑說道。

柳擎宇回到關山鎮的第二天下午，有關羅剛等人毆打村民以及柳擎宇被紀委帶走之事，有了最終的處理結果，羅剛因為私自動用粗暴手段打人，已屬犯罪行為，依法被逮捕；而海悅集團因為管理不善，被罰款五十萬元，並停業三天，以儆效尤。

至於景林縣整個領導班子由於在柳擎宇事件中決策不利，被點名批評，負責主審柳擎宇的付忠全和何志華被給予黨內警告處分，柳擎宇一心為民，敢於和犯罪分子直面交鋒，給予全市通報表揚。

看到這個處理結果，柳擎宇不禁搖頭，這件事本來應該由海悅集團來承擔責任的，結果卻是板子高高舉起，最終只落在了羅剛一個人的身上，即便是傻子都知道羅剛是因為依仗著海悅集團才敢如此囂張的，而海悅集團僅僅被罰五十萬，停業三天，這種處罰實在是太輕了。

就在他對處理結果不滿的時候，黨政辦主任王東洋的電話打了進來：「柳鎮長，縣裡通知您明天上午到縣政府參加鎮長會議。」

「哦，知道了。」

掛斷電話後，柳擎宇陷入了沉思。

柳擎宇對會議的流程很清楚，一般這種鎮長全部參加的會議，至少會提前兩三天就通知，以使鎮長好做出工作上的安排調整，這次卻是前一天下午才通知，這會不會是石振強的一個陰謀呢？

如果是這樣的話，那麼對方的目標就非常簡單了，**這一招肯定是調虎離山**。

那麼把自己調離關山鎮，石振強到底想要做什麼呢？

想到此處，柳擎宇把洪三金喊了過來，對洪三金說道：「三金啊，我明天上午要去縣裡開會，你就守在鎮政府裡，仔細觀察一下石書記那邊，看看他們有什麼動作，有什麼發現，及時通報給我。」

洪三金連忙道：「好的，鎮長，您放心吧，我知道該怎麼做。」

柳擎宇當天下班後就乘車趕到縣裡，因為第二天的會議在早晨八點鐘就開始，必須提前一天過去。

柳擎宇不知道，就在他乘車離開關山鎮兩個小時後，一輛越野車駛進了關山鎮，停在一處綠樹掩映的別墅院內。這座別墅對外說是一個外地大老闆的家，其實這裡是石振強的家，平時石振強都是住在這裡的。

汽車停下，一直等在門口的石振強連忙走了過去，親自把車門打開，鄒文超和董天霸從上面走了下來。

石振強滿臉含笑地迎了上去，主動伸出手來，說道：「兩位一定就是薛縣長所說的鄒少和董少吧，歡迎歡迎。」

鄒文超笑著和石振強握了握手，說道：「石書記吧，我是鄒文超，他是董天霸，希望我們這一次能夠合作愉快。」

「合作愉快。」

寒暄過後，一行人便進入石振強的別墅，開始策劃下一步的計畫。

第二天上午，柳擎宇八點整準時步入縣政府大會議室內，出席鎮長大會。

而關山鎮這邊，石振強也在七點四十分左右通知所有翠屏山附近村子的村長和村支書，讓他們儘快到鎮委自己辦公室開會。

榆樹村的村長趙海強和村支書李天勇走進石振強辦公室的時候，發現辦公室內還坐著兩個陌生的男子，頓時就是一愣。

石振強站起身來說道：「老趙、老李，我給你們介紹一下，這兩位是咱們關山鎮的貴客啊，這位是咱們蒼山市市委副書記鄒海鵬同志的兒子鄒文超，這是咱們蒼山市政法委書記董浩的兒子董天霸，他們這次是專門為了翠屏山風景區的案子來的。」

聽到又是為翠屏山風景區的案子而來，趙海強和李天勇全都皺起了眉頭。他們都很清楚，現在翠屏山風景區已經變成了一塊肥肉，附近的土地更是水漲船高，石振強讓他們見這兩位市裡領導的公子，百分之百是為了村裡的土地之事。

趙海強和李天勇之間配合得十分默契，一般村裡的事情都是由趙海強來出面，鎮裡的事情則是由李天勇出面。

李天勇是一個五十多歲的老頭，雖然看起來滿臉滄桑，但是說話做事卻很懂得官面上的一些規矩。聽石振強說完後，便笑著說道：「石書記，不知道今天把我們叫過來為的是什麼事呢？我的鍋裡還燉著一大鍋豬食呢，有啥事你直接說就成。」

鄒文超陪著笑說：「李支書，事情是這樣的，由於翠屏山開發在即，為了能夠搭上這次翠屏山風景區開發的順風車，景林縣決定對翠屏山風景區的周圍村子進行資源整合，以便於配合風景區進行統一開發，提高開發效率，保證各個村子的收入，而我們兩人開了一家房地產開發公司，對土地資源整合屬於我們的強項，通過招標，我們公司被確定為翠屏山風景區整合案的代理商，協助縣裡做好整合工作。

「今天找你們兩位村領導過來，主要是和你們商量一下，把你們榆樹村在翠屏山風景區附近的那些土地以轉讓的形式加入到我們搞的這個整合案子中來，到時候你們村什麼都不用幹，就可以獲得巨大的利益分成。咱們來把合作協議定簽一下吧。」

鄒文超說著，從身邊的茶几上抓起一份早已擬好的文件遞給兩人，說道：「二位，你們簽一下字吧。」

李天勇和趙海強接過文件湊到一起看了起來，他們文化程度並不高，但是初中畢業的他們還是把文件的內容都看明白了，兩個人對視一眼，從對方眼中看出了深深的憂慮之色。

因為這份合作協議上寫得十分清楚，村集體以村民的土地為資源加入到這個整合案子中來，如果盈利的話可以獲得利益分成，但是協議中並沒有寫明要是虧錢了怎麼辦？而且類似的漏洞相當之多，如果真正按照這份協議來執行的話，村民的利益根本無法得到保障。

董天霸似乎看出了兩人的憂慮，笑著說道：「二位，難道對我們這份合作協議有什麼不滿嗎？」

李天勇皺著眉頭說：「董先生，我看這份合作協議似乎很多條款寫得都不夠清楚啊，你看這條，你們要是賺不到錢的話，我們村民是不是就分不到錢了呢？」

董天霸聽了，臉色立刻陰沉下來，大聲說道：

「李支書，你這是信不過我們啊，我告訴你，有我們兩個大老闆做後盾，這個案子怎麼可能不賺錢呢？如果不賺錢的話，我們兩個好端端的會跑到你們關山鎮來接手這個案子嗎？只要賺錢了，該你們榆樹村的，我們一分錢不會少給你們的，我們和海悅集團可不同，他們是有黑社會背景的，我們兩個是正經八百的官家子弟，說話做事都十分規矩，由於我們剛剛接手這個案子，所以這份協議擬定出來有些匆忙，有些漏洞是在所難免的，不過今天現場不是有你們鎮委書記在這裡嘛，有他做見證人，我們難道還能坑你們這些苦哈哈老百姓的錢不成？我們隨便一個房地產案子都幾百萬幾千萬的賺。」

這時，石振強也在旁邊幫腔道：

「是啊，老李，老趙，董老闆和鄒老闆的信譽你們不用擔心，他們都是做大事的人，是不可能坑你們的。你們就放心簽字吧，一切有我呢。」

李天勇和趙海強身為村長和村支書，也是相當有見識的，再說，都活了這麼大歲數，什麼樣的事情沒見過，尤其是李大勇這個村支書，雖然是農民出身，但是經常看電視報紙，也善於思考，所以對石振強的話他並不相信。

李天勇略微沉思了一下，看向石振強和鄒文超：「石書記，二位老闆，容我們兩個出去商量一下再給你們答覆如何？」

石振強點點頭：「好吧，你們去商量吧。」

第八章

反擊風暴

「好，既然鄒文超和董天霸他們為了自己的利益置我們關山鎮老百姓的利益於不顧，那我們就以他們兩個為起點，掀起一場浩大的反擊風暴吧！任何敢與民爭利的人，我都會把他們伸出的爪子給剁了！」柳擎宇怒道。

等兩人離開辦公室後，董天霸面露凶光地說：

「石書記，這兩個泥腿子真是給臉不要臉啊，竟然還敢懷疑我們，他們兩個可是我們第一個談的，必須好好收拾他們一下，以儆效尤啊。」

石振強也感覺挺沒面子的，他沒有想到自己這個鎮委書記都把話說到這份上了，這兩個老傢伙竟然還說什麼要商量商量，這根本就是沒有把自己這個鎮委書記放在眼裡啊，看來柳擎宇去了榆樹村一趟是把這兩個人給拉攏過去了，這絕不是什麼好現象，如果其他村子也如此效仿的話，以後自己這個鎮委書記可就被柳擎宇給架空了，這是他絕對不能容忍的。

想到這裡，他使勁地點點頭：「嗯，如果他們不同意的話，我會出手的。」

此刻，在門外一個僻靜的角落裡，李天勇看著趙海強說道：

「老趙，你是怎麼個意思？」

「我看這事情透著古怪啊，海悅集團的人剛走，他們就來了，目標還是我們的土地啊，而且那份合作協議也太不靠譜了，石振強信誓旦旦地說給作證，但是石振強這個王八蛋在我們關山鎮幹的損事還少嗎？我們絕對不能聽他說的話，即便真的是縣裡主持的，我們也得等柳鎮長回來再和他們談，我看只有柳鎮長才不會害我們。」趙海強說道。

李天勇點點頭道：「嗯，我同意你的說法。」

兩人回來後，李天勇便對石振強說：「石書記，我們已經商量好了，有關土地的事呢，由於是分散在各家各戶的，村裡是沒有辦法採取強制措施的，所以我們準備回去召集村民們商量一下，看看大家是什麼意見。」

石振強一聽，臉色當即垮了下來。李天勇竟然真的一點面子都不給自己留，雖然話說得十分委婉，但是很明顯對方並不信任自己這個堂堂鎮委書記的諾言，這讓他十分震怒，不過他城府很深，只是輕輕點點頭，說道：

「嗯，好，既然你們對我這個書記的話還不是太信任，那你們就回去自己好好商量商量吧。好了，你們走吧。」

等李天勇等人離開後，石振強立即拿起桌上的電話，撥通了鎮委組織部部長石景州的電話。

「景州，一會兒你這邊出提案，就說要免去榆樹村村支書李天勇的職務，並向人大提出罷免村長趙海強的提案，督促人大那邊儘快走完相關流程，儘早將趙海強給我拉下來。我一會兒通知鎮委委員們召開黨委會，一起討論一下。」

打完電話，石振強又給榆樹村的一些親信打去電話，要他們鼓動榆樹村村民委員會其他委員聯合起來提出罷免村長趙海強的提案，並儘快提交到鎮委組織部來。

打完電話後，石振強這才充滿自信地看向鄒文超，說道：

「鄒少，我們稍等一下，等王東洋那邊把李天勇和趙海強將會被罷免的消息傳播出去後，我們再和下一個村子的代表進行談判。我必須先給這些村支書、村長們的頭上掛起一根繩子。」

鄒文超嘉許地說：「嗯，很好，就按照石書記的意思辦，石書記真是一個殺伐果斷之人，鄒某佩服。如果有機會的話，我會跟我爸提一提你的，看看市裡有沒有適合你的職位。」

石振強雖然知道鄒文超這樣說有些虛應的成分，但是心中還是十分開心，因為他曉得自己這麼做算是賭對了，至少能夠讓鄒文超他們滿意。**只要上級領導滿意，自己的仕途之路將會更加順暢**。

在有心人的操控之下，很快，李天勇、趙海強即將被罷免的消息便在各個村長、村支書之間傳播起來。

正在騎著電動車往村裡趕的李天勇和趙海強兩人也得到了消息。

「老李，看來石振強這個王八蛋要對我們下黑手了啊，他這明顯是殺雞儆猴啊，想拿我們來祭旗，警告其他村長、村支書們！我就納悶了，你說這個石振強就不能老老實實給我們關山鎮的老百姓多辦一些實事，少做一些損害我們老百姓利益的事情嗎？」趙海強感慨地說。

李天勇嘆道：「難啊！石振強這種一心只為自己仕途考慮之人，怎麼可能會管我們小老百姓的利益呢，很明顯，現在是鄒文超和董天霸兩人的背景和權益讓石振強心動了，所以他要使勁巴結這兩人，至於我們的利益，不過是他向上攀爬的奠基石而已。唉，要是每個鎮幹部都像柳鎮長那樣多好啊。」

趙海強突然一個緊急剎車，停住電動車，從口袋中拿出手機，一邊撥電話號碼一邊說道：「老李，你這句話倒是提醒了我，石振強要罷免我們，我們也不能坐以待斃啊，我先給柳鎮長打個電話，在整個關山鎮，只有柳鎮長敢和石振強對著幹。」

李天勇點點頭：「嗯，我也給村民委員會那邊打個電話，如果石振強想要罷免你的話，肯定會做村民委員會那邊的工作，我們也得有所準備才行。」

於是，兩人便在路邊忙碌起來。

然而，過了幾分鐘，兩個人放下電話，臉色都變得嚴峻起來。

「老李，柳鎮長的手機關機了，電話一直打不通，我問過洪主任，洪主任說柳鎮長去縣裡開會了，看來很有可能這一切都是石振強有意設計的啊。」

「是啊，我這邊的情況也是一樣。其他委員現在都不接我的電話，唯一接我電話的是二柱子，他告訴我，他接到了鎮裡的通知，說是準備讓村民委員會提出提案罷免你這個村長，現在其他村委很多都已經行動起來。」李天勇苦笑著說。

聽李天勇這樣說，趙海強知道，如果真等村民委員會那邊提出罷免自己的提案，上面再有石振強做手腳，自己被罷免幾乎是板上釘釘的事了。

他只能嘆息一聲，說道：

「唉，我們只能先回村子去，再做做大家的工作了，畢竟我們之所以拒絕鄒文超他們的合作協議也是為了保護村裡大家的利益啊，如果咱們被罷免了，他們某些有野心之人是可以上位，但是大家的權益就沒有辦法保證了。」

李天勇點點頭：「好吧，咱們只能盡力而為了。真希望柳鎮長早點回來啊。我們太需要他了。」

就在李天勇和趙海強在村裡活動，柳擎宇在縣裡開會的時候，關山鎮一次緊急常委會舉行了。

在常委會上，鎮委組織部部長以榆樹村村支書工作不利、作風不好等理由，提出了罷免李天勇的提案，此刻，柳擎宇不在鎮裡，沒有人牽頭和石振強作對，再加上石振強在常委會上的勢力足夠強大，而且李天勇也和其他委員之間沒有什麼利益關係，所以罷免李天勇的提案很快就在鎮委會上獲得通過。

同時，在鎮委會上，組織部部長石景州也對榆樹村村長趙海強的工作提出了嚴厲的批評，指當時趙海強帶著村民去縣政府門口為柳擎宇申訴的行為已經嚴重違反了組織紀律，按照相關規定，應該立刻開除趙海強的黨籍等等。

由於趙海強的確帶著村民去了縣裡，所以這件事其他鎮委委員也無話可說，趙海強被開除了黨籍，村長位置岌岌可危，現在只等榆樹村村民委員會那邊的罷免提案一到，趙海強下臺是勢在必行了。

等開完鎮委會後，石振強這才回到辦公室，與鄒文超、董天霸一起會見了一些相關村的村長和村支書們。

其實，這些村長、村支書早就到了鎮裡，本以為到這裡就只是開會而已，沒想到是鎮委會提前召開，鎮委會的結果傳到他們耳中後，讓很多村長和村支書都意識到石振強對於翠屏山風景區案子的強勢推動之心。

有了前車之鑒，大部分的村長、村支書一商量，只能屈從於石振強的強勢，無奈地和鄒文超、董天霸等人簽訂了整合協議。

不過馬蘭村是一個例外，馬蘭村村長田老栓在得知整個情況後，和他們的村支書商量了一下，兩個老傢伙趁著石振強和其他村長、村支書們談話的時候竟然悄悄溜了。然後直接關機。

等石振強電話打到田老栓的手機上時，聽到嘟嘟嘟的忙音，那個氣啊，卻偏偏拿田老栓他們沒有辦法，因為他非常清楚田老栓在關山鎮村長中的威望十分高，在馬蘭村的威望更是無與倫比，自己用來對付趙海強的那一套對付田老栓是絕對沒有用的，必須換其他的辦法。

此刻，洪三金早已得知鎮裡的消息，尤其是聽到石振強竟然採取這種惡劣強勢手段逼迫各個村的村長們簽訂那份協議後，急得嗓子眼冒火，不停地撥打著柳擎宇的電話。

此刻柳擎宇一直在開會，這次會議出奇地長，竟然一直持續到中午十二點半左右才散會。好不容易電話撥通，洪三金連忙把關山鎮的情況跟柳擎宇彙報了。

柳擎宇聽完報告，拳頭立時緊緊攥了起來心中怒道：

「石振強啊石振強，沒想到你這個鎮委書記竟然為了利益做出這種無恥至極的事情來，身為鎮委書記，不想辦法為老百姓做主，反而千方百計設計老百姓，想要從老百姓的鍋裡攫取利益，我柳擎宇豈能再容你！這一次，我要好好把前面的賬和你好好清算一下。」

「老洪，這件事情我知道了，這樣吧，我估計縣裡的會還得開上兩天，這絕對是石振強和薛文龍他們聯手搞的一個陰謀，既然如此，我們就見招拆招吧。你派親信的人秘密聯繫各個村的村長或者村支書，想辦法拿到他們簽訂協議的原件，如果拿不到原件，影本也行，這件事非常重要，一定要注意保密。其他的等我回去處理，這一次，我一定要石振強吃不了兜著走！」柳擎宇沉聲吩咐道。

柳擎宇是個實幹派。他下決心要扳倒石振強、薛文龍等人後，大腦便飛快轉動起來。

他拿出準備好的筆記本和筆，開始認真思考起來。

他首先把自己要做的事先細分成幾個子目標，接著，開始圍繞著子目標進行思考其中會出現什麼樣的狀況、順利的情況下自己應該怎麼做，不順利的情況下又該怎麼做，如果出現意外情況，自己又要如何應對，等等。並修訂下一階段的任務目標。

如此策劃出來的內容可以說是滴水不漏。

當然，這僅僅是策劃而已。他非常清楚，**世界上沒有完美的策劃，只有完美的策劃人**。再完美的策劃也會因為操作人的不同以及各種各樣的突發情況，導致整個事情的結局發生偏轉，而這個時候，才是真正考驗策劃人能力的時候，策劃人必須根據各種突發情況對整個策劃及時作出修訂，以確保整個事件朝著自己所預定的目標方向發展。

自從退伍後，柳擎宇已經很少像今天這樣認真去思考一件事了。以前和石振強以及薛文龍發生的矛盾衝突對他來講只是小兒科而已，他根本不需要動用邏輯思考能力，只要憑著自己的感覺就能掌控整個事情的走向。

但是這一次，他要以一個小小的關山鎮鎮長的身分去扳倒鎮委書記，甚至是縣長等比自己強悍很多的人物，所以柳擎宇不敢有任何的輕視馬虎，更不敢心存任何僥倖。

老爸劉飛曾經多次跟柳擎宇說過，在官場上任何事情都有可能發生，**不能輕視任何一個對手，哪怕是一個比你級別低很多的對手**。

在講臺上的老紀委看到柳擎宇一直低著頭在寫寫畫畫，以為柳擎宇在記錄講課筆記，十分高興，讚賞道：

「嗯，這次鎮長會議，大家的聽課狀態很不錯嘛，尤其是坐在角落裡的那位年輕鎮長同志，一直在記錄我的講話精要，這很好，大家都應該向這位同志學習，也許大家認為我講得很囉嗦，但是我要告訴大家的是，這些都是我多年紀委工作經驗的總結，希望大家以後不要栽在這些問題上。」

老紀委的誇獎弄得柳擎宇很不好意思，也有些慚愧，然而當這位講師又進入到講課模式後，柳擎宇再次忙碌起來。

一下午的時間，柳擎宇便將如何扳倒石振強等人這件大事策劃得差不多了，剩下就是執行的時候了。

散會後，柳擎宇找了一個僻靜的地方，給縣委書記夏正德打了個電話，說是要去拜訪夏正德。對柳擎宇，夏正德早就把他列入心腹愛將之列，便讓柳擎宇到他家去談。

傍晚，柳擎宇提著一籃水果走進了夏正德的家中。

夏正德的家位於縣委大院家屬樓院內，房子是單位的，三室一廳，裝修十分簡樸。家中只有一個四十多歲的女保姆忙裡忙外的。見兩人在客廳坐下，十分懂事地進入廚房忙碌起來。

柳擎宇放下水果籃，笑道：「夏書記，阿姨不在家啊？」

「她去兒子家幫忙帶孩子了，就留我這個老頭子在家，你沒事可以多過來陪我待會兒。」夏正德招呼著說。

柳擎宇點點頭：「沒問題，以後來縣裡，我一定到您這兒蹭飯吃。」

寒暄過後，便進入了正題。

「小柳啊，你到我這來肯定是有事吧，否則以你的個性絕對不會想起我的。」夏正德開玩笑地說。

柳擎宇嘿嘿一笑，說道：「領導就是領導，真是高瞻遠矚啊，您說得沒錯，我這次來就是到您這裡來尋求幫助的。是這樣的，今天我來開會的時候，鎮委書記石振強趁我不在，和鄒文超、董天霸這些人先是威逼榆樹村村長和村支書，讓他們和鄒文超的房地產公司簽訂合作協議，榆樹村村長和村支書兩人不同意，石振強便操控鎮委會，以他工作不利等緣由罷免了他這個村支書的職務，又操控榆樹村村委會提交罷免村長趙海強的提案，不出意外的話，恐怕趙海強也會被罷免。透過這種殺雞儆猴的手段，很多翠屏山附近的村長、村支書們不得不把村民的土地以入股的形式交給超霸房地產有限公司來管理。」

柳擎宇語氣沉重地說：「夏書記，石振強的這種行為完全是野蠻的，無恥的，這是嚴重侵犯老百姓的權益啊，老百姓肯定會激烈反對的，如果引起老百姓的強烈不滿，後果非常嚴重，而且鄒文超他們這家房地產公司到底有沒有得到縣政府的授權？如果他們得到了授權，他們這種行為就披上了一層合法的外衣，將來引發的後果會更加嚴重。我強烈質疑的是，這家超霸房地產公司的最終目的是什麼？如果他們真是要為老百姓的權益服務，我什麼話都不會說，如果他們的目的是為了私利，甚至損害翠屏山風景區開發商利益的話，我擔心這個案子很有可能會出現意外。」

聽完，夏正德的臉色也嚴肅起來，柳擎宇所說的這些問題也正是他所擔心的。

老百姓平時就像溫柔的綿羊，你怎麼欺負他們，可能都不會有所反抗，但是老百姓也是有一定忍耐限度的，一旦超過了他們的容忍度，那可是要出大亂子的。最近這些年，因為土地和拆遷問題下馬的縣級官員可不在少數，如果這件事真的鬧起來，他這個縣委書記也未必就能安穩做下去。

「嗯，這件事我知道了，我會在明天的例行常委會上把這件事情拿出來好好討論一下的，必須立刻叫停超霸房地產公司的行為，盡力恢復榆樹村村支書和村長的職位。」夏正德沉聲道。

柳擎宇點點頭：「嗯，希望明天能夠得到夏書記的好消息。」

夏正德只是同意處理，卻沒有給出肯定的承諾，因為他很清楚，超霸房地產的背後肯定少不了縣政府那邊的支持，尤其對方竟然是打著縣政府授權的名義下去的，事情就更加麻煩了。

在夏正德家裡吃了晚飯，又和夏正德簡單聊了一下工作上的事，柳擎宇便從夏正德家離開了。然而，柳擎宇的心情依然十分沉重，他相信明天夏正德肯定會盡力去為關山鎮的老百姓爭取利益，但是問題在於，超霸房地產公司不是一般的房地產公司，這家公司的老闆是大有背景的，夏正德明天能夠在常委會上獲得勝利嗎？

柳擎宇的擔心的確不是沒有道理的。

第二天的例行常委會上，夏正德在會議最後便提出了榆樹村村長和村支書在一天時間內匆匆被免職的問題，然後沉聲說道：

「各位常委們，薛縣長，我現在有幾個疑問想要和薛縣長以及大家討論一下。第一，縣政府有沒有確立針對翠屏山風景區附近的土地進行資源整合的專案？如果有，這個專案有沒有按照正常程序進行招標？鄒文超和董天霸他們的超霸房地產有限公司，到底有沒有獲得縣政府的授權？第二，因為榆樹村的村支書和村長不同意與超霸房地產公司簽訂合作協議就被免職，這種做法妥當嗎？我們是不是應該立刻給予糾正呢？」

夏正德說完，薛文龍立即回應道：

「夏書記，你的這些問題我都可以回答。第一，我們縣政府的確有針對翠屏山風景區附近的土地進行資源整合的專案，這個專案的目的是有效整合翠屏山風景區附近的土地資源，讓翠屏山風景區的開發過程中，老百姓能夠得到真正的實惠，享受到這個專案所帶來的利益，這個專案完全是按照正常程序進行招標的，超霸房地產有限公司是憑著強大的資金和實力得標的，這一點，縣招標辦那邊有全面的記錄，所以，他們是獲得縣政府的授權的合法公司。

「第二，至於榆樹村的村支書和村長被免職之事，石振強同志向我進行了彙報，公文我已經在上午轉到你那裡去了，根據彙報的內容來看，他們兩人被免職和不同意與超霸房地產公司簽訂合作協議之事無關，對於村支書李天勇的罷免提案，鎮委組織部部長石景州早就向石振強報告過了，只是正巧拿到昨天的鎮委會上討論罷了。

「至於村民委員會罷免村長趙海強之事，也是正好湊巧而已，事情的爆發點還是趙海強無視村民安危，帶著村民到縣委大門外堵住大門口，這件事雖然我們縣委因為考慮到形象並沒有給予追究，但是對關山鎮以及榆樹村的村民來說，這並不是一件好事，所以村民委員會才做出這樣的提案，我認為這兩個處分都是很正確的，不需要有任何的懷疑。」

夏正德聽到薛文龍的辯駁之詞，不由得眉頭一皺，他現在可以完全肯定，鄒文超、董天霸等人和薛文龍已經徹底勾結在一起了，再加上柳擎宇不在關山鎮，石振強在關山鎮呼風喚雨，要想打破他們這個**利益聯盟**，還真是有些困難啊。現在能否為榆樹村村長和村支書恢復職務，能否為關山鎮老百姓討回公道，只能寄希望於常委會上的表決結果了。

昨天晚上他已經給幾個中立常委打過電話，說了這件事，所以夏正德自認有些信心，便說道：

「薛縣長，我的看法和你恰好相反，咱們爭論下去恐怕也沒有什麼結果，肯定是公說公有理，婆說婆有理，我看這樣，咱們直接在會上大家來投票表決吧。」

薛文龍聽夏正德這樣說，正中下懷，笑著點點頭，說道：「好，那咱們就投票表決吧。同意我的方案的請舉手。」

說著，薛文龍第一個舉起手來。

隨後，縣委副書記包天陽、縣政法委書記金宇鵬、縣紀委書記牛建國、縣委宣傳部部長周陽全都舉起手來！

這四個人是薛文龍的鐵桿，基本上立場不會發生任何動搖。雖然距離超過半數還差一票，但是薛文龍並不在意，臉上充滿了淡定的微笑。

這時，換夏正德說道：「同意我意見的請舉手。」然後自己舉起手來。

然而，舉手的只有縣委辦主任陳凡宇，其他四個常委，常務副縣長王雨晴、縣人武部政委程凱、縣委組織部部長王志強、縣委統戰部部長呂新宇全都保持了沉默。

看到竟然是這種結果，夏正德大驚，立刻意識到恐怕事情出現了重大變故。

夏正德猜得沒錯，就在昨天晚上他剛給其他常委們打完電話，薛文龍以及蒼山市市委副秘書長郝天龍也給這四個中立的常委們打了電話。

薛文龍和郝天龍在電話裡並沒有要求這四個常委們支持他們，只是希望他們能夠保持中立的立場。當然，他們說得很有技巧，沒有直來直去，而是拐著彎地把意思表達出來。

這四個常委也是明白人，知道郝天龍是專門為市委副書記鄒海鵬服務的副秘書長，是鄒海鵬的絕對親信，他的意思也代表鄒海鵬的意思，而鄒海鵬身為市委副書記，可是主管人事方面的專職副書記，直接決定著四個人的升遷，所以四人只能保持沉默。

看到大局已定，薛文龍笑著看向夏正德，說道：「夏書記，既然結果已經出來了，以後有關榆樹村的事就不要再提了。」

夏正德只是點點頭，並沒有說話。

此刻，他再次深刻感受到，薛文龍在本地的實力實在是太強大了，雖然在投資商事件中，其他中立常委們支持了自己，但是這一次，自己卻又再次露出了原形，表示自己的力量還是十分薄弱啊。

回到辦公室後，夏正德給柳擎宇打了個電話，電話一直播不通，這才想起來柳擎宇今天還在開會呢。

想到此事，夏正德不由得露出一絲苦笑，這個薛文龍，做事還真是滴水不漏啊，為了把柳擎宇調離關山鎮，竟然搞出這麼大的動靜，看來翠屏山周邊土地整合之事，這老傢伙能夠獲得的利益相當之豐厚啊，才這麼捨得下重本。

到了中午吃飯的時候，柳擎宇給夏正德回了電話。

聽到夏正德說出結果後，他並不感覺到吃驚，反而冷靜地說道：「夏書記，我認為景林縣和關山鎮的局面不能再這樣下去了，我們必須做出點什麼事來解決眼前的這種局面，否則的話，老百姓的利益損失將會越來越多。」

夏正德聽到柳擎宇這樣說，心頭一顫，問道：「你有什麼辦法嗎？」

「書記，看來今天晚上我又得去您家裡蹭頓飯了。」

夏正德笑道：「歡迎歡迎。」

掛斷電話，柳擎宇吃完中飯，在賓館稍事休息，就準時出現在會議室內，繼續下午的流程。

就在他這邊會議開始的同時，在關山鎮翠屏山風景區臨時籌建指揮部內，先鋒投資集團的美女總經理滕飛接到了手下彙報，說是超霸房地產有限公司的老闆要見董事長田先鋒。

此刻，田先鋒的確在指揮部內。

滕飛來到田先鋒的辦公室內，報告道：「老田，鄒文超和董天霸來了，說是想要見你。」

田先鋒不由得眉頭一皺：「他們來做什麼？」

滕飛沉聲道：「如果我猜得不錯的話，他們應該是為了翠屏山那個案子來的，最近我得到消息，這兩個人把翠屏山風景區附近的很多土地都給簽了下來，恐怕是想要到我們這裡撈金。」

田先鋒聽了，不由得冷笑道：「到我們這裡來撈金？他們還真是異想天開啊，要不是因為這個案子是柳老大如此重視的案子，我連來都不會來，直接派一個職業經理人過來就足夠了，這兩個傢伙倒是好大的胃口。他們我就暫時先不見了，你把他們領到會客室和他們聊聊，看看他們到底是什麼目的。」

滕飛點點頭，邁步向外走去，在指揮部大廳內見到了鄒文超和董天霸。

鄒文超和董天霸看到滕飛時，兩人都呆住了。沒想到在關山鎮這麼偏僻的地方竟然能夠看到如此有氣質的美女。

滕飛看起來二十五六歲，身材高挑勻稱，俏麗的臉上略施粉黛，氣質卓然，身上穿著一身米色職業套裝，黑色高跟鞋，往那裡一站，氣場十分強大，尤其是她表現出來的那種充滿知性美的氣質，讓兩人怦然心動。

兩人都是看過各色美女的人，但是從來沒有看過這樣充滿知性美的絕頂美女。

滕飛衝著兩人淡淡一笑：「鄒總，董總，你們好，我是先鋒集團總經理滕飛，二位裡面請。」

帶著兩人走進會客室坐下，滕飛淡淡說道：「兩位老闆，不知道你們找到我們這裡來所為何事？」

鄒文超笑著對滕飛說道：「滕總，不知道田老闆在不在，我們有筆生意要和他談。」

滕飛客氣地回道：「田總現在很忙，有什麼事和我談也是一樣的，一般的事情我是可以做主的。」

鄒文超點點頭：「我們最近收購了翠屏山風景區附近的土地，想要賣給你們，方便你們開發。」

滕飛沒有和兩人囉嗦，直接問道：「多少錢？」

「三億。」鄒文超獅子大開口。

「呵呵，三億啊，倒不是什麼大錢。我就可以做主。」滕飛面色如常地說道。

鄒文超和董天霸大吃一驚，一個小小的總經理竟然如此豪氣，三億也能直接拍板，要知道，三億可是一筆相當龐大的資金，而他們要價三億也是漫天開價，原本還等著先鋒集團落地還錢呢，沒想到滕飛竟然沒有還價的意思。

看到這種情況，董天霸立刻眼珠一轉，利欲薰心，沉聲道：「嗯，滕總，是這樣的，三億只是翠屏山附近土地的價格，如果你們想開發得更遠一些的話，恐怕這個價格是不夠的。」

滕飛淡然一笑：「還需要多少錢？」

董天霸沒有說話，看向鄒文超。

鄒文超心裡也對滕飛的表現頗為訝異，這個女人連還價都不還，這絕對是上好的肥羊啊，如果不宰一刀的話，那也太對不起對方了。所以他接口道：

「既然滕總如此爽快，我們也不能太貪不是，就一億好了，一共四億，我們雙方合作共贏，各取所需。」

滕飛仍是面帶微笑：「嗯，一共才四億啊，這錢倒不是什麼問題，我一句話就可以拿出來了。」

聽了，鄒文超和董天霸都興奮起來，似乎看到一座金燦燦的金山擺在面前。然而，滕飛接下來說道：「錢我能輕鬆地拿出來，卻不能給你們。」

「什麼？不能給我們？」

這一下，鄒文超和董天霸全都瞪大了眼睛，充滿憤怒地看著滕飛。

滕飛聳聳肩道：「當然不能給你們了，錢對我們集團來說不過是個數字而已，但是即便如此，我們的錢也不是大風刮來的不是，每一分錢都要用在刀口上，該花的錢，我們一分錢都不會少，但是不該花的錢，我們一分錢都不會花。我們先鋒投資集團開發的是翠屏山風景區這個案子，又沒有要開發翠屏山風景區外面的土地，我們要這地有什麼用？你們願意開發就開發，關我們什麼事啊，我們幹嘛花四億去買那些土地呢？就算是開發翠屏山風景區，三四億也足以完成初期的開發了。二位，如果沒有別的事的話，你們可以回去了，我很忙。」

滕飛竟然直接下了逐客令！

鄒文超和董天霸只感覺臉上火辣辣的，這時候才明白他們被眼前這個氣質美女給耍了，而且是耍得團團轉啊！

這兩個公子哥啥時候受過這樣的氣啊，董天霸狠狠一拍桌子，怒聲道：「滕飛，你他媽的竟然敢耍老子，是不是不想活了？」

面對董天霸的發飆，滕飛臉色依然一樣平靜，但是聲音卻漸漸冷了起來：「董天霸，你最好管住你的嘴巴，如果再口出髒話的話，別怪我不客氣。」

「你不客氣又能怎麼樣？你這個……」

他後面的話還沒有說出來，滕飛突然伸出修長的玉手，啪啪啪啪，狠狠抽了董天霸四個大嘴巴！直接把董天霸給抽得暈頭轉向！

他暴怒了！他被柳擎宇抽嘴巴也就算了，他打不過人家！被曹淑慧給抽也就罷了，他還是打不過人家！眼前這個美女看起來弱弱的，他怎麼能再次忍受呢！

他要發飆了。

就在這個時候，辦公室房門一開，田先鋒手中拎著一根棒球棍從裡面走了出來，揮舞著手中的棒球棍，看向滕飛說道：「大美女，咱們出去打棒球吧。」

鄒文超看到田先鋒手中拎著棒球棍，臉色就是一變，趕忙拉住準備要發飆的董天霸，低聲道：「老董，好漢不吃眼前虧。」

董天霸也不是傻子，看到田先鋒手中有武器，知道打起來的話自己肯定吃虧，更何況這裡又是人家的地頭，絕討不到好處，只好壓住心中的怒火。

鄒文超轉過身來看著田先鋒說道：「田老闆，你們這樣做可不是待客之道啊。」

「鄒總，聽過一句話嗎？朋友來了，我們有好酒好菜，豺狼來了，我們有大棍和獵槍，我們先鋒集團雖然不是什麼很厲害的國際型投資公司，但也不是任人宰割的軟柿子，我們的每一分錢都是我們集團上下辛辛苦苦打拼奮鬥出來的。」田先鋒凜然回道。

鄒文超冷笑道：「田老闆，說句不客氣的話，你應該知道，這裡可不是你們北京，這裡是蒼山市，我一句話就可以讓你們這個翠屏山風景區的案子玩不下去，你信不信！」

「我不信！」田先鋒語氣堅定地說道：「我相信蒼山市的市委領導不會縱容你們這種坑害老百姓、坑害開發商的無恥行徑，我相信景林縣縣委縣政府不會縱容你們這種無恥行徑，我相信關山鎮鎮委鎮政府也不會縱容你們這種無恥行徑。」

「屁！你說的都是屁！我告訴你，田老闆，在我眼中，你們開發商就是屁！乖乖拿錢買地，否則我讓你灰溜溜地滾蛋！」

鄒文超平時城府很深，但是此刻，董天霸被女人給打了，田先鋒又如此強勢，他的內心氣徹底被激發出來，平時偽裝出來的那種冷靜徹底拋開，陡然爆出了狠話。

然而，田先鋒聽了，卻是大笑道：

「鄒總，你憑什麼說出這樣的狠話？我們這個案子可是市委市政府高度重視的。你們有什麼手段能讓我們滾蛋呢？」

「姓田的，你等著吧，一天之內我就讓你這個案子停工。」鄒文超一陣冷笑，說完就攙著董天霸轉身向外走去。

田先鋒冷眼看著兩人狼狽的消失在門口，這才把球棒放在牆角，臉上露出一絲不屑之色。

滕飛面帶憂色地道：「老田，他們說的很可能實現的。」

田先鋒嘿嘿一笑：「我等的就是他們的話實現，柳老大早就算準他們會這樣做。」

第二天，先鋒投資集團便接到了鎮委鎮政府和縣安監局、環保局有關方面的通知，說是讓先鋒集團暫時先停止對風景區的勘探，縣裡準備組成一個聯合評估小組先過來評估一下整個項目在安全、環保方面的情形。

接到通知後，田先鋒和滕飛兩人便直接上了越野車，離開了關山鎮。

在駛離關山鎮的路上，田先鋒拿出手機撥通了柳擎宇的電話：

「老大，你猜得沒錯，鄒文超和董天霸這兩個王八蛋果然包藏禍心，他們張口就跟我們要價四億，我們拒絕了他們，現在這兩個小子已經動用了鎮裡和縣裡的力量，以檢查為由讓我們把這個案子停下。我們現在正在往北京趕。你看我們是不是按照下一步的計畫執行？」

「好，既然鄒文超和董天霸他們為了自己的利益置關山鎮老百姓的利益於不顧，更是連你們開發商的利益都敢去伸手，那我們就以他們兩個為起點，掀起一場浩大的反擊風暴吧！**任何敢與民爭利的人，我都會把他們伸出的爪子給剁了！**」柳擎宇怒道。

「好！我明白了！」田先鋒眼中寒芒閃現。

身為柳擎宇的摯友，田先鋒對柳擎宇的手段和頭腦非常瞭解，任何人、任何事，一旦柳擎宇下定決心想要去搞定，很少有他搞不定的。因為柳擎宇從小便熟讀**《孫子兵法》**

與《三十六計》，出手從來都是奇正結合，讓人很難尋到軌跡。

此刻，在景林縣「海悅天地」娛樂城內，鄒文超和董天霸正滿臉得意地坐在貴賓包間內享受著美女與美酒。

董天霸一手摟著一個漂亮的小姐，舉起酒杯，笑著看向鄒文超說道：「老鄒，我聽說田先鋒和滕飛兩人已經回北京去了，估計他們這次要頭疼死了。你看我們什麼時候給他們打電話，約他們再談一談？」

鄒文超得意地說：「不急，不急，這還不到一天呢，他們的感覺還不夠強烈，再吊他們幾天胃口，等他們等得不耐煩了，他們就會主動打電話找我們和談了。到時候我們開口要多少錢，他們就得拿出多少錢來，否則想要繼續翠屏山這個案子，門都沒有！這次我們要好好熬熬他們。好鷹都是熬出來的。」

鄒文超和董天霸卻不知道，就在三天後的一個晚上，**一場以兩個人為起點的浩大風暴已經在北京市掀開了序幕。**

隨著鄒文超和董天霸熬鷹策略的展開，田先鋒等人離開後，整整三天的時間，檢查組一直都在關山鎮駐守著，不讓先鋒集團的工作人員展開任何工作。

第三天下午，先鋒投資集團其他工作人員全都撤離了關山鎮。

山雨欲來風滿樓！

當天晚上七點整，北京華恆大酒店新聞會議室內黑壓壓地坐滿了人。這些都是來自全國各地的駐京記者以及各大平面媒體、電視媒體和網路媒體的記者們。

會議室內攝影機、照相機，長槍短炮到處都是，所有攝影機的聚焦核心只有一個，那就是新聞發佈席上的三個人。

坐在正中央的「華恆集團」的大老闆華恆，可是北京商界的風雲人物之一，而坐在華恆左側的，是先鋒集團的董事長田先鋒，坐在華恆右側的，則是先鋒集團的美女總經理滕飛。

這次的新聞發佈會由華恆親自主持，檔次之高可見一斑。一向很少在新聞媒體面前露面的華恆竟然會召開新聞發佈會，自然吸引了各路記者前來。

華恆輕輕彈了彈麥克風，確認沒有問題後，開始說道：

「各位記者們，非常感謝大家在這個時間還能參加在我們華恆大酒店舉辦的新聞發佈會。我相信大家對於我親自出席先鋒集團的新聞發佈會感覺十分疑惑，在這裡我可以給大家解釋一下，我之所以出席這次的新聞發佈會，是因為我也是先鋒投資集團的股東之一，先鋒投資集團是一家綜合性投資公司，這家公司的股東結構十分複雜，這方面的資訊我就不透露了，但是我可以明確地告訴大家，這家公司的宗旨十分明確，那就是以扶植國內的產業、企業為己任，在推動企業發展的過程中實現雙贏。這家公司沒有一些國外投資企業投資時那麼苛刻的合作條件，更不會像某些外國銀行那樣以兼併和吞併我們企業的股份為目標，合作與共贏是這家公司的發展原則。」

說到這裡，華恆話風突然一轉，聲音悲憤地說道：

「但是，這樣一家企業，卻在蒼山市投資翠屏山風景區案子的時候，遭遇到了重重困難，具體的情況，現在請先鋒投資集團的董事長田先鋒先生來為大家說明一下，並且由田先生宣布先鋒投資集團股東大會的最終決策。」

在新聞發佈會之前，由於田先鋒一直都刻意保持著低調，媒體知道他的人寥寥無幾，今天，誰也沒有想到，身為一方巨賈的華恆竟然把出頭露面的機會讓給了田先鋒，這就不得不讓眾人對田先鋒刮目相看了。

田先鋒也是個厲害角色，往那裡一坐，沒有任何怯場。

他接過麥克風，語氣平靜地把先鋒投資集團在關山鎮的遭遇講述了一遍，等講到鄒文超和董天霸提到要讓翠屏山風景區案子無法開工的時候，田先鋒的臉色突然暗沉下來，狠狠地一拍桌子，怒聲道：

「各位，我不知道這兩位大老闆到底有什麼背景，但是，他們說話的當天晚上，我們公司便接到關山鎮和景林縣的通知讓我們停工，從通知到現在已經整整三天的時間了，我們的工作人員無法有任何進展，對此，我很憤怒！

「各位，我不知道景林縣縣委縣政府到底是怎麼想的，我不知道關山鎮方面是怎麼想的，為了這個案子，景林縣的夏書記和關山鎮的柳鎮長忙前忙後，為我們投資商解決各種問題，但是為什麼總是有人要故意阻撓呢？」

說到這裡，田先鋒的聲音再次提高：

「最令我憤怒的是，一個房地產公司的老闆竟然能夠讓整個景林縣和關山鎮無視開發商的利益，以一些看似合理，實則是雞蛋裡挑骨頭的方式讓我們停工！這家房地產公司的目標很簡單，他們拿著一分錢沒有花，透過所謂的土地整合，從附近農民那裡拿過來的土地，想要賣給我們，而且一賣就是四億啊！

「他們完全是把我們當成冤大頭了！難道開發商必須當冤大頭嗎？難道開發商就應該為當地利益集團的各種欲望和利益買單嗎？我這裡有一份這家房地產公司的兩位老闆與我們滕飛總經理和我之間的對話錄音，大家可以先聽一下。」

說著，田先鋒拿出一個隨身碟插在電腦的USB孔上，很快，那天滕飛、田先鋒與鄒文超、董天霸之間的對話便播放出來。偌大的新聞發佈會現場鴉雀無聲，只有錄音的聲音在播放著。

隨著錄音播放，滕飛戲耍兩個大少的段落過後，在場記者全都哄笑起來，而聽了鄒文超和董天霸的威脅之語後，臉色又變得難看起來。再結合剛才田先鋒所說的這個案子已經被逼停工三天，全都沸騰起來。

這時，一名記者突然站起身來訪問田先鋒道：「田董事長，現在你們先鋒投資集團遭遇到如此不公平的待遇，剛才華總又說你們董事會已經有了最新的決策，不知道這個決策到底是什麼？」

田先鋒笑著看了這位記者一眼，嘉許道：

「嗯，這位記者同志問題提得非常好，我現在代表我們先鋒投資集團正式宣布，由於我們先鋒投資集團在景林縣翠屏山風景區的這個案子遭受到了嚴重的不公正待遇，根據我們和景林縣方面簽訂的合作協議，我們按照合約規定，暫時停止向這個案子注資，並且前期投入的資金也將會全部撤回，我們也將會按照合同的規定，向景林縣方面追討相關的損失。

「當然，在這裡，我也代表我們先鋒集團向景林縣縣委書記夏正德同志，以及關山鎮鎮長柳擎宇同志致以真誠的歉意，雖然他們兩位一直努力於讓我們這個案子在關山鎮落戶，並且做了大量的工作，但是由於這個案子出現了種種誰也沒有想到的意外，我們只能採取法律手段來維護我們的正當權益了。」

接著，華恆大聲宣布：「好了，各位，今天的新聞發佈會到此為止，由於這個事情相對來說比較敏感，所以，田先鋒和滕飛總經理就不接受大家的採訪了，如果大家對這件事情感興趣，可以通過自己的方式去瞭解各種資訊。」

說完，華恆、田先鋒、滕飛三人便離開了新聞發佈會現場。

他們離開了，但是新聞發佈會現場卻再次沸騰起來。所有在場的媒體記者們全都忙碌起來，一時之間，上百家媒體的記者們通過網路把自己在新聞發佈會所獲取的新聞進行編輯之後，發回各自的媒體中心。

很快，各大媒體紛紛報導了先鋒投資集團將會從翠屏山風景區案子撤資的消息，而鄒文超、董天霸威脅田先鋒、滕飛，要讓他們這個案子無法展開的消息也開始在網路上傳播開來。

不到兩小時的時間，各大門戶網站全都掛上了有關這次新聞發佈會的報導，同時，整個錄音內容也被傳到了網路上，很多人發帖質問——這個鄒總和董總到底是誰？他們憑什麼敢誇下如此海口，說要讓翠屏山風景區案子停工！

最重要的是，他們的的確確做到了這一點，那麼這兩個人的身分就顯得更為突出了！很多網友都在大聲喊著要把這個董總和鄒總給找出來！

鄉民們的力量是很大的，很快便把超霸房地產有限公司的法人代表給肉搜出來，怪的是，法人代表既不姓鄒，也不姓董，而是姓王，叫王小虎。

這是一個十分普通的名字。不得不說，鄒文超和董天霸還是很有頭腦的，他們十分清楚以他們的身分，是絕對不能掛法人代表這個身分的。

他們的確很聰明，但是，他們的對手柳擎宇更不傻。

就在網友們猜測著鄒總和董總到底是誰的時候，已經有人猜到是鄒文超和董天霸。但是並沒有得到確切證實。恰在這個時候，突然出現了數張鄒文超、董天霸和幾個翠屏山附近村長、村支書們所簽訂的土地整合協議！

這份合作協議爆出來的時機實在是太好，太妙了，幾乎妙到毫顛！一下子就將鄒文超、董天霸這兩個人直接推到了所有網民的面前。

而整個合作協議的內容更是讓很多網民們憤怒不已！即便是一個不懂得法律知識的人也可以看得出整個協議幾乎是霸王條款，老百姓的利益根本無法得到任何保證，而作為整合公司的超霸房地產公司卻可以支配所有土地所帶來的利益。

這時候，一些專業的律師們站了出來，對每一個條款進行分析，分析出來的結果更是讓所有網民都震怒不已！

按照這個協議，一旦村民們因為自己的利益受到了損害，和超霸房地產公司打官司的話，他們不僅無法保護自己的利益，還會因為協議中一些霸王條款的規定，反而要賠給超霸公司很多錢！這簡直是坑殺老百姓啊！

這一下，網民們徹底沸騰了！**是誰給這個超霸公司這麼強勢的本錢？**為什麼這些村長和村支書不為各自村子的長遠利益著想，非得簽署這樣的合作協議！

就在網民們對這個問題進行激烈討論的時候，又一個重磅消息被榆樹村的網民們爆了出來！

發帖的人自稱是榆樹村村民，在他的帖子中，十分憤怒地指出，網上所傳的那個協議絕對是真的，沒有任何捏造，而榆樹村村長趙海強和村支書李天勇因為沒有聽從鎮委書記石振強的指示，沒有和超霸房地產公司簽署這份合作協議，最終都被免職了。

榆樹村的村民對此十分震怒，卻又無處可訴。

看到這個帖子，憤怒的網民們再次行動起來，一番調查瞭解後，證實這個帖子的內容是真實的。

還有網民發帖指出，自己村子的村長和村支書也承認此事，說他們是迫於石振強的勢力才不得不簽訂這份協議的，而且超霸房地產公司口口聲聲稱他們是以縣政府的公文為依據。如此一來，石振強一下子被推到了風口浪尖。

網民憤怒地發帖質問，石振強為什麼要這樣做？身為堂堂一鎮的鎮委書記，為什麼不想方設法去維護老百姓的利益，反而要幫助房地產公司倒行逆施呢？

很快的，有網民查到了鄒文超和董天霸的身分，一個是市委副書記的兒子，一個說是市政法委書記的兒子，事情發展到這個地步，石振強為什麼要這麼做已經呼之欲出了！

這是一場權貴資本主義的盛宴！這是一場石振強為了自己的政治利益而向鄒文超、董天霸背後勢力示好的一種手段！而老百姓的利益完全沒有被石振強放在眼中。

與此同時，有網民又將關山鎮洪水時，柳擎宇率領老百姓們抗洪，差點被洪水沖走的視頻，以及柳擎宇累得倒地就呼呼大睡的視頻，以及他和海悅集團的打手們大打出手的視頻放了上去。網民們看了都流下感動的淚水。

當這些視頻被挖出來後，再和鎮委書記石振強一對比，兩人到底**誰是為了老百姓**，

誰是為了自己的利益一目了然！

瞬間有很多網民開始發帖呼籲景林縣縣委立刻罷免石振強鎮委書記的職務，把柳擎宇提升到鎮委書記職務上。

景林縣宣傳部、蒼山市宣傳部、白雲省宣傳部，從上到下神經全都緊繃起來。因為誰也沒有想到先鋒投資集團竟然會突然召開這一次新聞發佈會，而且還爆出了和鄒文超對話那樣的猛料！

大家更沒有想到的是，鄒文超和董天霸竟然和村民們簽訂了那樣的合作協議！

第九章

亮劍行動

孟偉成確認他們已經到位後，立刻做出指示：「亮劍行動全面展開！」

紀委亮劍了！一直沉默的蒼山市紀委終於亮出了鋒利的達摩克利斯之劍！任何膽敢違反黨紀、國法的官員，都將會倒在這把達摩克利斯之劍鋒利的劍鋒下！

此刻，最為緊張的要屬景林縣縣委宣傳部了。縣委宣傳部有專門負責輿情監測的負責人，名叫何曉敏，是縣委宣傳部部長周陽的親信。

何曉敏本來已經回家了，正在帶著孩子散步呢，突然接到下屬打來的電話，說是網路和電視媒體上輿論一片譁然，何曉敏接到消息後，直接讓丈夫立刻過來接孩子，她則打電話叫車，準備馬上返回縣委宣傳部親自處理此事。

何曉敏也立刻向縣委宣傳部部長周陽彙報此事，周陽立刻把這件事向縣長薛文龍進行緊急彙報。薛文龍聞訊後，立刻上網查看了一番，發現整個輿情已經不是景林縣控制得住的了，立刻向市委副書記鄒海鵬上報此事。

這時，鄒海鵬也已經通過市委宣傳部知道了這件事，急得跟熱鍋上的螞蟻一般，自己的兒子在這件事上涉入得太深，想要安全脫身恐怕十分困難啊。

他一邊指示市委宣傳部那邊想辦法壓下輿論，刪除貼文，一邊聯繫政法委書記董浩以及市長李德林，蒼山市相關涉入人員全都神經緊繃起來，思考要如何撲滅這次來勢洶洶的輿情。

而作為整個事件的主導者柳擎宇，此時卻坐在辦公室一邊悠閒地喝著茶，一邊查看著整個網路輿情狀況，同時，他也在思考如何善後。他必須確保輿情向著正面的方向發展，而不能讓輿情脫離掌控。

突然，柳擎宇辦公室的房門響了起來。

「進來。」柳擎宇沉聲道。

房門一開，鎮紀委書記孟歡手中拿著一個大號的資料夾邁步走了進來。

看到是孟歡，柳擎宇一愣，隨即站起身來說道：「孟歡同志啊，歡迎歡迎，不知道你這次來所為何事？」

兩個人握了握手，坐下之後，孟歡把手頭的資料夾往柳擎宇面前一推，說道：「柳鎮長，你看看這些資料，我相信對你應該有些用處。」

柳擎宇接過孟歡手中的資料夾，打開來看了看，臉色便凝重起來。在這個關鍵時刻，孟歡竟然把這麼重要的資送到自己的手中，實在太有用了。

原來這些都是孟歡搜集的有關石振強貪贓枉法、貪污腐敗的各種證據資料，幾乎把石振強這些年來違法亂紀的事情全都查得清清楚楚。

看這些資料，他便知道孟歡此人隱藏得實在是太深了，他看似一直保持中立，實際上並沒有閒著，一直在私下裡展開工作，這人還真是一個實實在在的幹才！

尤其是手中的這些資料，哪一個查出來都是需要耗費極大功夫的，畢竟關山鎮可是石振強的地盤，孟歡能夠查到如此多的資料卻沒有被石振強發現，這絕不是一般人能夠辦到的。

柳擎宇有些不解地看著孟歡說道：「孟歡同志，你應該知道這些資料的重要性，為什麼要交給我？不交給上級領導呢？」

孟歡淡淡一笑，說道：「柳鎮長，說實在的，對石振強的作風我早就看不順眼了，身為領導幹部，不想方設法為老百姓謀取利益，卻為了一己之私，把權力凌駕於老百姓，包括關山鎮所有鎮委委員之上，他已經徹底墮落了，這樣的幹部不能再待在我們隊伍之中。所以，從我發現石振強本性的那一天起，我就一直在做著扳倒他的準備。

「身為幹部，我們必須為老百姓的利益考慮。這一次網路輿論這麼猛烈，我相信絕對不會和柳鎮長沒有什麼關係。說實在，柳鎮長，你表現出來的能力很讓我震驚，也很讓我折服。我相信，這些證據到了你的手中，一定能夠發揮出最大的作用。」

聽完孟歡這番話，柳擎宇笑了。他看出孟歡是個絕頂精明之人，不管他是否看出了自己的真實身分，僅憑著他接連兩次在自己最需要幫助的時候，為自己送來充足的炮彈，此人已足以被他納入嫡系人馬中了。

此刻，孟歡投靠自己的意圖十分明顯，自己雖然大有來頭，但是畢竟還處於基層，**拉攏一切可以拉攏的人才，努力積累自己的人脈，是壯大自己實力所必不可少的手段。**

所以，柳擎宇欣慰地道：「好，孟歡同志，這些資料我收下了，你放心吧，我會讓它們派上用場的，到時候少不了你的一份功勞。」

看到柳擎宇的表態，孟歡知道自己這次送上的投名狀已經讓柳擎宇接納自己了，既然自己打算投靠到柳擎宇的陣營當中去，他也就不再有所避諱，開玩笑道：

「柳鎮長，說實在的，你年紀比我小，但是你所表現出來的政治智慧，以及以民為本的為官原則都讓我十分折服，這也是我的為官理念，所以我打算以後就跟著你混了，你不會不要我吧？」

孟歡向柳擎宇敞開了自己的心扉，直接說出自己的心願。

柳擎宇也笑著回道：「絕對歡迎，你的心胸、城府和能力我也十分欣賞，以後就跟著我吧。只要你有著一顆以民為本，為官一任、造福一方的心，我會在關鍵時刻伸出援手的。或許我現在的力量還很弱小，但是我相信，我們的舞臺夠大，我們的前景夠好，我相信官場上需要更多踏踏實實為老百姓辦事的官員，這樣的官員越多越好。」

說完，兩人相視一笑。很多話已經不需要再說，柳擎宇入主關山鎮後所收納的第二個嫡系人馬確定了。

確定彼此的關係之後，柳擎宇也就不再避諱，直接對孟歡說道：

「我相信我策劃這次行動的目的，你應該非常清楚了，我要借助這次的行動將石振強扳倒，而且我希望在扳倒石振強的同時，把薛文龍這個只知道自己利益的傢伙也一起扳倒，同時，我也希望借此機會大力整頓關山鎮的官場秩序，讓真正有能力的官員可以走到領導崗位上，所以我希望你在這次行動中多多出力，挖出更多隱藏在體制內的蛀蟲，將這些人清掃一空，為關山鎮的後續發展打好堅實的基礎。我相信，關山鎮未來將會充滿發展潛力。」

孟歡腰板挺直，臉色凝重地說道：「老闆，你放心，我保證把這件事情辦好。鎮裡的事情我來搞定。」

柳擎宇笑著提醒：「對了，你可以常去秦書記那裡彙報一下工作，盡力爭取獲得她的支持，這樣的話，我們以後的工作會更容易一些。」

柳擎宇一直沒有忽視秦睿婕這個鎮委副書記，尤其是自從上次的舞會之後，柳擎宇發現王中山和李德林對秦睿婕這個美女副書記關照有加，便意識到此女絕不是一般的女孩，應該也是有些背景的。

其實，不管秦睿婕有什麼背景，對他來說都不構成任何困擾，他看重的是秦睿婕那股敢為人民拼命的幹勁，對這樣的官員，尤其是女性官員，柳擎宇充滿了尊敬和欣賞。

而且他有種預感，這次事件結束後，恐怕自己的位置會有所調動，畢竟有不少人不願意看到自己繼續坐在關山鎮鎮長這個位置上，對此，柳擎宇有著充分的心理準備。

現在，既然孟歡成了自己的人，他就有必要提醒孟歡，多和秦睿婕這樣實幹派的領導打好關係，這樣對他以後的工作比較有利。

孟歡那聲老闆可不是白叫的，身為老闆，自然要為手下考慮好他們的利益和前途，只有這樣，才能得到屬下的忠心和擁護。這也是用人之道。

孟歡雖然不清楚這次柳擎宇的行動到底有多大，但是柳擎宇既然提醒自己，這說明柳擎宇對整件事早已有一個清晰的判斷，這時候，自己只需要按照老闆的提醒去做就可以了。他立即點點頭道：「好的，我明白了。」

「你和人大主任劉建營關係如何？」柳擎宇又問了句。

孟歡回道：「劉主任一直被石書記壓著，十分鬱悶，我們兩個是忘年交，是不錯的酒友。」

聽到孟歡這樣說，柳擎宇突然明白為什麼孟歡能夠取得那麼多有關石振強的不法資料了，劉建營這個老鎮長可不是吃素的，他一直被石振強壓著，但是好歹在關山鎮經營多年，肯定有自己的人脈關係，幫孟歡做些對付石振強的事倒也可以理解。

「好，既然你們關係不錯，最近可以多找他聊一聊，喝喝酒，這酒友酒友，越喝越友嘛。」柳擎宇暗示道。

孟歡心中一動，他從柳擎宇的這番話中聽出柳擎宇很有可能下一步要動作了！柳擎宇能夠對自己說出這樣提前部署的話來，可以看出此人用人不疑，疑人不用，這讓孟歡更加確定自己是跟對人了。

這時，柳擎宇站起身來，拿起桌上的資料夾說道：「好，有了你的這份資料，那我不能一直坐在這裡，得快點行動起來。你先忙去吧，我去縣裡一趟。」

說完，兩人一起向外走去。

柳擎宇拿著孟歡的資料出來後，給洪三金打了一個電話，讓他開著車到鎮政府大門口等自己。

本來柳擎宇想讓唐智勇跟自己去一趟的，但是唐智勇在上次事件中受了內傷，需要靜養，所以柳擎宇只能找洪三金了。

其實如果是正常情況下，柳擎宇自己開車也可以，但是這次不同，他拿到孟歡的資料後，在前往縣裡的路上有很多事情需要思考，所以只能麻煩洪三金一趟了。洪三金自從跟了柳擎宇，任勞任怨，說話辦事滴水不漏，踏實肯幹的風格深得柳擎宇欣賞。

上了車，柳擎宇叮囑洪三金直接開往縣委大院以後，便拿出手機撥通了夏正德的電話。

電話很快接通了，此刻的夏正德正在辦公室內著急上火呢。他也得到了先鋒投資集團召開新聞發佈會的消息，更關注到了網路上波濤洶湧的輿情，他知道，這一次景林縣再次被推到了戰火前線。

他非常清楚，事情的幕後絕對少不了薛文龍的影子，而且他相信，這次絕不會像前兩件事那樣很簡單地就結束，因為柳擎宇一定會直接狠辣出手。他知道柳擎宇遲早都會出手，但是沒想到柳擎宇這次玩得這麼大，把蒼山市都給牽連進去了。

他之所以著急上火，則是因為擔心柳擎宇無法控制整個事情的走向，如果那樣的話，即便是他達到了某些目的，最終也會因為觸犯官場潛規則而被淘汰。

在官場上，並不是你真正幹事了就會獲得提拔，被淘汰的那些人未必每個人都是腐敗分子，**一些能力很強、做事踏實的人也有可能遭到淘汰**。因為**官場需要的是平衡，有**

政治生態的平衡，有人脈關係的平衡，有利益關係的平衡。

柳擎宇這次把事情搞得如此之大，如果控制不了走向的話，遭到淘汰肯定是無可避免的。夏正德在為柳擎宇擔心。也為自己的前途擔心，如果擎宇遭到淘汰，他的日子也不會好過。

他一直在思考，是不是要給柳擎宇打個電話，瞭解一下他的想法。他也相信，柳擎宇應該會給自己一個解釋的。

此刻，夏正德的手機就放在手邊，聽到電話鈴響起，看是柳擎宇的電話，他不禁長出了口氣，毫不猶豫拿起來接通了。

「小柳，你這次是不是玩得有些大啊？」

柳擎宇從夏正德的語氣中聽出了濃濃的關切之情，忙充滿歉意地說道：「夏書記，對不起，讓您擔憂了，您放心吧，到現在為止，一切都在我的掌控之中，不會出現什麼意外的。我現在正在乘車趕往縣裡，有重要事情向您報告。」

「哦？重要事情？」

聽柳擎宇這樣說，夏正德立刻意識到柳擎宇所說的絕不是輿論的事，而是另有其事。他沉聲道：「好，你車開得快一點，我估計現在薛文龍那邊和市裡，甚至是省裡，肯定會有很多人坐不住了，弄不好我過一會兒就得參加市裡的視訊會議，你到了，直接來我辦公室就行，如果到時候我沒回來，你等我一會兒。」

「好的。」掛斷電話後，柳擎宇靠在後座上，閉上眼運籌帷幄起來。

在腦海中，他把接下來自己要做的事再過了一遍，思考各種的可能性，查找著各種漏洞。這時候，自己的行動不能有一絲的疏漏。

柳擎宇在狼牙大隊待了許多年，出了數不盡的任務，每一次任務都是一次生死之旅，如果策劃上出了問題，弄不好就得粉身碎骨，這也讓他養成了時刻都要思考的習慣。

尤其這次是他到關山鎮以後發動的第一次大的風暴，他絕不希望失敗告終。他要一戰定乾坤！他要為關山鎮老百姓爭取到一個高速發展的機會，他要將關山鎮，甚至是景林縣的貪腐勢力一網打盡！

就在柳擎宇趕往景林縣的時候，蒼山市市委書記王中山一個電話打給了市委副書記鄒海鵬以及政法委書記董浩，讓他們兩個人到自己的辦公室來一趟。

鄒海鵬和董浩坐在市長李德林的辦公室內，急得像熱鍋上的螞蟻一般，不時地站起身來走動，想要想出一個應付眼前這種緊急狀況的辦法。

但是，現在有鄒文超和董天霸兩人與田先鋒、滕飛之間的對話錄音，證據確鑿，任何人都無法抵賴，想要解決這種困局，困難重重，就連李德林都眉頭緊皺，一時間也拿不出什麼妥善的對策。

最奇怪的是，先鋒集團新聞發佈會召開後，景林縣和蒼山市被推到了風口浪尖，省委那邊卻保持沉默，並沒有給蒼山市這邊施加任何壓力。而這恰恰是李德林、鄒海鵬以及董浩三人不敢輕舉妄動的主要原因。

之前兩次因為柳擎宇的事件引發媒體憤怒，省委書記都親自關切了，這次除了宣傳部打電話知會蒼山市要注意輿情和解決外，就再也沒有任何省委領導打電話來過問此事。

李德林在省裡的靠山給他打來電話，告訴他，現在省委大老們正在開會研究此事，這件事情相當棘手，讓他們蒼山市一定要妥善處理，不要讓事態失控，否則蒼山市一定會有人挨省裡的板子。

這個電話更讓李德林等人心慌不已。從老領導的話可以看出來，恐怕現在省裡**眾位大老們也在博弈**。之所以各位大老一直沒有出手，也正在繼續觀察著事態的後續發展和演變。

這種無形的壓力壓得三人有些喘不過氣來。

所以一接到王中山打來的電話，李德林便淡淡說道：「去吧，看看王書記到底有什麼打算，事情發展到這種程度，我們已經處於十分被動的局面了，先看看王中山到底想要得到什麼。」

鄒海鵬和董浩只能苦笑著點點頭。

李德林語帶責備道：「我說老鄒、老董啊，不是我說你們，你們兩家的孩子的確需要好好管教一下了，你看看他們做的都是什麼事！堂堂市委常委之子竟然跑到小小的關山鎮去與民爭利，他們真的那麼缺錢嗎？最重要的是，還把人家投資商都給擠兌跑了，他們真是有本事啊！難道他們不知道這次的翠屏山案子連省委領導都十分關注嗎？而且之前這個案子已經引發了一場糾紛了，他們竟然還敢冒天下之大不韙前去火中取栗，他們到底有沒有腦子啊！文超不是挺聰明的一個孩子嗎，怎麼會辦出這種蠢事！你們也得注意一下，身為國家領導幹部，必須時刻兼顧人民的利益，否則的話，出了問題誰也保不了你們。」

說完，李德林便低下頭看文件去了。

這番話說得兩人滿腦門是汗。雖然這位李德林和自己屬於同一個陣營，權力很大，但是為官清廉，後臺也很硬，所以兩人在李德林面前不敢有絲毫不敬。

離開市長辦公室，兩人便一起來到了王中山的辦公室。

王中山見秘書報告兩人來了，連頭都沒抬，一邊看公文一邊說道：「二位，你們真是教子有方啊，好好的一個開發商，硬生生被你們的兒子給欺負走了，你們說這件事情怎麼辦吧？」

鄒海鵬知道這時候玩硬的是行不通的，只能低眉順眼地說道：「王書記，您看您有什麼意見？」

王中山放下手中的筆，抬起頭來，臉色陰沉地看著兩人說道：

「二位，我喊你們過來並不是想要給你們什麼意見，而是要告訴你們，這次貴公子惹出來的事，暫時由你們兩個人來負責協調處理，有什麼猶豫不決的事情就向李市長彙報，我希望你們能夠把這件事情穩妥地處理好，別鬧得不可收拾！我只看結果，不看過程。我不希望省委領導再次因為這件事情而打我們蒼山市的板子，你們看著辦吧。」

說完又低下頭，繼續批閱公文了。

兩人誰也沒料到是這樣的情況，本以為王中山會獅子大開口呢，結果竟是把處理事情的主動權推到了自己手中，這到底是什麼回事啊？兩人一時間摸不到頭緒。

看王中山不想搭理的態度了，兩人也不好意思繼續乾耗著，只能起身告辭離開。

隨著兩人的離開，整個事件的發展再次走向了一個不可預知的方向。

這一次，就連李德林都沒有想到王中山竟然沒有親自操盤主持應對這件事情，而是讓他和鄒海鵬、董浩三人來負責，他非常納悶，按理說，這絕對是趁機撈取好處的時候啊，為什麼王中山偏偏放棄了這樣好的機會呢？他的目的到底是什麼？李德林陷入了深深的不解之中。

他宦海沉浮幾十年，很清楚**官場上，每一種不同尋常的表態背後肯定是有著一個不同尋常的目的**。

其實，李德林還是把事情給想錯了。

王中山之所以沒有表態，是有他的考慮，因為他早已經把整個翠屏山風景區案子摸得清清楚楚了，知道這個案子是柳擎宇和夏正德親自引入先鋒投資集團而確立的，所以在這個案子上，兩人不可能起到反作用。但先鋒集團偏偏宣布暫時停止投資，可見薛文龍等人做得多過分。

他非常確信，先鋒在北京召開新聞發佈會絕對不是偶然之舉，加上省委那邊竟然保持沉默，這讓他產生了一種十分不安的預感，那就是這一次景林縣甚至是蒼山市都有可能要出大事了。

加上夏正德和柳擎宇還沒有給自己打過任何電話來報告情況，這說明事情的發展應該還沒有走到最終全部爆發的那一刻，所以，他暫時保持按兵不動，讓李德林等人先行處理，這樣，一旦發生什麼事，他可以及時應對。而且他也相信，李德林等人肯定希望看到自己不介入此事，由他們來處理。

當柳擎宇來到夏正德辦公室的時候，夏正德並沒有離開辦公室。

柳擎宇來到夏正德桌前，把手中的資料夾往夏正德面前一放，沉聲道：「夏書記，您看看這份檔案，我認為，我們進行戰略反擊的時候到了。」

夏正德知道柳擎宇這麼說必定是掌握了有力的證據，因此趕忙翻閱柳擎宇拿來的資料，看完不禁拍桌大罵：

「混蛋！無恥！敗類！真沒有想到這個石振強是這樣一個人！為了一己之私，竟然可以做出如此不堪之事！查，必須徹查！更讓人沒有想到的是，薛文龍也參與其中，真是讓人憤怒！」

「是啊，連我都沒有想到，薛縣長竟然也和石振強沆瀣一氣，甚至還和海悅集團勾結在一起，真是讓人惱怒啊，現在我們的問題是，僅憑著孟歡所搜集的這些證據，雙規石振強是肯定沒有問題了，但是想要拿下薛縣長，這些證據仍然不夠，而且動用縣紀委肯定是不行的，因為要動用縣紀委的話，不可能不讓牛建國知道，這樣便會打草驚蛇。只要牛建國知道石振強被雙規，薛文龍肯定也會第一時間得知，如果等他做好準備的話，想要再扳倒他可就難了。」柳擎宇說出自己的顧慮。

夏正德思索著其中的關係，點點頭道：「嗯，小柳，你說得沒錯，這樣吧，你跟我去趟市裡，我們直接把這個情況向市委王書記進行彙報。」

隨後，夏正德便直接給蒼山市市委書記王中山打了一個電話，把情況簡短地說了一遍。

王中山正憂心忡忡地等待著先鋒投資集團之事的最新進展呢，聽到聽到夏正德的話，立刻說道：「好，你和小柳一起過來吧，到時候我把紀委孟書記也喊過來，一起聽你們的工作彙報。」

打完電話，夏正德笑著對柳擎宇說道：「好了，咱們馬上出發前往蒼山市，市委王書記和紀委孟書記會親自聽取咱們的彙報的。」

「好的，這次我親自開車，咱們速去速回。不過領導，您可要把安全帶繫好哦，我開車的速度可能有點快。」柳擎宇興奮地說。

夏正德笑著回道：「沒事，我可是老當益壯。」

汽車在柳擎宇的猛哮踩油門下，以高速一路從景林縣飆到蒼山市。以往需要兩個小時的車程在柳擎宇的駕駛下，一個小時多一點點便趕到了。

夏正德發現雖然柳擎宇車雖開得快，但是坐起來卻非常穩，沒有讓自己感覺到任何不適，於是在後座舒舒服服地閉目養神起來。

……

由於考慮到夏正德、柳擎宇他們所要報告事情的特殊性，王中山並沒有在市委大院內接見他們，而是找了個茶館，要了一間十分幽靜的包間，在裡面和蒼山市紀委書記孟偉成一起接見了夏正德和柳擎宇。

柳擎宇邁進包間看到王中山和孟偉成後，他便確定了自己剛剛收攏旗下的孟歡，肯定是紀委書記孟偉成的兒子。

因為兩人的相貌有六七成的相似之處，氣質也差不多，都屬於那種看起來低調，但是卻鐵骨錚錚的人物。只不過孟偉成比起孟歡來，更加成熟、穩重、內斂。

等服務員把茶水給眾人泡好離開後，夏正德先簡單地把要彙報的情況簡單說了一遍，然後讓柳擎宇詳細補充。

「王書記，孟書記，事情的經過這樣的，今天，鎮紀委書記孟歡同志找到我，把他到任後收集到的有關石振強同志違法亂紀的證據交到我的手中，我看完之後，認為以我們的能力無法讓石振強得到應有的懲罰，所以我帶著孟歡同志的重託，趕到縣裡把資料交給夏書記，夏書記考慮到縣長薛文龍和縣紀委書記牛建國也涉及石振強的腐敗案，擔心動用縣紀委的人員會打草驚蛇……」柳擎宇侃侃說道。

在彙報的時候，柳擎宇巧妙地點出了孟歡和夏正德的功勞，對自己的功勞隻字未提。不管是王中山也好，孟偉成也好，兩個人都暗暗點頭。

尤其是孟偉成，對柳擎宇不貪功的表現十分滿意，要知道，石振強的事，兒子早就和自己溝通過了，他採取低調隱忍策略也是他同意的。至於出手時機，他沒有插手，他要讓兒子自己好好磨練一下，而柳擎宇的表現讓他看出兒子選擇他是很有眼光的。

畢竟自己年紀大了，雖然現在位高權重，但是早晚都有老去退休的那一天，在自己在位的時候，兒子能夠找到一個以後可以長期合作，甚至是依靠的盟友，這是十分重要的事。

這個盟友絕對不能是那種斤斤計較之輩，必須是心胸豁達之人。現在從柳擎宇彙報工作的表現看來，此人彙報十分有條理，而且沒有任何搶功之心，知道**把功勞讓給上級和下屬，這樣的領導才是最合適的跟隨人選**。

其實，哪個大領導是傻瓜？就算柳擎宇不提自己的功勞，大領導又怎麼可能忘記他的功勞呢？只不過有些人終其一生也未必能夠看破其中的玄機，他們狹小的眼界認為先把自己的功勞擺在前面才是最保險的，實際上，大領導的心中跟明鏡似的，只不過他們不會輕易把自己的心思表露出來罷了。事情該怎麼做，他們心中是有數的。

聽完彙報，王中山的臉色暗沉下來，面色凝重地問道：「柳擎宇，你的意思是說，薛文龍、牛建國全都牽涉到了石振強的案子中？」

柳擎宇點點頭：「從孟歡同志提供的資料上看的確是如此，而且從之前榆樹村打人那件事也看得出來，薛文龍、牛建國同志全都牽扯到了榆樹村的土地事件中。」

夏正德接著從口袋中掏出一個隨身碟交給王中山，說道：

「王書記，我這邊也有很多舉報資料，包括薛文龍三人在景林縣大肆插手各種類型的專案，並培植黑社會分子謝老六等聚斂錢財，掠奪老百姓的利益。自從我到了景林縣以後，在明面上對薛文龍隱忍退讓，實則一直在通過各種關係尋找證據，薛文龍的種種表現讓我十分確定這個同志有問題，所有證據都在這裡，請兩位領導查看。」

夏正德的這一手讓王中山和孟偉成都是一愣。

柳擎宇由於已經得到夏正德的知會，並不感到吃驚。但是他在心中已經把夏正德劃入城府極深之人的行列。

這位一直表現得十分軟弱的縣委書記絕對不簡單啊。出招時機把握得精準至極。早點拿出來的話，恐怕王中山和孟偉成要收拾薛文龍就沒有那麼容易，對證據的查實有可能打草驚蛇。晚了的話更是不行，怕薛文龍會有所準備。而整個先鋒投資集團退出翠屏山風景區這件事鬧得沸沸揚揚之際，正是最佳時機。

等王中山和孟偉成找來一台筆電，當場看了夏正德提供的資料之後，孟偉成興奮地說道：「王書記，我看這一次我們紀委可以直接採取行動了。」

王中山早對薛文龍在景林縣獨霸一方很有意見，但是卻一直沒有辦法把他給扳倒，現在聽到終於有機會撥亂反正，心中也是振奮不已。

其實夏正德之所以會在一年前從省委宣傳部的一個處長職位調到景林縣去擔任縣委書記，正是王中山苦思冥想後出的一招歪棋。

雖然夏正德不是他的人，但是他知道夏正德在省委宣傳部裡深得部長的賞識，工作能力非常強，城府也極深，由於工作的關係，他和夏正德也接觸過幾次，覺得此人十分有前途，所以他才積極運作，讓夏正德以空降部隊的形式從省裡直接進入景林縣擔任縣委書記。

本來，對於這一招，王中山並沒有抱多高期望，畢竟薛文龍在景林縣的勢力盤根錯節，加上有李德林和鄒海鵬這樣的後臺，想要拿下他難上加難。

卻沒有想到柳擎宇到了關山鎮後，反而接二連三地把薛文龍給曝光出來！

更讓他意外的是，夏正德還真不是個省油的燈，在景林縣臥薪嚐膽這一年多來，真的在暗中展開了行動，並且抓住了薛文龍很多的把柄。

有了這些鐵證，他總算可以長長地出一口氣了。他知道這一次，不管李德林和鄒海鵬有什麼樣的手段，都無法阻止薛文龍的隕落了。

王中山也是一個做事果斷的人，現在證據確鑿，他自然底氣十足，尤其是看到孟偉成對拿下薛文龍之事十分支持，直接拍板說道：

「好，這件事情由孟偉成同志全權負責，夏正德、柳擎宇和孟歡三人協助配合，連夜展開行動，爭取在今天晚上把一切事情搞定。以免節外生枝。等明天上午，我們在常委會上討論這件事情。」

孟偉成也完全贊同王中山的意見，因為他非常清楚，一旦這件事情提前走漏風聲，被薛文龍知道了，他絕對會儘快毀滅一切證據的，所以點點頭，說道：

「好的，這次我親自坐鎮指揮，先找個理由把我們紀委的工作人員派到景林縣去。」

幾人商議好行動方案後，立刻走出茶館，各自行動起來。

柳擎宇和夏正德先乘車返回縣裡，隨後柳擎宇又連夜回關山鎮坐鎮，以確保紀委的工作人員能夠順利執行任務。

而紀委書記孟偉成上車後，先是給兒子孟歡打了個電話，讓他做好各種準備，隨後通知幾名心腹愛將到市民心廣場集合，準備連夜趕往景林縣檢查工作。

雖然這些都是心腹，但是孟偉成仍然沒有把具體工作告訴眾人，對紀委工作人員而言，保密十分重要，一旦某個行動洩密，後果是十分嚴重的。

就在孟偉成率領六名紀委工作人員前往景林縣之際，在孟偉成的安排下，他的秘書孫俊華帶著五名紀委工作人員，從另外一條路乘車連夜趕往關山鎮準備雙規石振強。

紀委在行動！**正義正在亮劍！**

然而，誰也沒有想到，王中山所選的這個茶館是一個十分普通的茶館，不巧的是，就在王中山他們離開的時候，恰好有一名市委辦的工作人員和幾名朋友也從這個茶館內走出來，走在王中山等人的後面。

這個人雖然不認識柳擎宇，但是王中山和紀委書記孟偉成卻是認識的，至於景林縣縣委書記夏正德，雖然一時想不起來，也感覺有些面熟，而此人恰恰是鄒海鵬的眼線。

此人看到柳擎宇、王中山等人的時候，心中便犯起了嘀咕，這大半夜的，市委書記、紀委書記和另外兩個人在此喝茶，是不是有問題呢？自己應該不應該向鄒書記彙報這件事呢？

他一時之間有些猶豫，畢竟市委書記和紀委書記一起喝個茶倒也沒有什麼，但是想到他們竟然是大半夜來喝茶，這哥們又感覺有些可疑，權衡了一下，還是決定向鄒海鵬報告一下這件事。畢竟報告了，即使沒有什麼事，也能夠表現出自己辦事忠心和認真，管他有棗沒棗，打三竿子再說。

抱著這種心理，這哥們便告訴朋友說自己去趟廁所，到了廁所，拿出手機撥通鄒海鵬的電話，把自己看到的事向鄒海鵬報告，並且把柳擎宇和夏正德的相貌向鄒海鵬詳細描述了一遍。

鄒海鵬此刻正在和董浩一起商量到底該如何處理這次的輿情事件，尤其是如何處理自己的兒子，最終商量出來一個方案，那就是用偷梁換柱之法來保全自己的兒子。也就是說，先找兩個替死鬼頂替鄒文超和董天霸，然後把所有的責任全都推到這兩個人的身上。

有他們兩個人作為靠山，相信市裡調查組也不會不給他們這個面子，誰沒有求不著誰的時候啊，尤其是兩個人一個是政法委書記，一個是市委副書記，都是位高權重之人。

計畫商定後，兩人正準備行動呢，沒想到這個時候接到了眼線打來的電話。

鄒海鵬的臉色一下子凝重起來，讚許對方幾句後，掛斷電話，然後把事情告訴董浩，問道：「老董，你看王書記到底想要做什麼？如果我猜得不錯的話，另外那兩個人應該是夏正德和柳擎宇，他們四個人深夜湊到一起到底所為何事呢？」

董浩聽了也狐疑地說：「我看事有蹊蹺啊，王中山和孟偉成一起喝個茶倒是沒有什麼可以懷疑的，畢竟孟偉成一直處於中立地位，王中山肯定是想要拉攏他的，尤其是一旦李市長離開，如果王中山能夠得到孟偉成的支持，就能夠控制住整個蒼山市的大局。但是夏正德和柳擎宇為什麼會和他們在一起？夏正德單獨和他們見面倒還說得通，但是柳擎宇為什麼和他們混在一起？他不過是一個小小的鎮長罷了，照常理來說，王中山連理他的必要都沒有。」

鄒海鵬同意道：「是啊，我看這裡面肯定有文章，如果我們換位思考一下的話，處在王中山那個位置上，沒有大事絕對不會去見柳擎宇和夏正德的，更不會帶上孟偉成。他之所以帶上孟偉成，肯定是和紀委的工作有關！而夏正德和柳擎宇也在場，是不是四個人一起密謀打算在景林縣和關山鎮一起發動一場突然襲擊呢？而且這次襲擊還是以紀委為主？」

「嗯，你分析得很有道理，不行，我看我們得趕快跟李市長報告一下這件事，趕緊想辦法應對才是。也要趕快通知薛文龍，讓他準備一下。」董浩說道。

鄒海鵬皺眉沉思了一下，擺擺手道：

「薛文龍那邊暫時先不要通知，這次的事情鬧得實在是太大，我們這時候最好還是暫時不要和薛文龍聯繫，先把王中山、孟偉成他們見面的目的摸清楚，再採取相應的行動。你可不要忘了，要論對王中山的瞭解，我們兩個人都比不上李市長，他們可是鬥了將近一輩子的對手了，我們還是先聽一聽李市長的意見再說。」

董浩聽鄒海鵬這樣說，深以為然，**身在官場，首先要做的一件事就是保全自己**，只有在保全自己的前提下，才能再去考慮保全自己的下屬，關鍵時刻，棄卒保車也是可以的。

他點點頭道：「好，那咱們這就給李市長打電話彙報情況。」

隨後，鄒海鵬撥通了李德林的電話，李德林聽完彙報後，正要說話，他的手機突然震動起來，正是市委書記王中山打來的，他只好對鄒海鵬說：「老鄒啊，王書記打電話來，我先接下電話，回頭再和你們說這件事。」

接通了王中山的電話，李德林笑著道：「王書記，有什麼指示？」

雖然平時兩人明爭暗鬥不斷，但在表面上，李德林還是保持著該有的禮貌。

李德林、鄒海鵬他們沒有想到，王中山的這通電話，成了改變很多人命運的電話。

這個電話，成就了很多人，也收拾了很多人。

這是一通**關鍵的電話！**

聽到李德林的語氣如常，王中山暗自鬆了一口氣，心想這個電話還好打的不算晚，便沉聲道：

「老李，晚上我和孟偉成同志在茶館喝茶，突然接到夏正德的電話，說他和柳擎宇有重要的事要向我彙報，我就讓他們到茶館來找我。見面後，柳擎宇說他說有辦法平息這次的輿情事件，甚至可以讓先鋒投資集團回心轉意，我聽了他的辦法覺得不錯，就和老孟商量了一下，這件事的主導權是在你們市政府，市委這邊由鄒海鵬同志配合你們，具體的情況，你可以連絡柳擎宇同志，儘量把輿情早點平息下來。」

李德林一聽。如果柳擎宇真的有辦法解決，不管是對蒼山市還是景林縣來講都是好事，尤其是柳擎宇如果有辦法把先鋒投資集團給請回來的話，蒼山市和景林縣在這起事件中的責任便會小很多，至少在省委那邊挨的板子肯定會輕一些。

先鋒集團準備撤離翠屏山風景區這件事鬧得這麼大，省委不追究責任是不可能的，蒼山市要做的就是儘量把這件事的負面影響降到最低，只有如此，才會少挨點板子。尤其現在可是自己調離蒼山市的關鍵時期，雖然他有八成的把握，但是鬧出先鋒投資集團的事，讓他立刻感覺到了危機，深怕官途會有變數。

李德林相信，王中山一定也受到了極大的壓力，他會通知自己，也是為了讓蒼山市儘快度過這次危機，雖然他很討厭對柳擎宇，也只好照著王中山的囑咐，和柳擎宇連繫。

無奈柳擎宇的電話竟然關機了，李德林氣得罵道：

「這柳擎宇到底是怎麼回事，身為領導幹部怎麼能不保持手機廿四小時暢通呢？這多耽誤事啊！」

他突然想到柳擎宇很有可能是和夏正德在一起，李德林便又撥通了夏正德的電話，夏正德的電話倒是很快接通了，但是夏正德告訴李德林，柳擎宇並沒有和他在一起，柳擎宇把他送到酒店後就離開了，說是去拜訪朋友。

李德林便向夏正德打探柳擎宇的辦法究竟是什麼，夏正德卻是語焉不詳，看來事情的關鍵還在柳擎宇身上，李德林只好指示夏正德，讓他想辦法找到柳擎宇，然後叫他給自己回電。

此刻，柳擎宇、夏正德等人又是處於一種什麼樣的情況呢？為什麼王中山會給李德林打這個電話？打這個電話的目的是什麼？

事情的源頭還是在柳擎宇的身上。

當柳擎宇駕車帶著夏正德往回趕，在經過一家電影院的時候，無意間看見宣傳海報上有一部電影叫《無間道》，看到這三個字，柳擎宇突然像觸電一般，渾身便是一顫。他立刻把車停在路邊思考起來。

看到柳擎宇這種舉動，夏正德並沒有去詢問柳擎宇為什麼這樣做，也沒有打擾他，靜靜地等待著柳擎宇。

過了一會兒，柳擎宇搖頭道：「夏書記，我們的行動有漏洞。」

夏正德嚇一跳，連忙問：「什麼漏洞？」這次的行動可是只許成功，不許失敗啊。

「剛才看到『無間道』三個字，我突然想起一件事，那就是今天晚上我們四個人的會面如果被有心人看到，並且告訴鄒副書記那一派人的話，他們立刻會知道我們要對景林縣和關山鎮動手，如果他們因此而有所防備的話，恐怕我們的行動將會功虧一簣。」柳擎宇說出自己的疑慮。

「嗯，你說的是有可能，但是我們見面的那種茶館十分普通，平時應該不會有什麼體制內的人去那裡喝茶吧。」夏正德皺著眉頭說。

柳擎宇搖搖頭：「當時茶館外面還停了幾輛汽車，所以這種可能性我們不得不防。」

夏正德聽柳擎宇說得有理，便道：「那你看我們應該採取什麼補救措施？」

柳擎宇沉聲道：「這件事還得請王書記親自出面才行，而且您今天晚上恐怕不能回縣裡了。至少不能回去得太早，您先在市裡找個賓館，要有住房登記，哪怕在裡面待一個小時也沒有關係，我則必須連夜趕回鎮裡去……」

接著，柳擎宇把自己的想法跟夏正德說了，最後總結道：「您留在市裡的主要目的是迷惑對方，也是為了讓我們設的這個局更加完美，沒有破綻，所以，只能辛苦您了。」

夏正德連忙擺手道：「沒問題，我這你就不用操心了，電影院旁邊剛好有家賓館，我就先住那裡吧，我在那裡歇一個小時，然後打電話讓朋友開車送我回去，你先回去吧。市委王書記那邊我來溝通。」

柳擎宇點點頭，關了手機後，立刻向關山鎮駛去。

正是有了柳擎宇這突然的一悟，才沒有讓他的整個佈局功虧一簣。

官場之中，精英薈萃，能夠在官場上站住腳的人，沒有幾個人的智商是低的，而且大多數人都是精英中的精英，每一個對手都不能輕視，三個臭皮匠還頂個諸葛亮呢。

這一次，柳擎宇多年狼牙大隊所歷練出來的謹慎風格救了他，不然的話，他搞出來的大型策劃將會一敗塗地。

正是因為有了這次的補救行動，才有了之前王中山給李德林打的那個電話。

補救完，整個計畫滴水不漏！唯一沒有辦法把握的一點，就是李德林那邊對他們四個人見面的分析和結論了。

凌晨兩點左右，柳擎宇趕回了關山鎮。就在同時，比他晚出發一個小時的夏正德也回到了景林縣。

就在他們剛剛到達不久，紀委書記孟偉成也到了景林縣，而他的秘書孫俊華則是帶人趕到了關山鎮！

孟偉成聯繫孫俊華，確認他們已經到位之後，立刻做出指示：「亮劍行動全面展開！」

紀委亮劍了！一直沉默的蒼山市紀委終於亮出了鋒利的達摩克利斯之劍！**任何膽敢違反黨紀、國法的官員，都將會倒在這把達摩克利斯之劍鋒利的劍鋒下！**

黨紀不容違犯！國法不容褻瀆！天網恢恢，疏而不漏！

第十章

全線崩潰

要知道，石振強不過是一個貧困鄉鎮的鎮委書記，竟然有這麼多的資產，不難想像石振強這些年來對地方上的搜刮和盤剝、腐敗達到了怎樣的一種程度。

當紀委宣布石振強被雙規的那一刻，石振強的神經便宣告全線崩潰了。

關山鎮。

在鎮紀委書記的配合下，市紀委書記秘書孫俊華帶著一批紀委工作人員，在凌晨三點左右突然出現在鎮委書記石振強家的豪華別墅中，直接對睡在床上摟著兩名美女的石振強宣布了雙規命令，同時對石振強的家裡進行搜查。

經初步搜查，石振強家的床墊裡藏有現金兩千萬，存摺三千萬，美金四十五萬，歐元二十八萬，金項鍊、金條價值約八百萬，再加上其豪華別墅，總資產價值超過六千萬元。

要知道，石振強不過是一個貧困鄉鎮的鎮委書記，竟然有這麼多的資產，不難想像石振強這些年來對地方上的搜刮和盤剝、腐敗達到了怎樣的一種程度。

當紀委宣布石振強被雙規的那一刻，石振強的神經便宣告全線崩潰了。

別看他平時在所有人面前耀武揚威，當他看到市紀委書記的秘書親自帶隊來雙規自己的時候，他便知道自己徹底完了。

石振強是個十分明智之人，為了減輕自己的罪行，毫不猶豫地交代了自己夥同副鎮長胡光遠、王學文以及組織部部長石景州等人控制關山鎮政局，在涉及土地、上級劃撥資金等各種項目上，以各種名目貪污、索賄、受賄，聚斂錢財，並且為了保住現有位置，不斷向縣長薛文龍、縣紀委書記牛建國等人輸送利益，甚至是美女等。

當孫俊華聽完石振強的供述之後，臉色那叫一個難看。饒是他跟著孟偉成經歷過大風大浪，也沒有想到一個小小的鎮委書記竟然能夠掀起這麼大的風浪。

孫俊華震怒了！如此只為一己之私，不為人民利益考慮的官員怎麼能夠還留他在官場之上?!雙規！毫不猶豫地雙規！

隨後，在柳擎宇、孟歡等人的配合下，關山鎮兩位副鎮長胡光遠、王學文以及組織部部長石景州全部被雙規。

而胡光遠、王學文落網，得知自己是被石振強供出來的後，在大罵石振強沒骨氣的同時，也毫不猶豫地為了減輕罪行把薛文龍、牛建國等人給交代出來。

此刻，景林縣縣城某賓館內。

紀委書記孟偉成的房間內燈火通明，煙霧繚繞，他和兩名紀委官員以及景林縣縣委書記夏正德正在一邊研討著雙規方案，一邊等待著關山鎮那邊的電話！

這時，孫俊華的電話來了：

「老闆，石振強等人全都招認了，薛文龍、牛建國以及金宇鵬三人存在嚴重腐敗行為。」

接到孫俊華的電話，孟偉成立刻拿出手機，快速撥通了早已守候在這三人附近的紀委工作人員的電話，讓他們對這三人立刻實施雙規。

薛文龍家中，當紀委工作人員敲門進入亮出雙規文件讓薛文龍簽字時，薛文龍十分強硬地說道：「我懷疑你們不是紀委工作人員，像我這樣一心為民的官員不可能被雙規的，你們肯定是搞錯了，我要向上級領導反映情況。」

負責帶隊的是市紀委監察二室主任江寒。

江寒聽到薛文龍的話後，不由得臉色一變，拿出自己的工作證遞給薛文龍，說道：「薛文龍同志，我們已經按照紀委工作流程向你出示了我們的證件，如果你對我們的身分有懷疑，你可以查看我們的證件，我相信你應該可以看出來證件的真假。」

薛文龍仍是耍賴說道：「我看你們的證件幹什麼，我要給市委鄒書記打電話，我要從他那裡確認一下你們紀委的行動是否合法。」

江寒冷冷地道：「薛文龍，我奉勸你不要再耍小伎倆了，這些都是無用的。我可以明確地告訴你，我們今天的行動，鄒書記是不知道的，我們是紀委工作人員，我們有權力對你的違紀行為直接採取行動，無需鄒書記批准。請你不要再進行無謂的掙扎，一切都是徒勞的。」

讓薛文龍簽字後，江寒大手一揮，由兩名工作人員架著薛文龍離開了他的家，他的家人也暫時被紀委工作人員安排到另外一個陌生的地方，以防止他們向外通訊。

另兩路人馬也紛紛抵達牛建國和金宇鵬的家中，將他們直接雙規，並帶到紀委書記孟偉成下榻的賓館內。

這裡成為市紀委工作組的臨時辦案地點，對薛文龍、牛建國、金宇鵬三名官員進行詢問。

一開始，薛文龍、牛建國、金宇鵬三人咬緊牙關，一句話都不肯多說，即便是在紀委工作人員拿出了石振強等人的供認筆錄後，他們依然不肯招認。

這時候，夏正德所搜集的那些證據派上了用處，工作人員把夏正德所搜集的那些證據往薛文龍面前一放，薛文龍徹底傻眼。

他立刻意識到最能夠接觸這些資料的人是縣委書記夏正德，情緒立時激動起來，破口大罵道：

「夏正德，你這個無恥的敗類！你太陰險了，沒想到你竟是這樣一個口蜜腹劍的傢伙，在景林縣這一年多來，看著你挺老實的，你竟然在私下裡搜集我的黑資料，你這個大流氓……」

薛文龍越罵越氣憤，各種髒話滔滔不絕湧了出來，要不是紀委工作人員拉著，他恨不得立馬去找夏正德拼命。

這時，夏正德正和孟偉成正坐在隔壁的監控器前關注著詢問室的情況，聽到薛文龍這一頓臭罵，夏正德臉上露出尷尬之色，朝孟偉成苦笑道：

「孟書記，讓您看笑話了。」

孟偉成擺擺手道：「夏正德同志，你不需要有任何愧疚，雖然你的手段黑了一點，但是你所做的一切對景林縣老百姓來說是大有好處的，你做的事是正義的，你能夠忍辱負重這麼長時間，足以說明你是真心想要為老百姓做些事的，你能夠辦成其他兩任縣委書記都沒有辦成的事情，這足以說明你的能力，我對你還是很欣賞的。好好幹。」

聽到孟偉成這樣說，夏正德的臉色這才緩和了一些。

薛文龍想方設法狡辯，然而隨著各種證據呈現出來，以及紀委工作人員心理攻勢不斷加強，最終薛文龍賴無可賴，只能咬牙認罪。

相比薛文龍，牛建國和金宇鵬稍微簡單一些，在工作人員出示相關證據後，兩人便知道自己沒有出去的希望了，而且當他們得知連薛文龍都被雙規的時候，更是不敢再心存任何僥倖，直接交代了自己的不法行為。

隨著三人的供詞，景林縣又有一批蛀蟲被挖了出來，包括兩名副縣長級別的官員以及縣府辦主任左明義等人。

可以說，這一夜，蒼山市紀委工作人員在市委書記王中山的指示下，在紀委書記孟偉成的親自帶領下，在柳擎宇、夏正德、孟歡等人的大力配合下，將景林縣上下、關山鎮上下**一干蛀蟲狠狠地清掃了一遍**。景林縣的**官場風氣為之一變**。

凌晨五點多，天已經濛濛亮的時候，市長李德林、市委副書記鄒海鵬才得知薛文龍等人被雙規的消息。

李德林氣得直接從床上跳了起來，把手邊的茶杯狠狠地摔到地上，怒吼道：

「王中山，你太卑鄙，太陰險了！原來你給我打電話玩的是這一套！讓我上你的當了啊！」

和李德林一樣，鄒海鵬和董浩聽到這個消息後也是暴跳如雷，直到這時候，他們才想明白昨天為什麼王中山會打那個電話，為什麼柳擎宇的手機一直打不通，原來，這一切是一個局。一個充滿了風險卻又收穫巨大、天衣無縫的局！

此刻，憤怒、咒罵、後悔已經沒有任何用處，紀委已經取得豐碩成果，大局已定，事情到了這個時候，李德林能夠做的只有善後，想辦法把損失降到最低，尤其是隨著這麼多官員的落馬，景林縣的政壇出現了頗多空缺，而每一個位置都十分重要，誰也不想輕易放棄。

最讓李德林、鄒海鵬等人煩心的是，到目前為止，經過一夜的發酵之後，先鋒投資集團退出景林縣的事已經越鬧越大，如果不儘快滅火，眾人的烏紗難保。

蒼山市高層博弈正式拉開序幕。柳擎宇將會何去何從呢？

第二天上午，蒼山市有史以來氣氛最為激烈的一次常委會拉開了序幕。

這次常委會上，十一名常委圍繞著如何解決先鋒投資集團退出的問題，如何處理在先鋒集團撤出問題上承擔重大責任的超霸房地產公司，如何處理景林縣一批被雙規的官員等議題，展開了激烈的磋商。

常委會上，火藥味十足。

由於這次的常委會內容十分敏感，直到常委會結束後的很多天，外人都不瞭解常委會上到底發生了多麼激烈的爭執。但是從最終的結果，有心人可以看出一絲端倪。

最終蒼山市常委會結果如下：

第一，薛文龍、牛建國、金宇鵬三人因為嚴重違紀被雙規，走法律程序，等待他們的將會是法律的嚴懲，薛文龍的縣長之位由李德林的一位嫡系人馬賀光明來擔任，紀委書記一職則由市紀委書記孟偉成從市紀委下派了一位得力屬下楊劍盛來擔任，縣政法委書記由市委書記王中山的人李小波來擔任。

縣委副書記包天陽和宣傳部部長周陽和薛文龍關係密切，但是周陽此人作風硬朗，為人清廉，並沒有受到薛文龍的牽連，薛文龍也沒有供出包天陽來，而且紀委這一次也沒有發現包天陽任何違法違紀的證據，所以他沒有受到牽連。

再加上從景林縣縣委班子的團結、和諧的角度來考慮，市委對景林縣的縣委班子調整只動了三個被雙規之人，至於兩個被雙規的副縣長的職務，一個主管城建、城管等領域的副縣長被鄒海鵬和董浩聯手拿下，也是從市裡下派的，名字叫徐建華。

另外一位副縣長由市委組織部部長趙東林拿下，這位副縣長的名字叫黃紅球，名字倒是挺有趣的，據說在市裡的時候頗有一些能力。

縣委班子的人選確定下來之後，市委組織部常務副部長親自出馬，送幾個副縣級官員上任，一番流程走下來，景林縣縣委班子正式走上了正軌。

隨後第二天，在縣委書記夏正德的組織下，新一屆常委班子第一次常委會正式召開。

在這次常委會上，新一屆班子成員彼此熟悉一番之後，關山鎮的事情正式擺在了桌面上。

畢竟隨著關山鎮鎮委書記石振強和兩個副鎮長的落馬，關山鎮的鎮委班子也必須進行一番大的調整。

經過新一屆縣委班子的討論之後確定，新任鎮委書記為原鎮委副書記秦睿婕，鎮委副書記則由原紀委書記孟歡來擔任，鎮長一職，則由縣委書記夏正德的一個嫡系人馬高天來擔任。

第一副鎮長則被包天陽的嫡系人馬顧東平來擔任，第二副鎮長由劉美華來擔任。

鎮委組織部部長由縣委組織部派了一位名叫謝天南的副科長前去擔任，經過這次常委會，關山鎮的鎮委班子成員全部配齊。

這個結果公布之後，柳擎宇的眉頭一下子皺了起來。因為他發現，自己竟然閒了下來。

好在柳擎宇早就預料到了這次大規模的人事調整後，自己的職位肯定會有所變動，所以他倒是安之若素，和現任關山鎮鎮長高天進行了交接之後，便真正清閒下來，不時去翠屏山風景區轉悠。

這個時候，有關超霸房地產有限公司的處理結果也出來了，超霸房地產公司由於非法經營，正式被查封，其法人也受到了法律的嚴懲。鄒文超和董天霸被開除出公務員隊伍，成了無業遊民。

得到這個結果，先鋒投資集團再次召開新聞發佈會，對蒼山市市委市政府及時作出回饋，感謝他們幫助先鋒投資集團解決各種困難，同時宣布在原來五億投資的基礎上，再追加一億以用於翠屏山風景區附近的生態和環保工作，同時宣布翠屏山風景區專案正式啟動。

翠屏山風景區經過先鋒集團這一退一進的兩次新聞發佈會後，一下子被廣大群眾所熟知，這時候，先鋒投資集團聘請專業攝影團隊所拍攝的風景區宣傳視頻和廣告也同步在各大電視、平面、網路媒體上播放，僅此一項便投資了五千萬，翠屏山風景區的知名度一下子就被炒作了起來。

尤其是風景區的溫泉更是被傳得神乎其神，廣告播出後便吸引了大量遊客前往。一時之間，原本落後閉塞的關山鎮人潮湧動，生機勃勃，關山鎮老百姓也因此多了很多就業和賺錢的機會，生活品質在慢慢發生著變化。

此刻，沒有人會忘記為這一切做出突出貢獻的關山鎮前鎮長柳擎宇。

就在交接完任務的當天下午，柳擎宇便接到夏正德打來的電話，夏正德的聲音中透露出濃濃的歉意和疲憊：

「小柳啊，你的位置已經確定下來了，是到縣城來擔任縣城管局局長，並兼任局黨組書記。縣城管局這個單位的性質你應該知道吧，他是縣政府直屬正科級單位，受縣人民政府授權及政府職能部門委託，承擔城市管理和行使在縣城規劃控制內涉及城市管理相對行政處罰權等工作。」

聽完夏正德的說明之後，柳擎宇臉色十分平靜，按理說自己應該有機會升任鎮委書記的，但是卻被平調到了縣城管局擔任城管局局長，雖然級別沒有變，但是實際上，權力卻相對於鎮委書記甚至是鎮長小了不少。

柳擎宇對此早有心理準備，所以便笑著說道：「嗯，城管局也不錯，照樣也可以為老百姓多做一些實事。」

聽到柳擎宇的聲音中沒有任何的抱怨，夏正德心中好受了一些，猶豫了一下，最終還是咬著牙說道：

「小柳，實話跟你說吧，本來這一次我是打算把你提拔到鎮委書記位置上的，但是就在縣委常委會開會期間，我接到市委王書記打來的電話，告訴我省裡有大老親自給他打電話，說是有些年輕幹部提拔得太快了容易造成浮誇等作風，尤其是提到你的名字，說你進入官場時間還短，還需要在基層多鍛煉鍛煉，這樣才有利於你的成長。這位大老的指示，王書記不敢違背，我接到王書記的指示後也十分苦惱，卻無法反抗，所以只能委屈你了。」

聽夏正德這樣說，柳擎宇的心態更加輕鬆了，只要不是夏正德卸磨殺驢，他倒是沒有什麼好抱怨的，畢竟省裡大老的指示，別說是夏正德了，就是王中山也不能不考慮一下。更何況針對的只是自己這樣一個小小的科級幹部。所以柳擎宇不以為意地說道：

「夏書記，你不需要自責，對我來說，在哪裡都是一樣的。」

此刻，遠在千里之外的北京市，一間寬敞、明亮的辦公室內。柳擎宇的老爸劉飛正在批閱文件，他的秘書孫宏偉走了進來。

孫宏偉以前是劉飛的秘書，後來劉飛把他放出去單飛，逐步升遷，劉飛入主中樞後，又把孫宏偉調回了身邊。畢竟還是老秘書用著順手。

孫宏偉說道：「老闆，我剛剛得到消息，在擎宇新的職位上，白雲省有位常委直接給蒼山市市委書記王中山打了個電話，說是讓他壓一壓柳擎宇，不要讓他升得太快。我估計應該是鄒海鵬和董浩兩人找到這位常委做的工作，這個人有些不太守規矩啊，您看，要不要我給白雲省方面打個電話過問一下這件事？」

劉飛聽了只是淡淡一笑，說道：「不用問了，即使是那位常委不打壓柳擎宇，我也會打電話讓白雲省的人壓一壓他。他現在才廿二歲，等過了年也才廿三歲，讓他直接擔任地方一把手恐怕時機還不成熟。而且關山鎮那邊他已經把成績做出來了，再待下去僅僅是等果子成熟而已，那樣做對他來說沒有任何的挑戰性。

「要想在官場上走得更遠，就必須能夠適應各種壓力，忍受各種不公，執著前行，現

在這種壓力還非常小，如果他連這種壓力都無法抵抗的話，恐怕以後仕途會更加凶險，讓他自己好好適應和領悟一下吧。」

孫宏偉聽老闆這樣說，便知道老闆對柳擎宇的期望很高，希望他多多磨礪，所以不再多言。

然而，等孫宏偉離開後，劉飛卻手指輕叩著桌面，臉色並不好看。

畢竟自己的兒子被欺負了，當老爸的心裡怎麼會舒坦呢。只不過劉飛城府極深，就這點小事還不值得他親自出手，但是，這件事他卻記在了心裡。

到了他這個級別，是不會輕易出手的，只要一出手，必定石破天驚！

第二天一大早，天剛濛濛亮。

交接完的柳擎宇收拾好自己的東西，推掉了洪三金親自開車送他前往縣裡的好意，背著旅行包邁步向汽車站走去。

他身上只帶著一個背包，背包裡裝的是他的換洗衣物以及一張還剩下不到六百元的工資卡，除此以外，別無他物。

他來的時候帶著這些東西來，走的時候還是帶著這些東西走。

秦睿婕曾經表示鎮裡要派車送柳擎宇去縣裡，但是柳擎宇拒絕了，他說得非常清楚，現在他已經不是關山鎮的鎮長了，沒有資格再享受關山鎮的公務車，而且坐公車也挺方便的，他不想占國家的便宜。

在關山鎮工作半年，柳擎宇不僅解決了關山鎮的水患問題，還為關山鎮策劃好翠屏山風景區之事，並且留下了一份價值連城的關山鎮發展規劃。只可惜他無法在關山鎮繼續運作下去，否則他相信，不出三年，自己一定能夠讓關山鎮發生巨大的變化。

不過柳擎宇也相信，只要秦睿婕和新上任的鎮長嚴格執行自己的發展方案，關山鎮肯定能夠很快發展起來。

即便是如此，關山鎮還是有著顯著的不同。其中最明顯的一點，就是現在關山鎮的遊客變多了，做生意的多了，各種各樣的飯店、小吃部猶如雨後春筍一般紛紛冒了出來。

柳擎宇走在街上，看著乾淨整潔的街道兩側大清早就起來賣早點的小商販們，他的臉上露出了一絲微笑。他相信隨著時間的發展，關山鎮老百姓的生活肯定會越來越好的。

柳擎宇走到候車處，已經有一輛早班車在等候著。此刻車上坐了十七八個乘客，柳擎宇邁步上了車，找了一個空位坐了下來。

乘務員邊和司機聊天邊走過來，瞥了他一眼，說：「買票了，去哪裡？」

柳擎宇淡淡說道：「去縣城。」

「十塊錢。」乘務員把手伸向柳擎宇。

柳擎宇從口袋掏出早已準備好的零錢遞給乘務員，乘務員接過錢轉身就要走。

就在這時候，坐在柳擎宇對面座位上的一個老頭和年輕人聽到柳擎宇說話後，向柳擎宇看了過來。

當老頭看清楚柳擎宇的臉孔後，情緒立時激動起來，立刻站起身來顫聲說道：

「柳……柳鎮長？」

聽到有人喊自己，柳擎宇這才注意到，原來對面座位上坐著的竟然是田老栓和田小栓這對父子。

田老栓立刻對乘務員罵道：「狗蛋，你這個臭小子，立刻把車費還給柳鎮長，你可知道，如果沒有柳鎮長，你們一家子早就被洪水給沖走了，哪能夠住上現在的瓦房？」

聽到田老栓的罵聲，乘務員這才注意看柳擎宇，趕忙把錢遞還給柳擎宇，歉聲道：

「柳鎮長，對不起，我沒有看清楚，原來是您，知道是您的話，我絕不會收您的錢的，您為了我們關山鎮老百姓做了那麼多事，如果我收您的錢的話，田大爺估計會打死我的。」

柳擎宇一笑：「那可不行，你們是做生意的，不收錢豈不是要賠本，坐車給錢，天經地義，這沒有什麼可說的。」

乘務員忙道：「不不不，柳鎮長，這錢我絕對不能收，沒有您當初帶頭抗洪搶險，我們一家子肯定會被洪水給沖走的。是您救了我們全家的命啊，我怎麼能要您的錢呢？」

「抗洪救災那是我身為我身為關山鎮鎮長必須做的事，這是我的工作，這錢你收著，否則的話，我可沒有臉坐車了。」

就在這時候，田老栓顫巍巍地從口袋中掏出零錢遞給狗蛋，然後對柳擎宇說道：「柳鎮長，您的車費我給您出了，您千萬不要推辭。說實在的，您為我們關山鎮老百姓做了這麼多事，從來沒有在我們哪個村子吃過一頓飯，沒有拿過我們老百姓一件東西，您這樣的官我從來沒有見過，柳鎮長，這錢就算是代表我們全村老百姓對您救我們全村性命，又給我們蓋房子的感謝。」

車內其他人也紛紛說道：「柳鎮長，您還是把錢收回去吧，我們聽說您要去縣裡就職，我們實在捨不得您走。我們老百姓不傻，都看得清楚您是一位真正想為我們老百姓著想的好官啊。」

接著也都掏出十塊錢來搶著要付。

柳擎宇心底熱乎乎的，雖然這十塊錢在很多人眼中不起眼，但是他知道，這代表老百姓的一種心意。然而這錢，柳擎宇卻不能收。

「各位鄉親，非常感謝大家對我柳擎宇的肯定，不過我希望大家也能夠理解我一下，我在關山鎮工作，是有工資可拿的，大家的錢都是一分一毛積攢出來的，都不容易，我在任的時候從來不會亂花鎮財政的一分錢，我希望我離任的時候也能夠做到這一點。對大家為我支付車費的好意我非常感動，不過，我希望大家能夠讓我繼續做一個清官，我希望不管在哪裡，我都能夠儘量做出自己的貢獻。因為貪官往往是從一點一滴貪起的。」

聽柳擎宇這樣說，眾人都不再說話了。

這時，田老栓起身道：「好，柳鎮長的心意我們大家都明白了，我們不能讓柳鎮長為難，更不能壞了柳鎮長的規矩。」

說著，田老栓向車下走去，過了一會兒，手中端著一碗清水走上車，來到柳擎宇身邊，雙手遞給柳擎宇，說道：

「柳鎮長，這碗水我是從一個族弟家裡的暖壺中剛剛倒出來的，我們知道您從不願意拿我們大家的，吃我們大家的，但是這碗水您不會拒絕吧？我想代表我們關山鎮的老百姓請您喝了這碗水，希望您將來鵬程萬里的時候，不要忘了我們關山鎮的鄉親們。」

柳擎宇這回沒有拒絕，因為再拒絕就顯得矯情了，他接過碗來：

「田村長，各位鄉親，我非常感謝大家。這碗水我喝了。」

說完，一飲而盡，然後把碗遞給田老栓，說道：

「各位鄉親，感謝大家一碗水之恩，以後不管我到了哪裡，都不會忘了你們的。畢竟，這是我仕途生涯的第一站，有時間我會回來看看各位鄉親的。」

田小栓默默地站在柳擎宇身後，看向柳擎宇的目光中充滿了崇拜。

喝完水，車上的氣氛平靜下來，田老栓把碗送回去後不久，汽車便啟動直奔縣城而去。

就在柳擎宇前往縣城之時，遠在千里之外。

北京市，長城會所。

長城會所是一家頂級會員制俱樂部，能夠進入這裡的最低門檻有兩種，要麼年收入在一億以上，要麼本身是廳級以上官員，或者是副省級以上官員的子女。

而年收入在一億以上僅僅是初級條件而已，還必須有至少三名老會員的聯名推薦才有可能獲得會員考察資格，還必須經過委員會三分之二以上會員同意才能成為正式會員。

長城會所的聽濤閣包間內。

四個年輕帥氣的小夥子一邊品嘗著會所專門為會員提供的精緻早餐，一邊聊著天。這四個人，如果柳擎宇在現場的話，肯定會一眼就認出來，因為這四個人全都是他的好兄弟。

坐在八仙桌東邊的人叫黃德廣，身材不胖不瘦，臉上總是帶著微笑，只不過熟悉他的人都知道，這位老兄雖然看起來總是笑笑的，但是做起事情來絕對是雷厲風行。最重要的是，他下手十分狠辣，招惹他的人沒有一個躲得過他的精準算計。

而且這哥們擁有律師證、記者證、會計證等數十種證書，所有的證書都是他實打實地考下來的，因此他有很多的職業經歷，在各個行業內都屬於精英級的人物。

有趣的是，在每個行業內，他呈現的是完全不同的面孔，就連柳擎宇都不知道他想要做的到底是哪個行業，所以被柳擎宇起了個綽號叫「百變天王」。

黃德廣一邊和眾位兄弟們聊天，一邊拿出充滿粗獷風格的鏡子和一把手槍形狀的梳子梳理著頭髮，一邊點點頭道：「嗯，不錯不錯，哥最近又帥了很多！」

坐在黃德廣左邊的人叫梁家源，人也非常年輕，才二十多歲，戴著一副價值三百多萬的頂級無框眼鏡，往那裡一坐，風度翩翩，談笑自若。

梁家源在十八歲時懷揣著十萬元闖蕩華爾街，在不到四年的時間內，賺回了上億美元，被華爾街譽為「東方金融鬼才」。只不過雖然他的名氣很大，但是真正見過他面孔之人卻很少。柳擎宇給他起的綽號叫「財神」。

此刻財神嘴裡叼著根菸，深吸了一口，隨後脖子輕輕搖動，嘴裡噴出一串串的煙霧，煙霧在空中快速變換著，變成了一個美女的圖案，爆乳肥臀，惟妙惟肖，看得眾位兄弟十分無語。

這一手是大家誰也學不會的專長，這傢伙沒事就喜歡用煙霧噴出各色立體美女圖，看他吐煙圈也是兄弟們的一種享受。

坐在黃德廣右邊的人叫陸釗，身高有一米八六左右，古銅色的皮膚在晨光裡閃爍著光澤，他的身分也只有幾個兄弟們才知道，這位可是「龍組」的頂尖高手，在八歲的時候便師從頂級教頭，後來跟隨過多位軍中和民間高手學習，在十七歲時和柳擎宇一樣進入狼牙特戰大隊，成為柳擎宇的死忠兄弟。

後來他被特別徵召，進入龍組，成為龍組最強悍的的存在者之一。由於他的個性，龍組特准他可以根據自己的意願去選擇執行各種任務，只要每年完成相應的任務積分即可。也就是說，陸釗在時間上十分自由，只要沒有出任務，他可以自由安排自己的時間。

雖然他每年出任務的次數很少，但是他出的任務幾乎都是高難度的任務，但他從無失手的記錄，每年的積分雖然不是最高，但從未跌出過前三，被稱為龍組的奇葩。他的綽號叫「武神」。

此刻，聊著天的時候，陸釗也沒有忘記練武。一把銀色、還沒有陸釗巴掌大的兩面開刃的柳葉飛刀在他的手指間飛快的旋轉著，靈巧自如，讓人看得眼花繚亂。

黑猩猩一般的大漢與一把精巧細緻的柳葉飛刀形成了鮮明的對比。

坐在黃德廣對面的人叫林雲，身材瘦削，雙眼眼神深邃，猶如一泓秋水，一般人很難看出他的深淺，他也是柳擎宇的鐵桿兄弟之一。

他擅長泡妞，精通網路駭客技術和各種匪夷所思的宣傳策劃，被柳擎宇起了個綽號叫「智聖」。

他一邊和眾人聊天，一邊拿出手機來，不時看著手機上的小說，小說的名字叫《金瓶梅》。眾人都無法理解他為何愛看這本書。

黃德廣曾經問過林雲：「老林啊，你幹嘛沒事就看這本書啊，我們認識十年了，你也看了十年，難道你還沒看完嗎？」

林雲當時回道：「這本書一輩子都看不完啊，很多人看的是這本書有關性的描寫，我看這本書，**看的是人性**，我們中國人的本性。」

這四位柳擎宇最要好的兄弟正坐在一起聊著柳擎宇的事。他們商量著為了能夠給老大柳擎宇一個驚喜，悄悄趕往柳擎宇即將任職的景林縣縣城，在那裡買了一個現成的房子，將之改裝成高檔會員制茶館，這樣既可以賺些小錢養茶館，又可以把那裡作為兄弟們聚會的地方。

四人雖然都有不俗的背景，但是由於從小就和柳擎宇一起長大，很多方面深受柳擎宇的影響，非常清楚坐吃山空的道理。所以他們做事情特別謹慎，在賺錢方面也頗有自己的想法。

此刻，不管是他們四個人也好，柳擎宇也好，誰也不會想到，隨著這四位大少秘密前往景林縣縣城，在柳擎宇上任之初便在景林縣掀起了一股滔天巨浪。而這股巨浪被後世史學家稱為「柳門四傑鬧景林」，更是讓柳擎宇大發雷霆之怒……

柳擎宇乘坐公車來到縣委組織部，先按照相關流程報到，隨後便在組織部副部長彭真的帶領下前往縣城管局正式上任。

在前往城管局的路上，彭真笑著看向柳擎宇，說道：

「小柳啊，你是我見過的最年輕的科級幹部，你的簡歷我也看了，簡歷上寫得太簡單了，想必你在軍中混得一定很不錯吧？」

聽彭真的語氣，似乎是在和自己拉關係，柳擎宇也是懂得分寸的人，謙遜地道：「還行吧，承蒙上面的領導照顧我。」

柳擎宇出身狼牙之事自然不能告訴彭真，但是領導有話，他又不能不答，便回覆了這麼一個模稜兩可的答案。

彭真能夠做到副部長位置，自然也是八面玲瓏之人，他對柳擎宇怎麼回答並不在意，因為他真正的目的是通過談話逐漸拉近與柳擎宇的關係。既然柳擎宇回答得並不是太敷衍，他也就沒有挑剔，直接進入了正題。

「小柳啊，你對景林縣城管局局長這個位置瞭解多少？」彭真問道。

柳擎宇搖搖頭道：「彭部長，說實在的，我以往只在電視或者媒體上看到城管局的新聞，要說印象，其實並不瞭解。」

彭真點點頭，他看得出來柳擎宇是個十分實在的人，不瞭解就是不瞭解，絕不會外行充內行，站在組織部副部長的角度來看，越是這樣的幹部，越讓人放心，因為對方既然不懂得這方面的業務，上任後肯定會用心去做事，這樣反而容易把事情做得很好，而那種看起來啥都懂的幹部，真正幹起來往往流於形式，未必會真正把事情幹好。

簡單的幾句對話，彭真對柳擎宇的印象有了很大的改觀，他雖然是縣委書記夏正德之人，但是之前由於柳擎宇暴打薛文龍之事，使他對柳擎宇留下了不好的印象，畢竟一個下級不管因為什麼理由暴打上級都是不對的。

看柳擎宇十分坦率，他反而欣賞起來，再想起夏書記的安排，便說道：

「小柳，你既然不太瞭解城管局這塊，那麼我就給你簡單介紹一下。我跟你說啊，我們景林縣城管局可真是大大有名啊，就在你去關山鎮上任之前，景林縣城管局曾經因為城管隊隊員暴打街頭小販致其死亡之事而蜚聲國內，後來又接連發生幾起城管強拆和打人事件，雖然在有關部門的合作下已經把這些事情給壓了下來，但是實際上問題十分嚴重。

「城管局局長的位置可不好幹，已經在兩年內換了五個，現在更是空缺了三個月，沒有任何人想調來擔任這個職位，有的的副科級幹部，就算是給他提拔到科級，也寧死不願意來擔任城管局局長。可以說，景林縣城管局局長位置是一個**燙手的山芋，看著位置誘人，實際上危險重重！**

「最關鍵的是，景林縣城管局由於特殊的歷史原因，這裡的工作人員很多都和縣裡的官員息息相關，有編制的城管人員幾乎都是縣裡各領導的親戚或者朋友，就連那些協管員也大多有些背景。所以你在城管局工作需要多加小心啊。

「尤其是常務副局長韓明強，此人很有手段，背景也挺強的，即便是薛文龍對他也不敢輕易得罪。你想想看，雖然局長換了五個，就連很多副局長都因為各種問題被拿下，但是他這個常務副局長仍然沒有事，所以此人你要多加注意。這是夏書記讓我帶給你的資訊，希望對你有些用。」

柳擎宇心中一暖，知道夏正德一直在關心著自己，自己必須在這個新的崗位上做出成績來，也不辜負他的期望。

……

柳擎宇隨著彭真來到縣城管局後，縣城管局在常務副局長韓明強的帶領下舉行了隆重的歡迎儀式。

在儀式上，組織部部長彭真率先發言，對景林縣城管局的工作給予了認可和鼓勵，並對柳擎宇上任後的前景有許多憧憬，希望柳擎宇能夠帶領整個縣城管局走向光明的未來。

在彭真發言的時候，柳擎宇的目光一直在台下各個副局長們的臉上逡巡著。

在官場上，很多人的臉上都戴著面具，要想真正看清楚一個人，就要看他的眼神，眼神是不會說謊的，一個人的真實想法，往往會通過他的眼神表現出來。

柳擎宇發現幾個副局長臉上表情各異，眼神也各有不同。

最讓柳擎宇感覺到不舒服的是，在副部長發言的時候，身為常務副局長的韓明強臉上竟然露出十分不屑的表情，尤其是當他說到相信柳擎宇一定會帶著整個縣城管局走向光明未來的時候，這位副局長的臉上明顯露出不屑和嘲諷之色，甚至還搖了搖頭，對柳擎宇的輕視之意盡顯無遺。

他的神態表現得十分隱蔽，但沒有逃出柳擎宇的眼睛，因為柳擎宇是個十分善於察言觀色之人。

尤其令柳擎宇不爽的是，在準備輪到他發言的時候，韓明強竟然和旁邊的副局長低頭耳語了起來，擺明了是沒有把自己這個剛剛上任的局長放在眼中。

所以，當組織部副部長讓自己發言的時候，柳擎宇站在主席臺上並沒有立刻發言，而是靜靜地站在那裡，目光直視著韓明強。

這一下，現場所有人的目光都聚焦在韓明強的方向。

還在和一旁副局長咬耳朵的韓明強見柳擎宇沒有說話，又看到眾人的目光，頓時停止了耳語，眉頭皺著抬頭看向柳擎宇。他沒想到柳擎宇竟然會玩這麼一手，等於直接將自己的行為曝光在所有人面前，這樣做也太不給自己面子了。

不過韓明強也是聰明人，衝著柳擎宇淡淡一笑，拿起茶杯來輕輕喝了一口，便側著頭看向窗外，擺出一副無所謂的樣子。

彭真把兩個人的表現全看在眼裡，心中不由得充滿了擔憂。

對柳擎宇的脾氣，這位組織部副部長是早有耳聞，知道柳擎宇連薛文龍那樣囂張的縣長都敢暴揍，更何況是其他人。

而韓明強的身分他也是知道的，這位不哼不哈的城管局副局長可不是個簡單人物，人家也是有強力後臺的，而且這個韓明強在最近幾次的局長調整過程中，一直穩坐釣魚臺，雖然不是局長，卻勝似局長，在整個城管局內，他幾乎一言九鼎，哪個局長上任都不敢忽視他的意見，都必須得和他搞好關係，曾經有一任局長因為想要抓權，上任不到兩個月便因為城管局系統出事被免職了。

甚至有人認為之所以城管局局長接二連三被撤換，恐怕都和這位常務副局長有著很深的關係，這些局長們都是他給設套搞下去的。

而現在，柳擎宇剛剛到任就和韓明強擦出火花，這可不是好現象啊。

所以，此刻的彭真對柳擎宇這種強勢充滿了擔憂。畢竟一山難容二虎，柳擎宇和韓明強，**一個是過江猛龍，一個是地頭蛇，勝負很難預料**。

輪到柳擎宇發言了，柳擎宇淡淡一笑，說道：

「各位城管局的同志們，在來城管局上任之前，我聽說城管局這邊兩年換了好幾任局長，看來我們景林縣城管局存在著不小的問題，既然我現在當了這個局長，肯定不希望像以前的那些局長一樣，被趕下局長這個位置。

「我相信在座各位應該也聽說過我柳擎宇的名字，不管那些傳言的真實性如何，也不管大家都聽說了些什麼，有一點我可以向大家證明，我柳擎宇的脾氣的確不太好，我是軍人出身，做事一是一，二是二，事情該怎麼辦就怎麼辦，我不希望看到有人把自己的權威凌駕於組織紀律之上，更不希望看到有人利用特權在外面作威作福，凡此種種，我柳擎宇絕不輕饒，該整頓的整頓，該開除的開除，絕對不會手軟。

「我希望我上任以後，大家都能把心放在工作上，不要放在其他的方面。對於大家以前的作為，我沒有看到，也不打算去管，但是，如果誰在我上任之後依然我行我素，不把組織紀律放在眼中，不把老百姓的利益放在眼中，那可就別怪我柳擎宇鐵腕無情了。多餘的話我也就不多說了，說多了也沒有什麼意思，就這樣吧。」

柳擎宇說完，現場先是一陣沉默，隨後在彭真的帶領下，這才響起了稀稀落落的掌聲，顯然，柳擎宇的發言讓很多城管局的幹部心中相當不爽，讓眾人看到了柳擎宇的強勢和囂張。

韓明強嘴角撇了撇，臉上再次露出不屑之色，心中暗道：「柳擎宇啊，看來你還真想在我們城管局做出一些成績來啊，不過你是不是也太囂張了點啊，你有沒有考慮過我這個常務副局長的感受？哼，你想要做出成績我不反對，但是你最好不要觸犯我的利益，否則，我會讓你知道什麼叫暗算無常死不知。」

其實，柳擎宇發言的時候，一邊說話，也一邊在默默注意著韓明強的表情，當他看到韓明強臉上露出那種不屑表情的時候，便十分確定自己要想在城管局做出一些成績的話，這個常務副局長就是最關鍵的人物，**能否搞定此人將會成為成敗的風向標**。

想到此處，柳擎宇的目光向韓明強看了過去，這時，韓明強充滿不屑的目光也恰好向柳擎宇看了過來，兩位城管局大咖第一次目光交流，便以這樣一種充滿火花的激烈碰撞開始！

兩個人的目光似乎在瞬間凝固，對視了足足有三秒鐘的時間，誰都沒有任何退縮的意思，直到柳擎宇說完最後一句話收尾的時候，這才轉移視線看向別處。

隨後，便是一些簡短的正常流程，流程走完之後，組織部副部長在城管局眾人的陪同下一起吃了頓午飯，這才返回縣委組織部。

當天下午，柳擎宇略微休息了一下，第二天上午正式走馬上任。

一大早，城管局辦公室主任龍翔便在柳擎宇下榻的賓館外面等候了，看到柳擎宇起來後，便帶著柳擎宇來城管局，一邊給柳擎宇介紹著城管局辦公大樓的佈局和各個領導的房間，一邊帶柳擎宇來到早已布置好的局長辦公室。

走進局長辦公室，龍翔笑著用手一指室內的裝飾，說道：

「柳局長，辦公室內所有的傢俱全都是新的，辦公室也是幾個月前剛剛裝修過的，您看看哪裡有不滿意的地方，需要不需要重新裝修一下，或者把傢俱之類的物品換一換？」

柳擎宇略微掃了一眼辦公室的裝修和傢俱，感覺挺滿意的，便點點頭道：「嗯，這倒是不用，我感覺還算可以，就不用再鋪張浪費了，就這樣吧。你這個辦公室主任當了多久時間了？」

柳擎宇自從昨天見到龍翔這個辦公室主任之後，便發現這個龍翔辦事能力倒是挺強的，至少在表面上讓自己挑不出任何的毛病，只不過還不知道他到底是誰的人。

自己身為城管局局長，辦公室主任這個核心人選必須要掌控住，否則以後的工作還如何展開。他問龍翔什麼時候上任，便是對龍翔的一種試探。由龍翔的回答，他可以看出很多東西。

龍翔沒想到柳擎宇竟然會問出這個問題，連忙說道：

「柳局長，我是三年前從辦公室副主任位置上提到辦公室主任位置上的。」

聽龍翔這樣說，柳擎宇有些詫異，局長都換了好幾任了，龍翔這個辦公室主任竟然沒有動搖，看來這個龍翔要麼是常務副局長韓明強的人，要麼就是特別有能力，讓幾任局長都沒有調整他。

想到這幾種可能，柳擎宇不由得對龍翔多了幾分關注。

自己剛到任，對城管局裡的局勢兩眼一抹黑，如果能夠有個熟悉局勢的人為自己所用，那對於自己掌控城管局相當有幫助。

最重要的是，龍翔實在是太年輕了，看起來也才二十多歲，連三十都不到。這樣年輕的人能夠坐到縣城管局辦公室主任這個位置上，而且還是一坐兩三年，足以說明很多事了。

柳擎宇和龍翔閒聊了幾句，把他的基本資訊摸得差不多了，便笑著說道：

「龍翔，你一會兒通知一下所有局黨委成員以及各個科室、中隊的一把手，下午三點整準時召開局黨委會，我希望各位局黨委成員都不要遲到。而且要明確告訴他們，我聽說，有一些人喜歡藉著遲到，甚至是不到場，來顯示他們對新上任領導的不屑和不支持，我不希望看到這種情況。我脾氣比較直，誰要是對我不滿，可以當著我的面說出來，就算是當面罵我，只要他說得有道理，我絕對不會出手，但是，誰要是搞一些他們自認為很『聰明』的方式來表達對我的態度，那就別怪我對他們不客氣了。你可以直接這樣告訴他們。」

請續看《權力巔峰》3 反將一局

權力巔峰 卷2 全線崩潰

作者：夢入洪荒
發行人：陳曉林
出版所：風雲時代出版股份有限公司
地址：10576台北市民生東路五段178號7樓之3
電話：(02) 2756-0949
傳真：(02) 2765-3799
執行主編：朱墨菲
美術設計：吳宗潔
行銷企劃：林安莉
業務總監：張瑋鳳

初版日期：2019年11月
版權授權：蔡雷平
ISBN：978-986-352-751-0
風雲書網：http://www.eastbooks.com.tw
官方部落格：http://eastbooks.pixnet.net/blog
Facebook：http://www.facebook.com/h7560949
E-mail：h7560949@ms15.hinet.net
劃撥帳號：12043291
戶名：風雲時代出版股份有限公司

風雲發行所：33373桃園市龜山區公西村2鄰復興街304巷96號
電話：(03) 318-1378
傳真：(03) 318-1378
法律顧問：永然法律事務所 李永然律師
北辰著作權事務所 蕭雄淋律師

行政院新聞局局版台業字第3595號 營利事業統一編號22759935

定價：270元

國家圖書館出版品預行編目資料

權力巔峰 / 夢入洪荒著. -- 初版. -- 臺北市：風雲時代, 2019.10- 冊； 公分

ISBN 978-986-352-751-0（第2冊：平裝） --

857.7 108013698